# 中國語言文字研究輯刊

二五編

許學仁 主編

第13冊

《大正藏》異文大典
（第六冊）

王閏吉、康健、魏啟君 主編

花木蘭文化事業有限公司

國家圖書館出版品預行編目資料

《大正藏》異文大典（第六冊）／王閏吉、康健、魏啟君　主編 -- 初版 -- 新北市：花木蘭文化事業有限公司，2023〔民112〕

目 2+186 面；21×29.7 公分

（中國語言文字研究輯刊　二五編；第 13 冊）

ISBN 978-626-344-434-8（精裝）

1.CST：大藏經　2.CST：漢語字典

802.08　　　　　　　　　　　　　　　　112010453

ISBN-978-626-344-434-8

中國語言文字研究輯刊

二五編　第十三冊　　　　　　　ISBN：978-626-344-434-8

## 《大正藏》異文大典（第六冊）

| | |
|---|---|
| 編　　　者 | 王閏吉、康健、魏啟君 |
| 主　　　編 | 許學仁 |
| 總 編 輯 | 杜潔祥 |
| 副總編輯 | 楊嘉樂 |
| 編輯主任 | 許郁翎 |
| 編　　　輯 | 張雅淋、潘玟靜　美術編輯　陳逸婷 |
| 出　　　版 | 花木蘭文化事業有限公司 |
| 發 行 人 | 高小娟 |
| 聯絡地址 | 235 新北市中和區中安街七二號十三樓 |
| | 電話：02-2923-1455／傳真：02-2923-1452 |
| 網　　　址 | http://www.huamulan.tw 信箱 service@huamulans.com |
| 印　　　刷 | 普羅文化出版廣告事業 |
| 初　　　版 | 2023 年 9 月 |
| 定　　　價 | 二五編 22 冊（精裝）新台幣 70,000 元 |

版權所有 · 請勿翻印

# 《大正藏》異文大典
## （第六冊）

王閏吉、康健、魏啟君　主編

# 目次

## 筎

筎：[宮]1670 氣一出。
筎：[甲]2128 葉吹之。

## 袈

娶：[三]624 散那。
迦：[聖]1428 裟偏露。
架：[宋]1462 裟結著。

## 跏

趺：[三]950 坐。
加：[宮]1911 趺坐繫，[宮][聖]279 趺坐身，[宮]278 趺坐，[宮]278 趺坐遍，[宮]278 趺坐得，[宮]278 趺坐普，[宮]279 趺坐南，[宮]1428 趺坐亦，[甲][乙]957，[甲]868 趺坐端，[甲]868 趺坐右，[甲]957 趺坐全，[甲]1000 趺坐結，[甲]1039 而坐作，[甲]1733 坐三，[甲]1911 正坐項，[甲]2196 趺者即，[甲]2400 趺上所，[明]293 身不動，[明]1545 趺，[明][甲]857 正身意，[明][乙]1086 隨，[明][乙]1174 坐上，[明][乙]1225 或半，[明]663 趺坐即，[明]856 正身意，[明]1119 處月輪，[明]1435 趺坐爾，[明]1451 端坐乃，[明]1451 趺，[明]1545 趺坐入，[明]2040 趺坐顏，[三]279 趺坐其，[三]375 趺坐顏，[三]1056 趺坐端，[三][宮]、[甲][乙]2087 坐伸脚，[三][宮]279 趺坐二，[三][宮]1545 趺坐頂，[三][宮][聖]279 趺坐三，[三][宮][聖]279 坐，[三][宮][聖]425 趺坐便，[三][宮]272 趺坐三，[三][宮]279 趺，[三][宮]279 趺坐入，[三][宮]279 趺坐往，[三][宮]279 趺坐無，[三][宮]1428 趺坐繫，[三][宮]1545 趺坐作，[三][宮]1545 坐引發，[三][宮]1546 趺坐繫，[三][宮]2041 坐於中，[三][宮]2058 趺而，[三][宮]2058 趺而坐，[三][宮]2058 趺坐寂，[三][宮]2060 結鏗然，[三][宮]下同 278 趺坐坐，[三][宮]下同 1545 趺坐告，[三][甲]1038 趺坐兩，[三][甲]1039 趺，[三][聖]279 趺不動，[三][聖]279 身不動，[三][乙]1125 謂以右，[三][乙]1075 或半，[三]212 趺坐或，[三]212 趺坐吉，[三]264 趺，[三]264 趺坐身，[三]365 趺坐作，[三]873 趺坐，[三]901 而坐青，[三]908 坐降伏，[三]1003 坐月輪，[三]1056 趺坐左，[三]1132 坐二手，[三]1167 而坐，[三]1180 趺坐右，[三]下同 278 趺坐爾，[聖]310 趺坐發，[聖]2157 坐其內，[宋]279 趺坐如，[宋][宮]329 趺坐如，[宋][宮]1690 趺坐思，[宋][元]26，[宋][元]220 趺，[宋][元]220 坐充滿，[宋][元]2061 趺，[宋][元]2061 趺而化，[宋][元]2061 趺坐終，[宋][元][宮]278 趺坐悉，[宋][元][宮]309 趺坐，[宋][元][宮]1545 趺坐端，[宋][元][宮]2058 趺若龍，[宋][元][宮][聖]279 坐充滿，[宋][元][宮][聖]279 趺坐其，[宋][元][宮]279 趺坐遍，[宋][元][宮]279 趺坐而，[宋][元][宮]374 趺坐顏，[宋][元][宮]810 趺，[宋][元][宮]1442

跌而，[宋][元][宮]1505 跌坐世，[宋]
[元][宮]1546，[宋][元][宮]2042 跌坐
作，[宋][元][宮]2060 跌面西，[宋]
[元][宮]2060 坐斷食，[宋][元][宮]下
同 279 跌坐，[宋][元][甲]1124 跌，
[宋][元][明]2042 跌坐坐，[宋][元]
[聖]279 跌坐經，[宋][元][聖]2042 跌
而坐，[宋][元]1 跌坐端，[宋][元]77
跌坐彼，[宋][元]187 跌坐身，[宋]
[元]220 跌，[宋][元]220 跌坐爲，[宋]
[元]279 跌坐法，[宋][元]901 跌坐七，
[宋][元]930 跌坐面，[宋][元]995 跌
坐如，[宋][元]1003 而坐毘，[宋][元]
1007 跌坐合，[宋][元]1020 跌坐運，
[宋][元]1031，[宋][元]1033 也禪仰，
[宋][元]1085 跌坐或，[宋][元]1146
跌坐或，[宋][元]1173 而坐，[宋][元]
1211 跌坐或，[宋][元]1227 跌處蓮，
[宋][元]1440 跌坐，[宋][元]1507 跌
坐梵，[宋][元]2061 跌而坐，[宋][元]
下同 1440 跌坐者，[乙]913 坐四面，
[元]220 跌，[元][明]1579 跌坐繫，
[元]26 跌坐不，[元]26 跌坐正，[元]
26 跌坐尊，[元]220 坐充滿，[元]385
跌坐。

路：[三]1336 婆。

## 袷

夾：[三][宮]2085 道相對。

## 筴

夾：[原]、吏[甲]904 坐月輪。
卷：[乙]2408 筴。

來：[原]1287 云孔雀。
篋：[乙]2192 表法。

## 嘉

歌：[三][宮]623 所聞光。
吉：[三]189 祥之事。
加：[明]2060 賵贈營，[三][宮]
263 豫如獲，[三][宮]2045 音清妙，
[三]192 其誠，[三]196 歡重，[元][明]
2060 即以其。
佳：[三]1331 也梵王，[三][宮]
536 即行請，[三][宮]2122 泉乃以，
[宋]、往[元][明]1331 福田後。
稼：[三][宮]1559 不生穢。
皆：[三]、喜[宮]309。
驚：[三]2154。
善：[甲][乙]、嘉[甲]1796 之事
如。
甚：[原]、喜[甲]2202。
壽：[甲]2778 七年投，[聖]2157
平二年，[聖]2157 十八年，[聖]2157
元年展。
往：[宋][宮]、佳[元][明]274 快
或謂。
熙：[三][宮]2060。
喜：[丙]2120 伏惟寶，[宮]2034
元壬，[宮]2048 其德力，[宮]2059 遘
亂乃，[宮]2122 福豈朕，[甲]1782 樂
所持，[甲]2053 命心靈，[甲]2087 辰
仙人，[甲]2119 求法愍，[甲]2128 抃
別變，[甲]2223 會之時，[甲]2266 二
十年，[三][宮]1451 瑞咸應，[三][宮]
1608 兆鄈隍，[三][宮]2034 元十月，

[三][宮]2060 瑞異，[三][宮]2102 其備德，[三][宮]2123 期歸妙，[三][甲][乙]2087，[三]152 其至誠，[三]192 歎未曾，[三]2110 志節高，[聖]2157 其懇至，[聖]1788，[聖]2034 二十二，[聖]2157 末至建，[宋][宮]、憙[明]2034 元己子，[宋][元][宮]、憙[明]2122 五年臨，[乙]2394 會壇也，[知]2082 陵江中。

## 駕

駕：[宋][宮]2087 鵝鵝鴉。

## 霞

廗：[元][明]、塵[宮]2123。

## 圿

坅：[宋][宮]2123。
玠：[甲]2128 亦垢古。

## 夾

本：[甲]2036 諸經及。
刺：[三][宮][聖]305 彼諸衆。
果：[宮]2040 報爾時。
笶：[明]995 右手當。
甲：[宮]2060 合一千，[三][宮]2060 縛無數，[三][宮]2122 傳無數，[三][乙]1092 印，[聖]2157 遠涉流，[宋][宮]2034 弗全略，[宋][宮]2034 若具足，[宋][元][宮]2060 一千三，[宋][元]1058 一手，[宋][元]2149 若具足，[宋]1092 一手把，[宋]2152 上代。

交：[乙]2408。
絞：[乙]2394 空輪上。
卷：[乙]2174 二夾者。
來：[明]2103 之，[三][聖]172 在，[三]189 佛兩邊，[元][明]1007 當，[元][明]1038 讀著五，[元][明]1451 夾定若，[元][明]2087 蘇婆，[元][明]2122 鹿苑化，[原]2126。
末：[三]2149 集閣。
篋：[宮][聖]305 中見畫，[三]1006 內若書，[乙]2087 總六百。
失：[宋]2061 牒直來。
爽：[原]1756 神。
天：[乙]1204 右手當。
未：[宋][元]、－[宮]1431 與我爲。
假：[三]99 借如樹。
賈：[宮][聖]278 一切寶，[宮][聖]278 等所言，[宮]263 億千奇，[宮]2122，[三][宮]1425，[三][宮]2122 販無，[三]2121 人答言，[聖]之[三]189 寶展其，[聖][另]285，[聖]200 二兩至，[聖]200 直然後，[聖]223 摩尼，[聖]225 明月珠，[聖]227，[聖]278 寶商人，[聖]278 寶瓔珞，[聖]823 異大寶，[聖]1421 衣價，[聖]1425 直輸稅，[聖]1426 言我辦，[聖]1427 如是言，[聖]1428 大非不，[聖]1428 同業者，[聖]1428 至僧伽，[聖]1435 直半迦，[聖]1463 金珠著，[聖]1463 衣用四，[聖]1463 重二者，[聖]1464 竟十月，[聖]1509 寶常念，[聖]下同 278 寶珠

殊，[聖]下同 1425 若使人，[聖]下同 1428 直五錢，[聖]下同 1441 物即生，[另]1428 細軟衣，[另]1428 衣衆僧，[另]1428 直百千，[另]1428 直婆羅，[另]1435 不答言，[另]1509 摩尼珠，[另]下同 1435 直爾時，[另]下同 1428 尸賒婆，[石]1509 寶珠所，[石]1509 答言隨，[宋][元][宮]2122 直世間，[元]549，[元][明]、價作作價[宮]2121，[知]598。

　　檟：[三][乙]1092 反下。

　　價：[三]263 當是世。

　　駕：[三][宮]2060 載隆玄。

　　儉：[三][宮]416 貴終無。

　　禮：[甲]952。

　　買：[宮][聖][另]790 決不宜，[三][宮]、賈[聖]1425 取耶答，[三][宮]1425 知是如，[三][宮]1435 比丘當，[三][宮]1435 衣與跋，[聖]1425 直百千。

　　賣：[三]212 以。

　　錢：[三][宮]1425 直佛言。

　　僧：[甲]2087 用九，[聖]1443 若滿五。

　　像：[乙]1266。

　　直：[三][宮]1425 來買衣。

**駕**

　　乘：[三]168 四望象。

　　篤：[明][乙]1092 身心於。

　　賀：[聖]2157 往復兩，[知]2082 張。

　　架：[三][宮][甲]2053 曹馬而。

稼：[三]201 乘騎鞭。

教：[宮]2111 開八正。

驚：[三][宮]2109 雛。

馬：[明]2102 於格言。

騎：[乙]2087。

象：[宮]2121 詣之祇。

焉：[宋][宮]2087 出舍衞。

**駱**

　　落：[宋][元][宮]、絡[明]2122。

　　絡：[三][宮]2060 驛白鹿。

　　駞：[三][宮]1428 駝驢鹿，[三][宮]1428 駝，[三][宮]1442 駝口驢，[三][宮]1462 駝水，[三][宮]1505 駝爲首，[三][宮]下同 1442 駝頭驢，[三]154 駝行來，[三]264 駝或生，[三]2106 駝向我，[聖]、驤[甲]1723 音洛亦。

　　驤：[三]2145 駝負糧。

　　駝：[三]176 駝中又。

**幵**

　　並：[甲]1728 決須稱。

**尖**

　　大：[宮]2121 石塞我。

　　鐵：[明]、失[宮]721 木。

　　先：[宮]2060 形表奉。

　　炎：[宮]2121 石地獄，[甲]2402 上方下，[甲]2402 下，[聖][另]1451 床脚遂，[宋]643 滿阿鼻。

　　央：[甲]1829 下闊故，[甲]2130 瞿多羅。

災：[乙]2391 孕或。

執：[聖]1436 脚。

## 奸

舛：[甲]2128 交也許。

姦：[宮]332 情，[宮]374 詐諛諂，[甲]2035 犯，[三][宮]285 惡路遊，[三][宮]1425 婬女來。

妍：[明]2131 麗曼三。

## 肩

臂：[宮]286 放若干，[宮]673 洪滿現，[三]2146 品抄經，[三][宮]384 右膝，[三][宮]386，[三][宮]453 右膝著，[三][宮]1428，[三]1 右膝著，[三]375 遶百千，[宋][宮]318 長。

喘：[三]184 息身色。

胥：[三][宮][聖][另]1458，[聖]1463 頭有瘡，[知]598 也端正。

家：[三]、扇[宮]1558 能害怨。

堅：[三][宮]657 今現在。

角：[三][宮]1428 頭安鉤。

眉：[甲]2087 隨讚禮，[甲]2130 沙迦山，[甲]2214，[明]901 心咽眉，[三]202 顧影深，[三]2125 齊下安，[宋]682 與膝，[元][明][宮]354 頰端正。

脾：[宮]1435。

頃：[乙]2087 而還城。

扇：[丙]973 上右手，[宮]2060 恒聞太，[原]2130 那衣應。

手：[甲]2392 左肩。

首：[宮]657。

胸：[三]2059。

有：[宋]690 右膝著。

## 姧

奸：[明]156。

姦：[三]17。

## 姦

奸：[明]2122 邪偽七。

如：[三][宮]309 偽者教。

邪：[三]375 偽欺詐。

## 兼

安：[甲]1736 坐繩床。

貝：[甲]2128 下革退。

遍：[甲][乙]1822 明前前，[甲][乙]1822 能隨故，[甲][乙]1822 順界下。

秉：[聖]1458 小界場。

并：[甲]1816 舉世親，[原]、一[甲]2393 爲濟。

並：[甲]2299 失而前，[乙][丙]2777 覩萬色。

麁：[甲]1831 重障心，[甲]2290 取十行，[甲][乙]1822 釋名，[甲]1816 所知障，[甲]1851，[甲]2290 顯示等，[乙]1822，[元]2108 拜狀合，[原]1851 況且然。

第：[甲]2270 七八識，[原]2196 三行非。

非：[甲]1851 易防能。

蓋：[甲]1969 亦妙果。

更：[三][宮]1558 觀息俱。

忽：[甲]2195 取有漏，[乙]2263 得靈瑞。

黃：[三][宮]1428 金銀琉。

惠：[三]656 施周滿。

即：[原]973 説無相。

急：[甲]2196 攝釋之。

冀：[甲]2255。

傔：[宋][元]2061 吏四十。

經：[三][宮]2103 通大聖。

廉：[甲]2207 反，[元]2122 損他人。

偏：[乙]2263 説地上，[原]1987 中至有。

謙：[宋]264 布施持。

慊：[三]202 懷出舌。

桑：[原]2196 桃槐等。

歉：[甲]2196 德。

通：[甲][乙]1822 超越所，[甲]1710 下此亦，[甲]2263 伏見，[甲]2263 問世間，[乙]2263 漸悟者。

無：[三][宮]2027 以我累，[聖]2157 謐永和，[元][明]170 擁護。

嫌：[甲]2186 人，[明]2060，[三]2060 諸穢行。

熏：[甲]2266 發當有。

燕：[甲]2128 同一見。

業：[甲]1731 義者釋。

益：[甲]2254 者壞與。

義：[甲][乙][丁]、兼一作兼夾註[甲][丁]2092 利是圖，[甲]1828 智記別。

永：[宮]1513 方爲愜。

遭：[三]153 遇官事。

重：[原][甲]1825 取意破。

尊：[原]2408 護身持。

## 菅

菅：[宮]721 苗，[宋]374 草執急，[宋]375 菅草執。

蘭：[三]99 草執緩。

## 堅

塵：[三][宮]2122。

持：[三][宮]2066 梵行善。

得：[甲]1700 固謂。

登：[三]2145 相持甚。

墮：[三][宮]1546 在苦集。

根：[三][宮]1548 信堅法。

固：[三][宮]585 奉持佛。

後：[明]1462。

肩：[三]982 住。

金：[三]220 翅鳥飛。

緊：[宮]397 行能壞，[明][乙]1110 築令平，[三]159 握拇指，[宋][宮]299 守大力，[元][明][宮]397 目夜叉。

經：[聖]1509 實好木。

空：[甲]2204 實心義。

藍：[元][明]、監[宮][聖]425 廣有所。

牢：[明]663 固願以，[三][聖]190 固即生，[乙]2223 縛堅固。

陸：[三][宮]407 華復雨。

慳：[宮]721 作諸惡，[三][宮][聖][石]1509 貪令住，[三]125 無厭，[三]361 意固適，[聖]292 固精進，

[聖]1547 著使者。

乾：[三]374 相火爲。

聖：[宮]443 海幢雲，[宮]2053 之曾孫。

收：[甲]2274 執故問。

堅：[丙]862 結金剛，[丙]973 木香，[宮]279 大悲力，[宮]657 實，[宮]721 之令，[宮]2060 封門鑰，[甲]850 慧杵嚴，[甲]852 利刃，[甲]853 執，[甲]954，[甲]1069 好無隙，[甲]1120 住金剛，[甲]1201 合進力，[甲]1719 意問壽，[甲]1736 發誓願，[甲]1736 猛者，[甲]1816 固第二，[甲]1816 固於眞，[甲]1816 牢非物，[甲]2036 起，[甲]2053 城振旅，[三][宮]285 立，[三][宮]309 復有慧，[三][宮]397 毛夜叉，[三][宮]397 四十一，[三][宮]403 辭或懷，[三][宮]2060 論了無，[三][宮]2122 論法相，[三]26 性住內，[三]159 虛空以，[三]951 築平治，[三]1242 立象皮，[另]1721 超四句，[宋][宮]310 木後以，[宋][宮]883 強能作，[宋][元][宮]2059 柵守之，[乙]1772 實圓滿，[元]2149 全在地。

豎：[甲]904 住等引，[明][甲][乙]1225 即成，[明][乙]、堅[甲]1225 禪智度，[三][宮][知]384 立。

樹：[三][宮][甲]901 成助護。

雙：[明]、堅[甲]2053 林寢迹。

望：[甲]1816 凡夫智，[甲]2266 至以爲。

臥：[聖]1459 牢座兩。

賢：[丙]2381 持淨戒，[和]293，

[甲][乙]1816 謂智，[甲]2053 貞才解，[甲]2087 城四五，[甲]2207 也植隣，[甲]2266，[甲]2266 聖入是，[三][宮]425 佛，[三][宮]631 行精進，[三]1485 法，[三]2145 強，[元][明]198 悉知識。

嚳：[宋]、堅[元][明][宮]274 自用分。

瑩：[甲]2230 健者。

造：[甲]1828 論皆讚。

眞：[甲][乙]1822 實理言。

甄：[明]、緊[宮]1545 叔迦樹。

志：[三]202 不迴事。

坐：[甲]1771 精進佛，[甲]1781 通勸大。

## 蒜

管：[元][明]328 著之甚。

菅：[三][宮]2121 以自給，[三]212 生生不，[三]212 執緩則。

## 間

礙：[三][宮]638 所以者，[三][宮]1579 解脫勝，[聖]278 道法故，[乙]1736 同也八。

闇：[宮]674 皆大明，[三][宮]721 煙七名，[宋][元]1242 斷直至。

鼻：[宋]1546 耶答。

邊：[三][宮]1428 若塚，[三][宮]1435 空地經。

闡：[宮][甲]1805 陀惡性。

處：[三][宮]1425 次拭腳。

道：[乙]2397 亦非一。

得：[三]99 所生但。

地：[甲]952 著印呪。

調：[宋][宮]414 叵思議。

鬪：[三][宮]2109 朋亂友。

扉：[三][聖]125 施其間。

佛：[宋][元][宮]279。

隔：[元][明]2016 刹那便。

閣：[甲]1741 皆言百，[三][宮]721 宮殿樹。

根：[甲]1796 凡，[久]1486 罪皆從，[聖]1549 無有根。

谷：[三]375 響聲愚。

關：[三][宮][聖]1435 戶樿。

回：[甲]2337 有三門。

即：[甲]1736 或有佛，[甲]2219 從因爲。

記：[甲][乙]1822 至學無。

際：[明][甲][乙]1225。

家：[甲]1202 惡性在。

簡：[宮]895 呼，[三][宮][聖]1562 出識故，[聖]1548 風攀，[宋][元]2145 然矣，[乙]867 斷三十，[元][明]2059 禮二。

見：[甲]2249 道是向，[甲]2266 道中説，[原]2264 以去。

澗：[聖]211 效諸道，[元][明][宮]374 響聲愚。

界：[丙]2081，[和]293 聲聞緣，[甲][乙]1821 章句，[明]2016 當知不，[三]642 等是諸，[三][宮]263 諸藥品，[三][宮]278，[三][宮]397 中佛寶，[三][宮]633，[三][宮]1509 無護者，[三][宮]2058 苦恩愛，[三]99，[三]

201 稱眞濟，[三]278 令一切，[三]278 莫能思，[三]1339 無比，[三]1560 風輪最，[乙]1736 及，[乙]1736 如夢如，[元][明][聖]397 聞，[元][明]125 不可思，[元][明]476 於諸威，[元][明]1486 作轉輪，[原]1796 不同佛，[原]2248。

開：[宮]2103 有諸傳，[和]293 發，[甲]1728 出有師，[甲]1851 開聽病，[甲]2129 蕭然也，[甲]2214 成八葉，[明]、開敷[甲][乙]894 蓮花微，[三][宮][石]1509 生，[三][宮]1459 小作應，[三]908 安齒幢，[三]1080 各相去，[三]1123 印成又，[三]1211，[三]1435 不合佛，[三]2088 發又東，[聖][另]1733 出故是，[聖]643 化生華，[聖]1539 缺三不，[宋][元][宮]2121 降八味，[宋][元]1579 運轉作，[元][明]2016 有八萬。

口：[甲]2035 琰摩羅。

苦：[三]1005 毒藥刀。

闍：[知][甲]2082 城門忽。

賴：[三][宮]2122 何因故。

蘭：[三][宮]1459 隔無斯，[三]2034 行後至，[三]2149 行後至。

累：[三]192 永消亡。

林：[三]193。

漏：[乙]2254 是善心，[元][明]824 無等人。

貿：[元][明]212 食者則。

門：[宮]721 城中既，[宮][聖]1443 日暮門，[宮]279 故同，[宮]295 海清淨，[宮]310 相去八，[宮]1421

我等供，[宮]2103 塵之所，[宮]2121 土室，[甲]1804 鬼，[甲][乙]1822 名釋等，[甲]1184，[甲]1280，[甲]1781 不著又，[甲]1828 道，[甲]1828 起内作，[甲]1891 清淨花，[甲]2249 依有其，[甲]2339 如次即，[明][乙]1092 畫難，[明]261 實過於，[明]721 法非出，[明]1110 開一肘，[明]1225 住，[明]1341 若在家，[明]1547 諍重説，[三]、聞[聖]、99 説真要，[三][宮]、林[甲][乙]876，[三][宮][甲]2053，[三][宮]1522 示現無，[三][宮]2122 瓦屋，[三]1123，[三]2088 三精舍，[聖]1562 引表俱，[聖]292，[聖]1199，[聖]1421 畜死人，[聖]1458 語學處，[聖]1547 諍尊者，[另]279，[宋][宮]2122 屍骸狼，[宋][宮]2123 畏懼惡，[宋][元]、問[宮]1545 緣唯一，[宋][元]593，[宋]60 若有雹，[宋]212 作衆，[乙]2394，[乙]2394 穴及末，[元][明]1341 爲無染，[元]25 爲，[元]1579 於一事。

悶：[宮]1558 種種本，[三]2063 焉得人。

明：[宮]310 獄，[明]99 等究竟，[元][明]401 慧。

難：[三][宮][聖]278 知。

闇：[宮]1435 錯。

年：[三]99 者作。

奇：[三][宮]721 間鳥在。

前：[宮]318，[乙]2408 葉。

頃：[三]202 便有雲，[聖]211 有老獼。

鬮：[三][宮]2122 無一物。

人：[三][宮]1521 大師愍，[三]209 所笑凡。

日：[甲]2219 加以摩。

時：[三][宮]288 或千萬，[三][宮]1521 魔請令，[聖]221 諸。

士：[三]2150 行後至。

世：[乙]2254 道也入。

事：[三][宮][聖]397 四者常。

俗：[三][宮]、事[聖]221 故從，[三]1331 魔邪之。

所：[甲]2300 斷五蘊。

天：[三]950 大威德。

同：[甲]1512 津故，[乙]2263 起執也。

網：[三]2154 遂祕。

爲：[甲][乙]1821 對大衆，[甲][乙]1821 緣異時。

聞：[博]262 經，[德]1563 伕梨二，[宮]310 悉無有，[宮]657 王今現，[宮]1509 著味善，[宮]1592 釋説智，[宮][甲]1805 法性即，[宮][聖]347 和暢心，[宮]224 道徑便，[宮]268 疑惑於，[宮]309 五樂非，[宮]310 須臾到，[宮]374 無空處，[宮]379 是時東，[宮]568 相續不，[宮]607 行遽捨，[宮]607 行者等，[宮]626 事故而，[宮]656 法，[宮]721，[宮]721 受如是，[宮]721 厭足，[宮]816 遊過三，[宮]895 河澗及，[宮]1425，[宮]1425 犯，[宮]1428 房舍，[宮]1505 有，[宮]1507 耳即命，[宮]1509 説菩薩，[宮]1549 聞香耶，[宮]

1552 等邊修，[宮]1592 意趣如，[宮]1596 善，[宮]1809 行不堪，[甲]1735 而轉由，[甲]1805 法惠施，[甲]1864 說三寶，[甲][乙]1709 也順此，[甲][乙]1929 說則疾，[甲]1080 者則此，[甲]1709 斷故言，[甲]1724 入見故，[甲]1816 外道邪，[甲]1911 法藥二，[甲]2036，[甲]2089 若，[甲]2269 至子故，[甲]2362 天上若，[久]485 天，[明]220 甚深般，[明][宮]402 而此大，[明][宮]532，[明][宮]587 世間性，[明][聖]125 語不傳，[明]6 福闐汝，[明]201 各指姪，[明]220 書寫受，[明]228 天人阿，[明]1559 得生於，[明]1559 有天有，[明]1563，[明]1656，[明]2030 此佛土，[明]2059 鬼相，[三]、暗[宮]2102 也將使，[三]5 者以爲，[三]99 已，[三]1579 是故不，[三][宮]、[聖]1428 僧伽婆，[三][宮]481 展轉相，[三][宮]1522 者速疾，[三][宮]1634 餘心，[三][宮]263 佛所説，[三][宮]321 不久乖，[三][宮]385 等變，[三][宮]440 丹聞智，[三][宮]565 所呼聲，[三][宮]607 叫，[三][宮]621 若，[三][宮]624 其音聲，[三][宮]626 三昧，[三][宮]637 教，[三][宮]657 丹作聞，[三][宮]721 歡喜受，[三][宮]816 坐見乃，[三][宮]826 閻浮利，[三][宮]1421 覆藏不，[三][宮]1421 吾子意，[三][宮]1435 居士，[三][宮]1435 汝長，[三][宮]1458 著，[三][宮]1505 持是故，[三][宮]1552 遠故説，[三][宮]1581 説不

爲，[三][宮]1595 故釋曰，[三][宮]1596 若於正，[三][宮]1604 信得法，[三][宮]1648 不可知，[三][宮]1648 凡夫於，[三][宮]1648 失，[三][宮]2027 禪思便，[三][宮]2053 有，[三][宮]2059 有竺法，[三][宮]2060 以意會，[三][宮]2102 慨爾長，[三][宮]2102 者焉，[三][宮]2103 之善譴，[三][宮]2104 於俗武，[三][宮]2121，[三][宮]2122 無不稱，[三][宮]2122 無暫樂，[三][聖][甲][乙]953 以佛威，[三][聖]125 者，[三]99 慧其夫，[三]114 有善人，[三]192，[三]194 摩竭國，[三]196 與我共，[三]440 丹門佛，[三]721 即以聞，[三]1340 所，[三]1435 住處有，[三]1532 而無住，[三]1562 無緣下，[三]1595 此識體，[三]2087 喪，[三]2103 別立館，[三]2110 別立館，[聖]279 佛子菩，[聖]1579 應聽法，[聖][另]285 周遍億，[聖][另]1459 語學處，[聖]361 耳今世，[聖]1421 得或是，[聖]1425 住此間，[聖]1442 多求常，[聖]1442 重業勿，[聖]1512 幻師幻，[聖]1546 與我等，[聖]1549 相應亦，[聖]1562 斷彼宗，[聖]1562 勝果道，[聖]1562 引所緣，[聖]1579 漸次證，[聖]1763 大法粗，[聖]2157 復還囑，[聖]2157 遂逢至，[另]1442 了知諸，[另]1428 若行若，[另]1435 大德我，[另]1442 忽展一，[另]1442 破無明，[另]1442 有一拘，[另]1721 即是今，[石]1509 取阿羅，[石]1509 舍利弗，[石]1558 或有

欲，[宋][宮]288 於無量，[宋][宮]674
說讒搆，[宋][宮]721 愛樂花，[宋]
[宮]885 斷得成，[宋][宮]1672 修此
戒，[宋][宮]2059 行避走，[宋][宮]
2103 表秦，[宋][宮]2103 關，[宋][宮]
2121 有浴，[宋][明]1202 少時而，
[宋][元]883 熙怡，[宋][元][宮]896 必
感靈，[宋][元][宮]1428 捨此諍，[宋]
[元][宮]1552 報報無，[宋][元][宮]
1557 不可息，[宋][元][宮]2122 審問
乃，[宋][元][甲]1039 息比現，[宋]
[元]2103 鳥獸林，[宋]129 者無狀，
[宋]1037 承事供，[宋]1428 婆羅，
[宋]1545，[宋]2103 作釋疑，[乙]
1277，[元][明][宮]310 皆得聞，[元]
[明][宮]313 我佛剎，[元][明][宮]
339，[元][明][宮]676 雜染法，[元]
[明]313 菩薩摩，[元][明]2032 見也，
[元]1579 轉作是，[元]1602 證得阿，
[元]2016 賢聖惡，[元]2066 隨意消，
[元]2103 興四等，[原]1042 常誦真，
[原]1776 名為恒，[原]2196 人，[原]
2339 持一切，[知]741 罪，[知]1579
必能趣，[知]1579 離欲之，[中]223
人中何。

問：[宮]1428 令大象，[宮][甲]
1805 既云違，[宮]279 無不見，[宮]
1421 作淨施，[宮]1435 語言汝，[宮]
1464 聞佛所，[宮]1552 等各，[宮]
1690，[甲]1736 阿賴耶，[甲]2317 加
行根，[甲][戊][己]2092 庭列脩，[甲]
[乙]2328 約，[甲]910 春夏秋，[甲]
1268 中天竺，[甲]1721 四譬，[甲]

1736 師弟人，[甲]1736 無宿住，[甲]
1736 因果前，[甲]1782 者欲發，[甲]
1799 相緣起，[甲]1805 經中但，[甲]
1816 復取彼，[甲]1816 故餘本，[甲]
1816 解脫道，[甲]1816 然猶，[甲]
1816 善根所，[甲]1816 有二，[甲]
1830 之處應，[甲]1839，[甲]1839 前
復，[甲]1851，[甲]2035 得斯華，[甲]
2036 雲布數，[甲]2128 謂籌為，[甲]
2128 曰烹儀，[甲]2130 菩薩，[甲]
2193 所說法，[甲]2218 中，[甲]2250
相續有，[甲]2266 解脫，[甲]2266 答
辨諸，[甲]2266 第八說，[甲]2266 斷，
[甲]2266 解脫，[甲]2266 生無生，[甲]
2266 作何等，[甲]2339 若爾何，[甲]
2397 有白蓮，[明]1545 已充滿，[明]
220 功德勝，[明]352 之藥以，[明]816
禪念思，[明]1227 絶食三，[明]1341
業，[明]1443 語即以，[明]1450 聞釋
迦，[明]1546 禪通名，[明]1552 等得
法，[明]1579 永盡諸，[明]1592 及著
阿，[明]1613 相續品，[明]2104 作亦
請，[明]2121 舍利弗，[明]2123 頗有
更，[三][宮]1463，[三][宮]2053 言以
實，[三][宮]2122 若地獄，[三][宮]
2122 聞世人，[三]191 尊卑，[聖]
1425，[宋]、聞[明]125 語不傳，[宋]
1545 道所，[宋][元]、門[明][宮]1545
啼，[宋][元]1564 有邊無，[宋][元]
882 安此名，[宋][元]1579 現法樂，
[宋]101 諸比丘，[宋]672 上上諸，[宋]
721 諸天及，[宋]885 與諸菩，[宋]
1563 或有欲，[宋]2061 僧稠，[宋]

2121 肥者作，[宋]2122 其徵，[乙][丙]1830 如色等，[乙]2250 音哭卵，[乙]2408 訪道，[元]1644 地有諸，[元]2016 有，[元]2122 有一，[元]34 周旋無，[元]873 有河皆，[元]1087 菩提心，[元]1425 住和上，[元]1579 出世間，[元]1585 道不相，[元]2122 飲苦餐，[原]920 大小呪，[原]1776 其所從，[原]2339 四果緣。

下：[三][宮]606 山自。

閑：[宮]1912 之，[甲]1715 居也林，[甲][丙][丁]1141 處畫四，[甲][乙][丙]2089 造立寺，[甲]1717 處修，[甲]2006 暇師資，[明]2076 獨自，[三][宮]425 靜供日，[宋][元][宮]263 居山林，[宋][元][宮]263 居。

現：[丙]2381 性相如。

相：[乙]2261，[元][明][聖]310 如來捨。

向：[甲]1828 外。

性：[元][明]1602 妙界生。

修：[甲][乙]2194 於理。

閻：[宮]626 者佛，[三][乙][丙]1076 薩怛多。

因：[甲]2266 今得生。

有：[甲]1828 現能生。

圓：[三][宮]397 非智非，[元][明]、蘭[東]643 成如自。

月：[三][宮][聖]1425。

雜：[甲]1728 初以鬼。

之：[三]125 希有爾。

中：[三][宮]721 同集一，[三][宮]694 向上射，[三][宮]721 第一安，

[三][宮]1431 者，[三][宮]1435，[乙]1736 此。

種：[三]1508 有識故。

自：[甲][乙]2254 滅不得。

尊：[甲]1103 常，[三]190 當於是，[三]201 皆信敬，[聖]310。

## 犍

犍：[三][宮]1509 抵。

建：[元][明]375 陀大力。

健：[甲]2250 不，[三][宮][聖]383 陀嘔摩，[三][聖]125 子，[三]474 莫能勝，[宋][宮]、揵[明]309 提花滿，[宋][宮]、揵[明]1453 稚作前，[宋][宮]、揵[元][明]309，[宋]1443 稚餘，[乙]2250 連其外，[元][明]1071 達縛阿。

揵：[博][敦]下同 262 連須菩，[博]262 連從佛，[宮]310 連大德，[宮]310 連告妙，[宮]310 連語無，[宮]310 連尊者，[宮]814 陀若提，[宮]1428 度中説，[宮]1543 度，[宮]1546 度説此，[宮]1799 連姓云，[宮]2059 度婆沙，[宮]下同 310 連謂舍，[宮]下同 673 連即從，[甲]1804 稚聲即，[甲]1805 度初明，[甲]1805 度二三，[甲]1239 闥龍王，[甲]1736，[甲]1750 連姓也，[甲]1772 連與其，[甲]1782 達縛九，[甲]1804 者都截，[甲]1804 稚等相，[甲]1852 陶汰五，[甲]1918 破戒行，[甲]2261 連，[甲]2266 連故此，[甲]2300 稚，[明]、健[聖][另]1453，[明][宮]1543 度論卷，[明]

1421，[明]1421 子諸比，[明]1435，[明]2121 陀奉事，[三]、乾[聖]475 陀若提，[三]87 齋三爲，[三]375 子説除，[三][宮]、健[聖]1463 度中廣，[三][宮]、乾[聖]1463 度中，[三][宮]、乾[聖]1463 度中當，[三][宮]、乾[聖]1463 度中應，[三][宮]、乾[石]1509 闍婆緊，[三][宮]1546 度所説，[三][宮]1566 連被外，[三][宮][聖][另]1509 闍婆，[三][宮][聖]1470，[三][宮][聖]1509 連摩訶，[三][宮][另]1428 闍婆夜，[三][宮][另]1428 子彼，[三][宮][另]1428 子等亦，[三][宮]309 提，[三][宮]357 子等從，[三][宮]374，[三][宮]374 連，[三][宮]374 連阿若，[三][宮]374 連等及，[三][宮]374 連復作，[三][宮]374 連敬順，[三][宮]374 連在摩，[三][宮]374 亦以針，[三][宮]374 子，[三][宮]374 子説，[三][宮]378，[三][宮]381 沓恕阿，[三][宮]423 椎聲耶，[三][宮]824，[三][宮]1421，[三][宮]1443，[三][宮]1462 度竟，[三][宮]1462 連出家，[三][宮]1509，[三][宮]1509 連慧命，[三][宮]1509 闍婆城，[三][宮]1509 闍婆語，[三][宮]1543，[三][宮]1543 連婆羅，[三][宮]1543 子，[三][宮]1546，[三][宮]1546 度，[三][宮]1546 度所説，[三][宮]1546 度作如，[三][宮]1546 連依苦，[三][宮]1546 提梵志，[三][宮]1546 子，[三][宮]1566 子言彼，[三][宮]1639 子論師，[三][宮]1640 子論師，[三][宮]2121

撻婆鳩，[三][宮]下同 1428 度中制，[三][宮]下同 1453，[三][宮]下同 1462 度問曰，[三][宮]下同 1543 連，[三][宮]下同 2046 椎受人，[三][聖]125 連神足，[三][聖]545 闍婆阿，[三][聖]1441 連曼陀，[三][另]下同 1428，[三]99 子往詣，[三]192 撻婆，[三]193 連再遍，[三]203 時有内，[三]264 連從佛，[三]375 而來問，[三]375 連等速，[三]375 連神通，[三]375 聞我欲，[三]375 亦以針，[三]828 連大迦，[三]1393 連舍，[三]1428 度中説，[三]2088 連塔誦，[聖]125 連比丘，[聖]211 才明多，[聖]501 連往到，[宋][宮]810 沓和阿，[宋][宮]309，[宋][宮]309 沓恕阿，[宋][宮]379 連等，[宋][宮]754 連汝今，[宋][宮]810 沓恕人，[宋][宮]2034 度三十，[宋][宮]2040 陟即問，[宋][宮]2123 時有内，[宋][明]、健[宮][聖][另]1453 稚衆，[宋][明][宮]1453 稚作，[宋][明]397 連説是，[宋][聖]397 連從，[宋][元]、佛説犍[宮]506 陀國王，[宋][元]2155 蘭腹經，[宋][元][宮]1546 度，[宋][元][宮]1598 茶書一，[宋][元][宮][元][宮]378，[宋][元][宮]339 連，[宋][元][宮]374 我時欲，[宋][元][宮]378 沓和魔，[宋][元][宮]397 陀犍，[宋][元][宮]445 陀羅耶，[宋][元][宮]1463 度中廣，[宋][元][宮]1521，[宋][元][宮]1543，[宋][元][宮]1543 度，[宋][元][宮]1543 度第，[宋][元][宮]1543 度論卷，[宋]

[元][宮]1546 度，[宋][元][宮]1546 度八道，[宋][元][宮]1546 度定，[宋][元][宮]1546 度人品，[宋][元][宮]1546 度十門，[宋][元][宮]1546 度世第，[宋][元][宮]1546 度他心，[宋][元][宮]1546 度一行，[宋][元][宮]1546 度智品，[宋][元][宮]1546 荼書分，[宋][元][宮]1566 子作如，[宋][元][宮]1589 闍婆城，[宋][元][宮]下同 1546，[宋][元][宮]下同 624 陀羅自，[宋][元][宮]下同 1546 度何故，[宋][元][宮]下同 1546 度亦説，[宋][元][聖][另]1543 度第六，[宋][元]154 師本末，[宋][元]203，[宋][元]374 連等今，[宋][元]1138 連等而，[宋][元]1161 連，[宋][元]1465 連於巴，[宋][元]1543 度論卷，[宋][元]1644 連知其，[宋][元]2145 度盡十，[宋][元]2149 度毘婆，[宋]100，[宋]945 連及舍，[宋]945 連即從，[宋]1015 連，[宋]2153 達國三，[宋]2153 度一部，[宋]2153 陀經一，[乙]2394 那天其，[元][明]375 連目。

棍：[明]、捷[宮]449 達婆伽，[宋]、捷[元][明][聖]375 連等不，[宋]、捷[元][明]375 連等二，[宋][元]2061 載啓觀。

捷：[甲][乙]2194 陀若提，[明]2131 坻翻續，[明]2131 陀羅淨，[三][聖]125 連化作。

乾：[宮]1799 連三一，[甲]2196 子經宜，[甲]2362 連四人，[三]220 連滿贖，[三][宮]649 闍婆等，[三][宮]379 闍婆阿，[三][宮]586 闍婆阿，[三][宮]673 闍婆阿，[三][宮]824 闍婆阿，[三][宮]1464 弗來詣，[三][宮]1464 子何，[三]374 而來問，[三]375，[三]下同 223 闍婆城，[聖][石]1509 闍婆阿，[宋][元][宮][聖]、捷[明]1463 度中，[宋][元][宮][聖]、捷[明]1463 度中當，[宋][元][宮][聖]、捷[明]1463 度中應，[宋][元][宮][聖][另]、捷[明]1463 度中廣，[宋]397 連説是。

特：[丙]877 犍吒。

## 餞

牒：[甲]、錢[甲]2167 一。
棧：[甲]974 蘇合。

## 湔

濺：[三][宮]2123 二十一。

## 椷

函：[元][明]46 麗滿中。

## 煎

並：[三][宮]2123 熬號咷。
動：[聖]1425 作生酥。
箋：[三]1982 香一兩。
箭：[三][宮]1548 具足憂。
前：[宮]1604，[甲]2129 線反説，[甲]2129 線反俗，[三][宮][甲]901 藥，[三][宮]1558 水減盡，[三][宮]2121，[元]1451 染汁一，[元]1579 迫。
煮：[三][宮]1425 更熬。

## 監

保：[三]、俱[宮]2060 十二年。

鑒：[宮]1425 食人看，[甲][乙][丙]2778 誰與正，[甲][乙]1709，[甲][乙]2778 記當事，[三]204 通三世，[三][宮][知]598 以佛弘，[三][宮]294 反跛，[三][宮]1566 譯，[三][宮]2103 觀者罔，[三][甲][乙]2087 達衆賢，[三]682 於諸水，[三]2063 檢方得，[三]2102 於所失，[三]2149 護闇君，[聖]1425 食人後，[聖]1425 殺，[宋][元][宮]、鑿[明]2102 彼流宕，[元][明]125。

鑑：[宮]2103 作亂成，[宮]2109 奧遠及，[三][宮]2121 識便可，[三]2063 明達立，[聖]1425 食人。

藍：[三]、鹽[宮]1487 兜波菩，[三][宮]282 樓惡道，[三]2146 達王經。

濫：[甲]2217 矣小野，[甲][乙]1929 故遺教，[甲]1929 也九安，[甲]2255，[甲]2299 第，[久]1452 譯，[乙]2218 覺大乘，[原]1780 義無多，[原]1780 直云不。

臨：[知][甲]2082。

令：[乙]2092 荀勗造。

賢：[甲]1733 惠女。

塩：[聖]1763 性醎直。

鹽：[甲]2035 莎訶誦，[明]261 十八摩，[宋][元]2061 商。

醫：[甲]2792 藥隨，[三][宮]2060 工就。

## 箋

分：[宮]2053 爲十卷。

牋：[三][宮]2122 曰。

## 萠

簡：[宋][宮]、揀[元][明]1484 擇一切。

## 樫

檻：[甲]2130。

## 緘

安：[另]1721 置箱内。

釣：[甲]、誠[乙]2426 張良三。

穢：[元][明]26 籭盛滿。

繁：[三]156。

## 艱

母：[乙]2157 難三月。

難：[宮]2034 夷或迂，[甲]1921 險永絶，[甲]2087 險能達，[甲]2087 阻寒風，[明]2122 苦壽短，[三]202 所在破，[三][宮]1579 苦所謂，[三][宮]2060 哀慟氣，[三][宮]2060 違便虧，[三]152 苦情等，[三]212 苦無毫，[三]507 妾以，[三]2125，[聖]1442 辛時諸，[聖]2157 漸屈廣，[聖]2157 冥靈所，[聖]2157 危來儀，[聖]2157 危遠度，[乙]2087 辛五年，[原]1796 苦之事，[知]1579 險。

勤：[明]261 勞都無，[三]212 苦衆難，[聖]211 苦不如。

險：[聖]375 難非一。

難：[甲][乙]2778 此中廣。

## 礚

磈：[甲]1805 碼。

## 瀸

浸：[三][宮]618 壞從彼。

## 鐵

綵：[東][元][宮]721 所愛妻。

## 倹

約：[三][宮]1650 與衆共。

## 剪

裁：[甲][乙]1736 而削之。

揃：[宮]、[聖]1460，[宋]、擶[宮]606 其翅閉，[宋]、翦[元][明]203 頭在於，[宋]1335。

煎：[甲]1772 樹神愁，[甲]2128 也說文，[聖]1851 障名斷，[元][明][宮]1648 浣染掩。

翦：[宮]2060 落自，[明]1451 甲等物，[明][宮]2103 髮既無，[明]468 爪如，[明]1563 凶徒謂，[三][宮]2103，[三]374 拔不，[三]1545 故有作，[宋]1425 髮截，[元][明]1331 人毛髮。

箭：[三][宮]1505 也如是。

前：[甲]2129 反集訓，[三][宮]2122 惡緣即。

## 揵

津：[甲]1709 冷不遲。

## 揀

陳：[甲]2337 非圓，[元][明]2016 立者言。

揀：[宋]1128 選如法。

棟：[和]261 財寶多，[甲]2339 所攝所，[三]1242。

簡：[宮][聖][另]310 擇一相，[宮][聖]279 擇故饒，[宮]279 衆生故，[甲]1811 親疏求，[甲][乙]867 日月吉，[甲][乙]1866 故彼，[甲]1718 出人類，[甲]1718 僞，[甲]1718 一有，[甲]1718 衆敦信，[甲]1729 二遭，[甲]1751 二初立，[甲]1751 偏邪，[甲]1786 感者，[甲]1811 除和合，[甲]1811 更爲三，[甲]1811 見機益，[甲]1828 擇補特，[甲]1921 何者一，[甲]1921 也然十，[三]220 別故如，[三][宮]、蘭[聖][另]1451 諸童子，[三][宮]279 擇義，[三][宮]1562 擇力餘，[三][宮][聖]279 擇一切，[三][宮][聖]279 方處不，[三][宮][聖]1428，[三][宮][聖]1442 兵旗令，[三][宮][聖]1536 擇，[三][宮][聖]下同754 國，[三][宮]279 擇一切，[三][宮]1455 擇極堅，[三][宮]1461 擇罪三，[三][宮]1647 世，[三][宮]2103 之例甘，[三][宮]2122 取三十，[三][宮]2122 擇一一，[三]310 擇諸法，[三]1005 擇時日，[聖][另]1443 擇極堅，[聖]2157 一勝處，[石][高]1668 擇假者，[宋][甲]1007 擇好時，[宋][元][宮]1579 擇補特，[乙]、槀本亦同897 其地隨，[乙]2261 擇此離。

句：[甲]1736 眞空實。

林：[甲]1736 非約緣。

釋：[元]1579 文不復。

撒：[三][宮]1546 便。

藪：[甲]1828 或翻洗。

棟：[甲]1717 下示文。

投：[三][宮]2060 選行。

## 詑

衒：[元][明]694 賣女色。

## 減

長：[聖]663。

成：[宮]1425 量不。

感：[甲][乙]1822 知如，[甲][乙]1833 彼者云，[甲][乙]1822 三也四，[甲][乙]2309 六，[甲]2196 沼即取，[甲]2259 香味生，[原]、滅[甲]1863。

還：[甲]2266 滅故多。

函：[三][宮]1428 相陣象。

患：[原]2410 已上又。

緘：[宋][宮]、－[明]2103 省除滅。

據：[三][宮]453 一。

滅：[內]1866 至五耶，[德]1563 者應散，[敦]1960 之，[高]1668 煩惱不，[宮]461 如是菩，[宮]1562 器世間，[宮]2123 如是比，[宮][聖]397 勤進以，[宮][聖]1462 少諸比，[宮][聖]1579 故猶如，[宮]221 衆生意，[宮]263 隨心所，[宮]263 諸根不，[宮]618，[宮]633 不，[宮]657 好行諸，[宮]660 諸有情，[宮]665 勢力盡，[宮]668 成大邪，[宮]765 所以者，[宮]1509 於阿耨，[宮]1545 法離法，[宮]1547 不退以，[宮]1552，[宮]1552 則依者，[宮]1558 多壽方，[宮]1635，[宮]2053 於常微，[宮]2060，[甲]、滅[甲]1782 不起虛，[甲]1706 於前前，[甲]1735 故不滅，[甲]1828 時四，[甲]1830 故應，[甲]1870 受想心，[甲][乙]1822 我，[甲][乙]1822 六字，[甲][乙]2219 劫中小，[甲][乙]2250 成即二，[甲]1080 前藥半，[甲]1709 斤兩即，[甲]1709 略行相，[甲]1736 八故百，[甲]1736 又反流，[甲]1796 八，[甲]1816 不增，[甲]1816 此是無，[甲]1816 二失世，[甲]1816 羅什二，[甲]1816 失，[甲]1816 與，[甲]1821 時是成，[甲]1821 已下更，[甲]1839 惱此自，[甲]1851 故一，[甲]1884 謗三空，[甲]1924 如似以，[甲]2044 不可不，[甲]2128 反王肅，[甲]2128 也說文，[甲]2212 非造作，[甲]2223 與淨法，[甲]2250 半後下，[甲]2250 故文正，[甲]2250 增故，[甲]2259 若言不，[甲]2266 不緣三，[甲]2266 二邊順，[甲]2266 故，[甲]2266 故亦非，[甲]2305 所，[甲]2328 兩見因，[甲]2328 衆生界，[甲]2339 非，[甲]2348 講敷諸，[甲]2362 省睡眠，[甲]2409 其食分，[甲]2778 三釋曰，[明]839 不動不，[明][甲]1216 鉤召，[明]152，[明]194 少爾時，[明]220 盡所以，[明]228 一劫以，[明]402 不增佛，[明]651 省樂獨，[明]

682 時顯示，[明]716 不復增，[明]721 耳中則，[明]721 劣而不，[明]821，[明]997 如來普，[明]1007 人相，[明]1428 違法，[明]1545 更無增，[明]1563 者隨位，[明]1593 散動一，[明]1636 善法招，[明]2131 禮學吾，[三]99 法佛説，[三]375 故若有，[三]1559 因如此，[三][宮]489 文，[三][宮]1545 爾所是，[三][宮]1546 一切道，[三][宮]1579 盡可得，[三][宮][聖]278 縁具故，[三][宮][聖]334 衆弟子，[三][宮][聖]1509 直更無，[三][宮]410 數有二，[三][宮]411 善根由，[三][宮]468 以，[三][宮]500 其一愚，[三][宮]569 福增日，[三][宮]618，[三][宮]632 未常，[三][宮]645 乃至劫，[三][宮]721 以二息，[三][宮]738 阿難，[三][宮]1509，[三][宮]1545 故復次，[三][宮]1545 界而滅，[三][宮]1545 違逆生，[三][宮]1546 乃至道，[三][宮]1546 乃至觀，[三][宮]1549 如於此，[三][宮]1559 二三四，[三][宮]1559 他勢味，[三][宮]1559 無流，[三][宮]1562 不決定，[三][宮]1584 故影譬，[三][宮]1641 一劫生，[三][宮]1651 亦復無，[三][宮]2058 一人涅，[三][宮]2102，[三][宮]2103 十善暢，[三][宮]2121 故變成，[三][宮]2121 頭次第，[三][宮]2122 隨，[三][聖]158 時惡世，[三][聖]190 削如行，[三]13 四失戒，[三]60 餘有五，[三]125 亦成須，[三]154 視之無，[三]190 相是破，[三]198 悉

一義，[三]202 復緣斯，[三]220 盡所以，[三]374 無有增，[三]375 是故復，[三]1341 渴，[三]1528 若修慧，[三]1529 無失故，[三]1545，[三]1579 故又是，[三]1579 正法未，[三]1644 已盡草，[三]2103 餘慶僧，[三]2106 虐，[三]2122，[聖]、咸[另]1509 相乃至，[聖]26 損善法，[聖]310，[聖]1579 有，[聖][另]1552 數或時，[聖]26 阿修羅，[聖]99，[聖]99 知我等，[聖]120，[聖]125 所以然，[聖]231 一劫以，[聖]278 海水一，[聖]279 我等皆，[聖]310 一劫起，[聖]953 隨意住，[聖]1435 少，[聖]1451 不得久，[聖]1462 不長是，[聖]1463 五百，[聖]1509 一劫恭，[聖]1562，[聖]1563 等故若，[聖]1579 無顛倒，[聖]1763 爲住無，[聖]1851 唯有隱，[石][聖]1509 菩薩亦，[石]1509，[石]1509 禪定戒，[石]1509 故學般，[宋][宮]784 乎佛言，[宋][宮]1509 佛智慧，[宋][元]7 惡道日，[宋][元][宮]1581 離垢明，[宋][元][宮]2121 十四，[宋][元][宮]2122 罪福多，[宋][元]618 時令住，[宋][元]1539 或執爲，[宋][元]2111 釋曰有，[宋]120 非法者，[宋]374 如斷生，[乙]1816 五百年，[乙]2263 有漏心，[乙]2296 故生懃，[乙]2328 義，[乙]2393 第七夜，[元]587 不見垢，[元]2016 定俱生，[元][宮]614 爲小此，[元][明]310 出家無，[元][明]658 菩，[元][明]1562 故説彼，[元][明]1579 邊復有，[元][明]

2106 休至若，[元][知]598 盡其欲，[元]1425，[元]2016 若不可，[元]2016 一劫若，[原]1960 位多皆，[知]1579。

凝：[甲][乙]1822 寶生非。

淺：[原]2244 至深若。

闕：[三][宮]2034 半日之。

盛：[甲][乙]2263 能引習，[三]186。

損：[石]1509 以善修。

咸：[博]262 損諸天，[德]1563 及福罪，[德]1563 三踰繕，[宮]445，[甲]、減地[原]1771 增今時，[甲]2196 發勝定，[甲][乙]1724 謗遂依，[甲][乙]1822 等故，[甲][乙]2261 攝不盡，[甲]1075 數至一，[甲]1287 斤兩即，[甲]1710 於諸佛，[甲]1723 有千家，[甲]1724 義如諸，[甲]1733 數十爲，[甲]1960 共擯棄，[甲]2255 也減，[三][宮]2122 一萬間，[三]1441 與白及，[聖][另]1509 如，[聖]200 此寶持，[聖]224 天中天，[聖]1421 突吉羅，[聖]1425 與比坐，[聖]1509 不應復，[聖]1509 聚散損，[聖]1509 薩，[聖]1509 色，[聖]1509 是菩薩，[聖]1509 損，[聖]1509 學，[聖]1509 一心，[聖]1509 智慧，[聖]1721 佛，[聖]1733，[另]1435 半月浴，[另]1509 不示入，[另]1509 大小義，[另]1509 相不見，[宋][元]、減[宮]1559 盡我未，[宋][元][宮]1462 取，[乙]2261 恐廣述，[原]1819，[原]1960 言佛身。

溢：[三][宮]657 能集一。

欲：[元][明]、減字宋本白闕1116 於威勢。

責：[甲]2300 憶識力。

增：[石]1509 亦不，[元]26 或有覺。

## 儉

備：[三]2154 忘擬歷。

撿：[聖]1421 時波。

檢：[明]2076。

饉：[三][宮][聖]1425 乞食難，[三][宮]397。

倫：[三][宮]2060 通徽音，[三][宮]2060 約一。

歉：[明]1450 乞，[元]451 旱。

稔：[乙]1709 或言吉。

僧：[宮]2060 延請僧。

俗：[三]2103 不遺造。

偷：[聖]1462 時衆僧。

險：[三][宮][聖]272 難賊難，[三][宮]1522 難四不，[三]1341 謂不閑。

## 翦

剪：[宮]2060 除三障，[明]2104 髮爲好。

## 撿

按：[三]2154 尋群録，[三]2154 祐房等。

被：[三][宮]309 以法服。

喚：[甲][乙][丙]1306。

極：[三][宮][聖]318 已度於。

儉：[聖]1441 諸客比，[宋]26 汝愚癡。

檢：[明][宮]687，[三][宮]539 校時有，[三][宮]1421 問慈地，[三]125 父王已，[三]361 斂端直，[三]1485 攝經，[三]2122 括機緣，[宋]、殮[元][明]2060 已終，[宋][元]2122 校乃至，[元][明]1435 意一心，[元]156。

劍：[宋][元]、歛[明]1470 兩足累。

挍：[甲][乙]2288 漢土流，[甲][乙]2288 之。

揆：[三]2108 若令合。

括：[乙]2157 出別生。

斂：[三][宮]1425 攝，[三][宮]1435 風吹墮，[三][宮]1521 心不放，[宋][宮]、歛[元][明]1507 諸邪非，[宋][明][宮]、歛[元]590 情。

歛：[三]、斂[宮]703 言其空，[三]203 針五百，[三][宮]617 意入定，[三]1 心專，[三]1 心專一。

臉：[三][宮]2123。

餰：[甲]1813 世見女。

鬥：[三][宮]309 猶如龍。

捻：[甲]、收[乙]2390 攝其心，[甲][乙]2390 第四珠，[甲]1816 尋諸本。

捨：[宮]327 若作世，[甲][乙]1822 識身論，[乙]1816 法華六，[元][明]196 此三雖。

拾：[甲]2195 初二義，[元][明]231 得取而。

束：[明]362 其有。

校：[明]2145 之猶多。

驗：[三][宮]1425 問事實，[三]196 威神便，[三]2103 故知，[三]2145 小若苟。

揄：[原]1796 不名善。

援：[甲]2266 餘文問。

撮：[甲]2219 要集。

## 檢

部：[三][宮]2122。

儉：[三]2063 弊衣蔬，[宋]2059 專節者。

撿：[明]2131 經教具。

挍：[甲]1805 經本作。

斂：[宮]309 心思惟，[甲]2157 意四，[元][明]328 不息嬈。

歛：[元][明]2122 兩足累。

捻：[乙]2404 止。

却：[甲]897 本恐有。

捨：[元][明]2103 之以投。

拾：[甲]2263。

校：[明]2154 群錄護。

驗：[明]、臉[宮]2122，[三][宮]2103 之劉向，[聖]1428 之方知。

總：[乙]2404 諸軌云。

## 蹇

謇：[甲]2271 拏，[明]2122 所説衆，[三][宮]729 吃重言，[三][宮]1648 生，[三][宮]2123 吃瘖瘂，[三]152 吃兩目，[三]190 澁更重，[三]2112 訥木賜，[乙]2157 與漢殊，[元][明]2059 與漢殊，[元][明]327 吃行

戲，[元][明]658 吃云，[元][明]1509，[元][明]2145 與漢殊，[元][明]2154 與漢殊。

騫：[甲][乙]2223 提釋曰，[甲]2130 大智惡。

褰：[丁]、蹇裳褰衣[乙][丙]2092 裳渡於。

蹇：[甲]2775 者疎謂，[戊][己]2092 産，[乙]2394 荼與石。

## 謇

蹇：[三][宮]724 吃瘖瘂，[三][宮]2122 吃瘖瘂，[三][聖]190 吃聲不，[三]212 吃是故，[聖][甲]1733 澁故云，[宋][明]1170 訥若軍，[宋]1341 吃或復，[元][明]1602 澁十八。

謹：[三]2059 竭誠猶。

塞：[明]1153 謇嗢未。

## 繭

繭：[三]1332 鼻中二。

襺：[三][宮]2103 而寒入。

璽：[元]2122。

## 瞼

祠：[三][乙]1092 上見於。

斂：[三][宮]721 眼視。

臉：[明]2060 下垂淚，[三][宮]2060 銷紅莫，[三][宮]2122 形當自，[三]190 愁憂。

驗：[宮]2058 形當自。

## 簡

苞：[甲]2274 瓶等一。

報：[原]1776 佛恩隨。

差：[甲]1863 別。

簡：[乙]2218 此一。

苟：[甲][乙]1796 非其人。

漢：[三]2122 州。

脊：[乙]1744 下説之。

間：[甲][乙]1822 擇至非，[甲]2266 第七以，[明]1340 明，[三]、閑[宮]2103 終難獲，[三]202 閑暇共，[乙]1822 隔得名，[元][明]2103 詣踰於，[原]1212 錯。

蕳：[聖][甲]1763 第二問。

柬：[乙]1092 去惡土。

揀：[宮]2108 略闕言，[甲]1846，[甲][乙]1822 擇，[甲]1736 勝二乘，[甲]1784 何意不，[甲]1786 非二以，[甲]1786 顯名是，[甲]1792 内道中，[甲]1792 異餘時，[明][乙]1110 地訖當，[明]1450 卑族及，[明]1450 求美女，[明]1450 選父王，[明]1450 一有情，[明]1545 擇極，[明]1579，[明]1597 聲聞等，[明]1597 擇諸法，[明]下同 1537 擇乃至，[三]202 擇請不，[三]1459 擇善惡，[三][宮]310 擇力滿，[三][宮]310 擇捨勝，[三][宮]676 擇思惟，[三][宮]1545 何事説，[三][宮]1558 擇力餘，[三][宮]1563 擇而轉，[三][宮]1579 擇法故，[三][宮]2122 選宿舊，[三][宮]300 擇持戒，[三][宮]639 擇，[三][宮]657 擇皆入，[三][宮]657 擇是世，[三][宮]671 擇諸法，[三][宮]721 擇心所，[三][宮]721 擇云何，[三][宮]1458 擇四念，

[三][宮]1463 取上房，[三][宮]1509 擇諸釋，[三][宮]1537 擇極，[三][宮]1537 擇諸蘊，[三][宮]1545，[三][宮]1545 別猶如，[三][宮]1545 擇，[三][宮]1545 擇故云，[三][宮]1558，[三][宮]1558 親疎，[三][宮]1558 擇然佛，[三][宮]1562 擇而轉，[三][宮]1562 擇法時，[三][宮]1562 擇能懷，[三][宮]1562 擇轉，[三][宮]1595 別是波，[三][宮]1595 擇於勝，[三][宮]1620 擇門諸，[三][宮]2034 擇集疑，[三][宮]2060 三大德，[三][宮]2121 藥草自，[三][宮]2122 大小皆，[三][宮]下同 1537，[三][乙]1092 擇，[三][乙]1092 擇勝地，[三]187 選伎，[三]190 取三十，[三]190 選平等，[三]192 擇諸媒，[三]201 擇，[三]310 擇觀待，[三]865 擇何以，[三]1341 擇自取，[三]1346 擇清，[三]1533 僞故請，[三]1534 擇八者，[三]1537，[三]1537 擇極，[三]2122 福田答，[三]2152 得數本，[三]下同 1537 擇極簡，[乙]895 取十箇，[元][明]1579 擇極，[元][明]1579 擇乃至，[元][明]1579 擇捨離，[元][明]1579 擇思惟，[元][明]1579 擇所成，[元][明]2016 金頌云，[元][明][甲]893 擇地定，[元][明]310 擇法所，[元][明]310 擇證入，[元][明]639 器非器，[元][明]639 擇，[元][明]660 擇及遍，[元][明]1007 擇使淨，[元][明]1442 取一人，[元][明]1579 擇補特，[元][明]1579 擇法深，[元][明]1579 擇福田，[元]

[明]1579 擇句又，[元][明]1579 擇如是，[元][明]1579 擇止觀，[元][明]1579 擇諸法，[元][明]2016 甜苦之，[元][明]2122 選數千，[元][明]下同 1579 擇法極，[元][明]下同 1579 擇覆障，[元][明]下同 1579 擇住云。

蘭：[宮]1689 譯，[宮]2060 時問義，[宮]2122 良等曰，[甲]2173，[甲]1708 別二行，[甲]2174 要壇，[三][宮]2103 陵蕭綱，[三][宮]2059 公俱過，[三][宮]2103 綠字，[三]2146 撰非藥，[聖]2157 絶情，[聖]2157 文帝時，[宋][宮]2103 秀乾光，[宋][宮]2122 集道士。

蘭：[元]2061 心曠之。

爛：[甲]2255 也述義。

棟：[甲][乙][丙]2778 者若三，[三][宮]837 擇諸法，[三][宮]2042 選惡人。

練：[乙]895 取一所。

論：[甲][乙]2263 異界異。

前：[甲]1830 第六識。

尚：[乙]1816 非眼見。

省：[甲]2289 意廣開。

說：[甲]1821 或界地。

隨：[宮]1598 清淨法。

筒：[甲]2128 也説文。

聞：[宮]1610 空而生。

問：[甲]2801 師德及，[乙]1796 之誰，[原]1744 三，[原]1744 上界所。

閑：[明]2110 邪中觀。

顯：[甲]1709 外道非，[甲]1840 非句故，[甲]2263 第七以。

修：[原]2425 善事如。

遮：[甲]2263。

## 鹹

酸：[三][宮]1521 苦臭穢。

鹽：[明]2076 亦無凡。

## 騫

蹇：[明]184 特長跪，[三]184 特送我，[聖]26，[宋][宮]、褰[元][明]2045 鼻乃能，[元][明]184 特自念。

謇：[三][乙]、[甲]982 禰十一，[三]982，[乙]982。

建：[三]982 那怖嗢。

褰：[宋][元][宮]、塞[明]2045 咽細色，[元][明]384 鼻。

攐：[元][明]1579 脣。

欠：[三][宮]1545 持言汝。

騫：[明]1451 羇到彼。

鶱：[甲]901 伽唎雞。

## 件

伴：[甲][乙]1822 除法。

部：[三]2149 其外八。

健：[乙][丙]1056 咤夜引。

使：[丙]2120 李大夫。

順：[明]1442 破僧不。

伍：[三][宮]2060 而貞心。

行：[甲]2183 本西院。

佯：[甲]2286 品已不。

種：[三][宮]1559 類故故。

## 見

安：[宋][聖]210 禍。

抱：[三][宮]2121 道法不。

悲：[聖]200 却此珠。

貝：[甲]1512 故言即，[聖]643 之時。

悖：[甲][丙][丁]2092 逆人倫。

邊：[甲]2262 同於我，[甲]2266 二見。

別：[明]377。

並：[三]2154 在，[聖]2157 在。

竝：[聖]2157 在。

不：[元][明]1547 可樂不。

長：[宮]1536 壽久住，[三][宮]1421 衆色云，[聖]2157 房錄。

乘：[甲]2087 非斥。

尺：[甲][乙]1816 之有異。

出：[三][宮]2122，[三]2153 內典錄。

此：[三]2026。

次：[宮]1509 十方無。

當：[三]審[宮]458 視星宿。

道：[三]375 不得解。

得：[甲]2119 來書襃，[明]2076 虛頭，[三][宮]、自[聖]425 佛，[三][宮][另]281 泉水，[三][宮]657 無量無，[三][宮]1808 者擲籌，[宋][明][宮]223 是智慧。

定：[甲]2263 未，[三][宮]1563 四句差，[聖]1585 貪等煩，[原]1833 總顯。

覩：[三]、觀[聖]200 已問其，[三][宮]262 無量智，[三][宮]263 如是微，[三][宮]263 諸佛，[三][宮]638 三世不，[三]100 斯事已，[三]152 其

來告，[三]186 其形天，[元][明]383
如來母，[元][明]401。

　對：[三]1 色而不。

　厄：[甲]1771 此相殺，[原]1771
相師。

　兒：[宮]1451 劫比羅，[甲][乙]
2219 印眞言，[甲]2036 願公臨。

　耳：[宋]1545 無記無。

　法：[明]1644 恭敬父，[三][宮]
671 及諸餘，[乙]2263 執最勝。

　翻：[甲]1811 歸戒善。

　佛：[三]196 示導，[三]418 當來
無。

　高：[明]1435 闍那布。

　根：[明]99 處觀察。

　觀：[甲]894 神室處，[甲]2006
教，[明]2121 四百由，[三][宮][西]
665 如滿月，[三][宮]613 白骨已，
[三][宮]613 此乞者，[三][宮]1646 四
諦猶，[三][宮]2060 其狀則，[三][宮]
2104 殿柱須，[三][聖]190 世間百，
[三]174 若入山，[乙]2263 經文得，
[元][明][宮]614，[原]1696 秤菩薩，
[原]2362 父爲子。

　光：[宮]1566 法無自。

　昊：[聖]2157 入藏録。

　化：[甲][乙]1736 境寬狹，[明]
682。

　回：[甲]1863 道心苦。

　獲：[三]2059 免緄後。

　機：[三][宮]2123 殊則同。

　即：[明]2131 麁細色。

　已：[宋]1546 集所斷。

　計：[三][宮]606 有我安。

　既：[三][宮]1421 孤窮便，[三]
[宮]1644 識解何。

　濟：[元][明]271 衆生苦。

　建：[明]1110 大道。

　降：[三]202 顧爾時。

　皆：[宮]2123 毒熱唯，[明]816 於
是目，[明]1257 怕怖右，[三][宮]397
無有貪。

　結：[三][宮]384 法應斯，[三][宮]
397 因緣增。

　解：[三][宮]374 佛言善，[三][聖]
375 佛言善。

　戒：[聖]1646 取之過。

　近：[三]264。

　盡：[甲]2266 故得起。

　觀：[三][宮]565 如來以。

　徑：[三][宮][聖]586。

　竟：[三][宮]310 其味。

　敬：[三][宮]598 一。

　境：[宋]21 上佛皆，[元][明]1562
根功能。

　句：[甲]1789 絶百非，[甲][知]
1785 者於一，[三][宮]671 分別説。

　具：[宮]263 聞及餘，[宮]616 受
樂云，[宮]636 者法，[宮]1494 故諸
法，[甲]1891 足優，[甲][乙]1822 修
所，[甲]1828 道也，[甲]2196 此三
德，[甲]2266 分名染，[甲]2274 依
主持，[甲]2428 體法身，[明]340 有
三障，[明]2149 僧祐集，[三][宮]345
而生，[三][宮]393 俱夷那，[三][宮]
1462 觀度，[三][宮]1559 取云何，

[三][宮]2102 涉俊上，[三]193 大恐懼，[三]278 一切，[聖]26 作如是，[聖]2042 三屍著，[宋][宮]278 眞實義，[宋][元][宮]、懼[明]2060 之不敢，[宋][元]1451 而問曰，[宋]1097 不空羂，[宋]1596 此修有，[元][明]199，[原]1782 到彼國，[知]414 言菩薩。

俱：[乙]2263 本疏。

覺：[甲][乙]2261 故所應，[甲]2219 不可，[甲]2262 由斯三，[三][宮]1588 者乃至。

看：[聖][另]1435 王王作。

可：[三][宮]221 見，[三][宮]636 無處亦，[三][宮]2122 無人家。

苦：[甲]1705。

況：[明]2102 人不蠱。

來：[明]682 殊勝故。

覽：[宋]425。

了：[三][宮]672，[乙][丙]2810 故此。

良：[元][明]278 藥若有。

亮：[三][宮]481 盡三月。

令：[原]1238 惡。

慢：[甲]2266。

貌：[乙]2381。

夢：[三]190 太子乘，[三]2149 將必是。

覓：[宮][甲]1805 故文似，[甲]1736 其便我，[三][宮]397，[三][宮]1442 苾芻唯，[三][宮]1509 初成佛，[三]100 種姓亦，[聖]2157 竺道祖，[原]1818 對治攝。

名：[宮]671 相以爲，[甲]2322 唯。

明：[甲][乙]1822 逼眼闇，[聖]397 無垢穢。

目：[甲]897 如法於，[宋]1092 此露澎。

乃：[乙]2376 知。

尼：[明]414 已復更。

披：[甲]2263 第八第。

皮：[宮]2122。

其：[宮]492 善代其，[三][宮]2102 沮懈而，[三][聖]375 性本無，[三]643 毛正直，[三]2122 毒具足。

齊：[明][宮]2058 時已到。

起：[原]2303 論之。

遣：[煌]1654 亦無少。

親：[三][甲]901 獲無，[三]152 婦問曰。

求：[甲]1778 生滅者。

取：[甲]1736 者即以，[三][宮]671 有無以，[三][宮]672，[三][宮]1435 物應好，[三]1541 云何五，[元][明]1545 此亦。

去：[三][宮][另]1435 不犯四。

缺：[甲][乙]2391 第九贊，[乙][丙]2397 文疏以。

人：[明]2123 貧窮者，[三][宮]263 現究竟。

如：[三]、-[宮]1579 一切色，[三][宮]671 淨心，[宋][元]、知[明]189 是已火。

入：[甲]2266 道以傍，[甲]2312 道位是。

燒：[原]2270 既不類。

捨：[甲]2196 我見即。

射：[三][宮]2121 琉璃王。

身：[宮]322 如山澤，[甲]1735 處差別，[甲]1763 終不見，[三][宮]613 舉身白，[聖]100 及以吾，[聖]225 群生成，[聖]288 己身在，[乙]2249 此等舉，[元][明]2016 無。

甚：[聖]285 諦清淨。

時：[甲]1799 也亦有，[三][宮]271 濁衆生。

實：[明]587 諦答言。

示：[聖]200 教訓其。

似：[原]1840 無常屬。

事：[聖]1548 是名證。

是：[宮]1559 諦所滅，[宮]374 修習四，[宮]617 一佛結，[宮]1421 休息道，[宮]1425 頭脚在，[宮]1521 無福貧，[宮]1566 眞，[宮]1593 色空非，[宮]1632 眞實耆，[宮]1911 過失發，[甲]1735 則定慧，[甲]1805 法是毘，[甲]1828 食，[甲]2036 敬使魏，[甲]2266 世間起，[甲]2274 無常也，[甲][乙]1822 攝，[甲][乙]2376 則遠菩，[甲]952 訖哩迦，[甲]1512 初偈第，[甲]1512 故不得，[甲]1731 淨亦如，[甲]1736 壞亂緣，[甲]1782 不斷我，[甲]1782 菩薩往，[甲]1782 下皆准，[甲]1816 煩惱障，[甲]1816 色身五，[甲]1830 分衆緣，[甲]1969 佛是心，[甲]2214 即此印，[甲]2223，[甲]2249 故雖作，[甲]2250 愛行故，[甲]2250 諸法生，[甲]2255 修二斷，

[甲]2261 此意也，[甲]2261 汝種族，[甲]2261 聞知我，[甲]2266，[甲]2266 道名，[甲]2266 故者此，[甲]2266 聚，[甲]2266 親迷故，[甲]2266 色等爾，[甲]2266 隨他或，[甲]2274，[甲]2274 非作云，[甲]2299 非取意，[甲]2299 終歸處，[甲]2322 能緣何，[甲]2335 華嚴經，[甲]2837 解脫門，[明]721 善友知，[明]1562 無爲第，[明]310 清淨，[明]384 化衆生，[明]425 奉行是，[明]647 常常住，[明]710 繫衆生，[明]1425 比丘衣，[明]1525 等，[明]1551 己樂等，[明]1558 性者名，[明]1662 集戒定，[明]2131 衆生理，[三][宮]310 第二地，[三][宮][聖]1544 修所斷，[三][宮][聖][另]1548 令不清，[三][宮][聖][石]1509 天眼，[三][宮]221 字亦不，[三][宮]224 不得佛，[三][宮]310 爲邪見，[三][宮]374 諸衆生，[三][宮]632 經尊故，[三][宮]671 法無如，[三][宮]721 不可滿，[三][宮]721 於父母，[三][宮]1425 親舊應，[三][宮]1452 人天之，[三][宮]1505 得身證，[三][宮]1506 他人他，[三][宮]1543 受，[三][宮]1545 道果問，[三][宮]1545 異生或，[三][宮]1546 念我能，[三][宮]1546 現在前，[三][宮]1548 如是等，[三][宮]1563 處三有，[三][宮]1646 具足又，[三][宮]1647 故名聖，[三][宮]1648 曼陀羅，[三][宮]2059 驅逼貧，[三]13 惱意向，[三]125 檀越施，[三]153 現報猶，[三]

1548，[聖]761 道場是，[宋][宮]398 身，[乙]2263 證羅漢。

喜：[聖]100 有汝天。

先：[宮]1550 道，[原]2264 三輪。

顯：[甲]2262 彼爲勝，[甲]2195 現義者，[三][宮]2122。

現：[宮]263 揚聖覺，[宮]1547 於是彼，[宮][甲]1799 而各隨，[宮][聖]1494 賢劫千，[宮]223 佛身在，[宮]263，[宮]263 怪未曾，[宮]263 十方世，[宮]263 斯典又，[宮]279 一切功，[宮]286，[宮]379，[宮]636 用華淨，[宮]657 大力於，[宮]657 諸佛彼，[宮]1558 從過去，[宮]1577 之生於，[宮]2034 寶，[和]261，[甲]1775 何國而，[甲]1795 一切衆，[甲]2036 存，[甲][丙]2397 生證得，[甲][乙]867 世替諸，[甲][乙]1796 其所樂，[甲][乙]1796 色身作，[甲][乙]1799，[甲][乙]1821 顯色青，[甲][乙]2223 證此三，[甲]893 即須禁，[甲]893 與其成，[甲]952，[甲]1080 聞講論，[甲]1698 來無所，[甲]1705 法即第，[甲]1705 是俱時，[甲]1706 在事也，[甲]1718 空而生，[甲]1723 脩成故，[甲]1742，[甲]1805 無窮且，[甲]1816 故言悉，[甲]1848，[甲]1863 禪修行，[甲]1912 身陷入，[甲]1983 至王宮，[甲]2006 在，[甲]2015 於空心，[甲]2270 其過遂，[甲]2425 天者正，[甲]2792 八種惡，[別]397 神力亦，[明]228 色不見，[明]374，[明]2076，[明]261 種種色，[明][甲]1177 在世一，[明][甲]1175 身獲得，[明][甲]1227 種種身，[明][乙]1174 成就佛，[明]191 在諸，[明]261 轉輪王，[明]278 一切未，[明]285 己身在，[明]293 無邊法，[明]310 八功德，[明]414 善哉奇，[明]1450 爲王未，[明]1455 先旗兵，[明]1479 在身口，[明]1509，[明]1571 見謂無，[明]2041 在，[明]2059 當有高，[明]2060 遷曰但，[明]2076 存，[明]2076 前愚，[明]2076 在學師，[明]2122 照州，[明]2149，[三]192 於今，[三]278 眞實，[三]474，[三]682 皆非實，[三]1341 在壽命，[三]1441 乃，[三]2088 無方權，[三][宮]、[聖]1547 覩可現，[三][宮]308 在前三，[三][宮]309 色身顯，[三][宮]310 彼諸菩，[三][宮]397 身神通，[三][宮]607 行可知，[三][宮]1595 在彼受，[三][宮]1598 苣勝與，[三][宮]2102 世福報，[三][宮]2122 一，[三][宮]2122 之一切，[三][宮][金]1666 得利，[三][宮][聖]278 皆如夢，[三][宮][聖][另]1442 神變，[三][宮][聖]222，[三][宮][聖]278 聲聞緣，[三][宮][聖]310，[三][宮][聖]310 前不動，[三][宮][聖]379 一佛坐，[三][宮][聖]425 佛所初，[三][宮][聖]613 觀像手，[三][宮][聖]1562，[三][宮][另]1428 諸長老，[三][宮][知]384 佛身二，[三][宮][知]384 還至天，[三][宮]225 慧身及，[三][宮]263 此，[三][宮]263 佛前，[三][宮]263 其身相，

[聖]376 復次善，[聖]397 時魔復，[聖]397 諸法名，[聖]514 日欲，[聖]613 諸聲，[聖]643 映蔽衆，[聖]664 三世過，[聖]816 身行離，[聖]953 真言增，[聖]1435 不應，[聖]2157 二秦錄，[宋][宮]310 一切諸，[宋][宮]702 莊嚴諸，[宋][元][宮][聖]1464 時守門，[宋][元][宮]1559 説見乃，[宋][元][宮]2121 遇佛得，[宋][元]196 王，[宋][元]1670 在事是，[宋]279 三，[宋]2122 形詣協，[乙]1171 世證得，[乙]2263 爲本也，[乙]2263 文就本，[乙]2263 文依光，[元]1487 迷惑者，[元][明]270 被五繫，[元][明][宮]309 在諸，[元][明][宮]310 諸天第，[元][明][宮]614 不出五，[元][明]125 爾時長，[元][明]186 身樹下，[元][明]212 法中能，[元][明]322 息心形，[元][明]322 衆人所，[元][明]999 身成就，[元][明]1038 稱心從，[元][明]2110 阿練託，[元][明]2110 因奏獲，[元][明]2110 樂有樂，[元]220 四正斷，[元]1525 一切有，[原]1212 真身光，[知]266 八等。

相：[宮]1596 是應知，[甲]1841 自證即，[明]1541 相應無，[三]220，[三][宮]414 妨礙，[三][宮]1592 意言彼，[三]118 牽掣欲。

詳：[原]2339。

心：[三][宮]1552 倒。

星：[三]375 無物名。

行：[三]278 所行，[原]2196 法界凡。

性：[三]672。

修：[宋][元]1546 道所斷。

言：[甲]2266 見諦聖，[甲][乙]1736 行於世，[甲][乙]2263 淨土舍，[甲]1092 旖暮伽，[明]25 壽命亦，[三][宮]721 不見下。

眼：[甲]、眼[乙]1821 名爲見，[甲][乙]1816 已，[三][流]365 見無量。

也：[三]2154 僧祐錄。

一：[三][宮]1543。

依：[三][宮]2121，[乙]2263 所。

疑：[甲]1806 根聞犯。

已：[宮]356 文，[明]100 婆羅門，[三][宮]2121 離八地，[三]263 脱門，[聖]613 臍光七，[元]589 有爲之。

亦：[明]816 有。

因：[三][宮]671。

用：[三][宮][聖]816。

由：[三][宮]、曰[聖]1443 汝威儀。

有：[宮]1546 道斷苦，[宮]1799 疑，[甲]1733 此相攝，[明]220 竟不可，[明]1545 苦所斷，[明]1451 惡相心，[三][宮]318 妄想如，[三][宮]796 未得道，[三][宮]278 人天趣，[三][宮]310 已，[三][宮]381 莊嚴以，[三][宮]613 事此想，[三][宮]2121，[三][聖]26 親族憐，[三][聖]643，[三]643 事，[聖]221 有爲無，[聖]1582，[宋][元][宮]1425，[乙]2249 深意所，[乙]2249 也即見，[原]、有[甲]1782 半

無因。

於：[明]25 世作如，[三]100 修福者。

語：[元]1435 諸比丘。

遇：[三]212 惡緣我。

元：[甲]2053 僧徒雲。

緣：[甲]2312 作用是，[甲]2371 三千界。

曰：[三][宮]263 父。

閱：[甲]2219，[甲]2219 從。

云：[甲]2249 取戒，[甲]2263 此體性，[甲]2322 唯境耶。

在：[三][宮]1525 施，[聖]223 諸法實，[聖]1563 離得已，[元]2016 生死相。

則：[宮]2121 日出時，[三][聖]26 無我是。

占：[甲]1203 火相如。

照：[明]143 玉耶，[三][宮]374 人面像，[三][宮][聖]278 一切世。

者：[宮]1548 中，[甲]1227 歡喜，[甲]1248 皆福，[甲]1921 心猛利，[三][宮]1546 從阿毘，[宋]2122，[元][明]279。

正：[三][宮]1641 思惟麁。

證：[三]397 無修無。

之：[宮]1558 苦集所，[甲][乙]2249 可云，[三][宮]638 慧得平。

知：[宮][聖]1509，[宮]650 何所斷，[甲]1848，[甲]2196 謂，[甲]2299，[三][宮]223 何以故，[三]26 拘娑羅，[石]1509 皆是不。

值：[敦][燉]262 佛或不。

智：[宮]671 見諸，[甲]2249 此鴿從，[三][宮]1543 見現在，[聖][另]1543 現在前，[另]1543 等見也，[另]1543 現在前。

質：[乙]2263 種生從。

中：[宋]201。

種：[另]1428 可親見。

諸：[宋]1546 集所斷。

著：[三][宮]221 亦不斷。

自：[明]606 燒，[三][宮]671 分別隨，[三]125 圍遶生，[乙]1822 力起而，[元]553 家生恒。

作：[博]262。

坐：[明]452 一蓮花。

建

不：[三]、－[宮]2059 遠精舍。

達：[宮]2060 塔所，[宮]2060 齋但有，[甲]850 摩尼，[甲]2036 使事○，[甲]2067 都止南，[甲]2087 也雕木，[甲]2129 墜二曜，[甲]2263 立○，[三][宮]288 菩，[三][宮]288 神通分，[三][宮]288 諸行地，[三][宮]403 其因緣，[三][宮]606 第三無，[三][宮]1464 陀利樹，[三][乙]1092 字門解，[三]985 帝突婢，[三]1093 囉三十，[聖]222 立，[聖]291 立皆示，[聖]1552 立明非，[另]285 立，[宋][宮]、之[元][明]2058 獨處靜，[元][明]288 無過者，[元]2016 立八萬。

逮：[宮]315 立於斯，[宮]263 要誓至，[宮]433 立尊上，[宮]664 康譯三，[宮]2102 愚，[甲]2052 也然昆，

[明][宮]263 立定已，[明]193 正法，[明]263 立住此，[明]318 佛道，[明]2108，[三]、－[宮]325 諸佛法。

違：[宮]1602 立一，[甲]1830 立准此，[甲][乙]1822 立宗過，[甲]1816 立之非，[甲]1833 又復三，[明][宮]1562 立我語，[三][宮]263，[宋][元][宮]、韋[明]387 駄作。

問：[聖]425 立風種。

悉：[甲]2195，[甲]2409 云所服。

延：[三][宮]2034 初元符。

遠：[宮]244 想曼拏，[甲][乙]2296，[宋]、逮[元][明][宮]1549 道，[原]2339 極。

造：[三]、告[宮]585 立顯親，[三]2145 精舍洞，[乙][丙]2092 並爲父，[原]2408 立形像。

鐘：[聖]2157 山定林。

## 荐

存：[三]135 發普而。

薦：[甲][乙][丙][丁]2092 食河北，[明]2103 食衣冠。

荏：[三][宮]2060 令者曉，[元][明]、莊[宮]2060 令姨夫。

## 健

側：[甲][乙]2385 拄一。

堅：[明]2149 椎。

犍：[宮]2121 猛令天，[明]1450，[明]333 闥女，[明]725 闥婆作，[明]760 二爲，[三][宮]1425 復有言，[三][宮]1442，[三][宮]2040 長者，[三]

[宮]2121 陀賴國，[三][乙]1022，[三]1406 陀摩訶，[三]1545 荼書一，[宋][元]、揵[明]2125 稚法凡，[宋][元][宮]1425 走者若，[宋][元][宮]2121 惡心興，[宋][元][宮]2121 非凡然，[宋][元][宮]2123 擔輕負，[宋]2121 必當死，[元][明][宮]下同 333 闥婆女，[元][明]876 闥婆城，[元][明]1459 稚。

建：[宮]374 陀憂摩，[宮]2060 德之季，[甲]1268 陀蔭都，[甲]1728 提天中，[三][聖]210 行是謂，[三]375 提力十，[聖][另]303 行三，[宋][明][宮]824 成就義。

揵：[明]220 達縛阿，[明]244 致引呼，[明]1450 連左右，[明]2152 度跋渠，[三][宮]387 度第二，[三][宮]561 其國名，[三][宮]665 陀哩，[三][宮]760 陟淚出，[三][宮]1458，[三][宮]1462 捨是第，[三][宮]1462 陀子當，[三][宮]1509 子，[三][宮]1521 迅疾如，[三][宮]2043 連摩訶，[三][宮]下同 374 提力十，[三][聖]125，[三][聖]125 子復有，[三]985 達婆主，[三]1018 連汝當，[三]2102 椎鋸用，[聖]485 力者今，[宋]、揵[元][明]2106 陀勒者，[宋]、建[元]26 不憚諸，[宋][宮]、揵[明]2034 陀經一，[宋][宮]、揵[元][明]270 闥婆衆，[宋][元]、揵[明]310 闥婆等，[宋][元][宮]、揵[明]263 杳恕，[宋][元][宮]、揵[明]1621 達婆城，[宋][元][宮]、揵[明]1459 稚，[宋]26 平復如，[宋]423 闥婆餓，

[元]、犍[明]759 連及天，[元]、犍[明]1442 椎上，[元][明]387 度第二，[元][明]387 度第三，[元][明]985 陀利羅。

健：[元]384 六牙成。

槌：[甲][乙]2190 地迦華，[甲]2130 地摩譯，[宋][元]、揵[明]2125 稚授事。

鍵：[石][高]1668 舍。

捷：[甲]1786 飛空，[明]2076 意趣玄，[三][宮]1552，[三]1 疾如王，[三]193 疾無比，[三]384 疾天子，[三]1549 疾，[元][明]158，[元][明]309 利速疾。

進：[宋]、猛[元][明][宮]374 者若處。

利：[石]1509 是。

律：[宋]1092 馱縛底。

律：[三]992。

猛：[三]220 靜慮安，[三][宮]481 獨步度，[三][宮]657 具足諸，[三]138 意。

乾：[明][甲]1101 闍婆阿，[明]1450 連爲諸，[三]100 陀中間，[三]1331 陀龍王，[三]1331 陀羅，[聖]224 何所心，[宋][元]1057 陀。

## 捷

搥犍搥[宋][元][宮]、犍椎[明]1435 搥集尼。

打：[三][宮]2122 稚。

犍：[宮]1421，[宮]1435 子老，[甲]1721 連下第，[甲]1763 以其不，[甲]1804 稚又，[甲]2128 稚所打，[甲][乙]2317，[甲]1799 連及舍，[甲]1805 度必先，[甲]1964 三半月，[甲]2193 連慧，[甲]下同 1789 闍婆城，[甲]下同 1789 闍婆城，[明]、[石]1509 闍婆城，[明]、建[丙]1056，[明]154 連及大，[明]339 連尊者，[明]1546 度作如，[明]1598 連五百，[明]1646 連，[明][宮]1546 度四大，[明][宮]2034 達，[明][甲]989 曩引誐，[明]34 連心念，[明]140 陀賴國，[明]154 有四姊，[明]156 連神力，[明]186 沓和，[明]200 連欲設，[明]221 連摩訶，[明]263，[明]263 沓，[明]293 連，[明]309 連阿，[明]310 沓愬，[明]310 陀羅眞，[明]316 闍，[明]376，[明]379 闍婆等，[明]397 連等，[明]401 沓和阿，[明]414，[明]414 連長老，[明]414 子，[明]445 陀波勿，[明]468 連此言，[明]694 連汝可，[明]721 闍緊那，[明]815 連咸請，[明]1139 連具壽，[明]1450 連，[明]1450 連曰汝，[明]1462 連子帝，[明]1464，[明]1464 搥比丘，[明]1464 連將羅，[明]1509 連摩訶，[明]1543 度論卷，[明]1546，[明]1546 度，[明]1546 度愛敬，[明]1546 度不善，[明]1546 度大章，[明]1546 度人品，[明]1546 度思品，[明]1546 度所説，[明]1546 度無慚，[明]1546 度無義，[明]1546 度相應，[明]1546 度依七，[明]1546 度智品，[明]1546 度中，[明]1546 度中論，[明]1546 度中所，[明]1546 連於

僧，[明]1546 子便爲，[明]1547，[明]2034 達國三，[明]2034 陀國王，[明]2042，[明]2042 連摩訶，[明]2121，[明]2121 連，[明]2122，[明]2122 經云若，[明]2122 連，[明]2122 連如是，[明]2122 連所以，[明]2122 子，[明]2131 闍婆城，[明]2153 陀國王，[明]下同 671 闍婆，[明]下同 1450 連，[明]下同 1450 連出家，[明]下同 1450 連汝可，[明]下同 1546 度大章，[明]下同 1546 陀若提，[三]、健[宮]1442，[三]、乾[宮]730 連現神，[三]2154 度跋，[三][宮]、－[另]1435 連阿那，[三][宮]、健[聖]1451，[三][宮]、健[另]下同 1442，[三][宮]、乾[聖]1428 闍，[三][宮]2060 度中脫，[三][宮]2121，[三][宮]285 沓，[三][宮]285 沓和阿，[三][宮]721 闍婆龍，[三][宮]721 陀食氣，[三][宮]749 稚號叫，[三][宮]1421 無有風，[三][宮]1425，[三][宮]1425 闍根如，[三][宮]1425 塔及餘，[三][宮]1425 提花莖，[三][宮]1425 提邑有，[三][宮]1425 椎時，[三][宮]1425 椎時難，[三][宮]1425 鎡著自，[三][宮]1425 子掉臂，[三][宮]1425 子復有，[三][宮]1425 子自手，[三][宮]1428 大自出，[三][宮]1428 子不足，[三][宮]1435，[三][宮]1435 連阿那，[三][宮]1435 連白佛，[三][宮]1435 陀若，[三][宮]1435 駝阿耆，[三][宮]1435 椎集，[三][宮]1442，[三][宮]1452，[三][宮]1505 度戒息，[三][宮]1505 所說念，[三][宮]

1505 提極香，[三][宮]1507 搥適鳴，[三][宮]1507 國問佛，[三][宮]1507 連昔三，[三][宮]1507 椎大集，[三][宮]1546，[三][宮]1549 度，[三][宮]2040 連等大，[三][宮]2042 連所持，[三][宮]2042 連塔令，[三][宮]2059 度，[三][宮]2059 陀勒，[三][宮]2059 陀勒一，[三][宮]2060，[三][宮]2060 陀囉國，[三][宮]2102 陀勒夷，[三][宮]2103 搥捨戒，[三][宮]2103 搦管，[三][宮]2121 等心皆，[三][宮]2121 連，[三][宮]2121 連等及，[三][宮]2121 連禮拜，[三][宮]2121 連是時，[三][宮]2121 連說此，[三][宮]2121 連子帝，[三][宮]2121 我時欲，[三][宮]2121 陜前世，[三][宮]2121 陜四天，[三][宮]2123 連等爾，[三][宮]2123 提迦地，[三][宮]2123 齋三者，[三][宮]下同 1435 連與受，[三][宮]下同 1442，[三][宮]下同 1507 子，[三]189 連名，[三]189 陜來爾，[三]1301 陀羅急，[三]1336 連舍，[三]1336 陀鬼狂，[三]1421 比丘昔，[三]1435 連阿那，[三]2085 陀衞國，[三]2087，[三]2087 稚願，[三]2088 搥比，[三]2110 之旨五，[三]2145 度阿毘，[三]2149 連遊四，[三]2154 度字初，[三]2154 齋經一，[三]下同 1336 陀羅當，[宋]、健[聖][另]1453 稚乃，[宋][宮]2040 沓和書，[宋][元]1435 連阿那，[宋][元]2154 連與佛，[宋][元][宮]、健[明]1442 陀愼若，[宋][元][宮]、揵搥[明]1421 搥令一，[宋]

[元][宮]、健[聖][另]1453，[宋][元][宮]1421 搥若唱，[宋][元][宮]1435，[宋][元][宮]1443 稚敷，[宋][元][宮]2121 連是出，[宋][元][宮]2121 陀國王，[宋][元][宮]2121 陟前，[宋][元][宮]下同 1421，[宋][元][宮]下同 1435 搥欲説，[宋][元]1009 連往，[宋][元]1433 度據，[宋][元]1435 椎，[宋][元]1549 度第三，[宋][元]1549 陀越國，[宋][元]2106 陀，[宋][元]2154 度等論，[宋][元]2154 蘭腹經，[宋][元]2154 陀惟衞，[乙]1929 連多聞，[元]、健[聖][另]1453，[元]、槌[明]、健[宮][聖]1459，[元]、槌[明]、健[聖][另]1459 稚誦，[元][明]、健[聖]1453，[元][明]1660 等，[元][明][宮]2121 陟諸本，[元][明]156 連以弟，[元][明]157 子等諸，[元][明]186 沓，[元][明]197 籌術及，[元][明]222 沓秕阿，[元][明]397 連等出，[元][明]397 陟放闡，[元][明]425 沓和王，[元][明]425 連疾解，[元][明]816 連白佛，[元][明]816 連於是，[元][明]1341 連，[元][明]1341 連彼等，[元][明]1341 連彼佛，[元][明]1435 連在者，[元][明]1442，[元][明]2042，[元][明]2087 稚者擊，[元][明]2122，[元][明]2122 連設欲，[元][明]2123 連設欲，[元][明]2123 椎應知，[元][明]2145 度阿，[元][明]下同 2087 稚招集，[元][聖][另]1453 稚，[元]816 連於佛，[元]1546 椎晚彼，[元]2122 爲南安。

建：[三][宮]1545 立故不。

健：[甲]1721 撻婆後，[甲][乙]2309 馱羅國，[甲]936 闍婆等，[甲]1828 利故名，[明]144 連是賢，[三]2145 既爾外，[三][宮][敦]450，[三][宮][聖]1462 陀迦跋，[三][宮][聖]1549 勇猛亦，[三][宮][西]665 闍婆等，[三][宮]271 菩薩大，[三][宮]599 達，[三][宮]673 如來魔，[三][宮]721 風之所，[三][宮]1435 那舍佛，[三][宮]1470 如，[三][宮]1549 妄無志，[三][宮]2040 陀利，[三][甲][丙]2087 國，[三]374 陀大力，[三]1130，[聖]125，[聖]125 連將五，[聖]125 子來語，[聖]190 陀雞，[聖]1428 往瞿，[聖]1456，[聖]1509 連摩訶，[宋]、犍[明]1452，[宋]、犍[元]、健[宮][聖][另]1453 稚言，[宋][宮]、犍[明]1442，[宋][宮]、犍[元][明]1442 椎廣，[宋][宮]、犍[元][明]1442，[宋][宮]、犍[元][明]1442 稚諸，[宋][宮]、犍[元][明]1453 稚以，[宋][宮]、犍[元][明]2123 提迦地，[宋][宮]、犍[元][明]下同 1442，[宋][宮][另]下同、犍[元][明]1442，[宋][聖]、犍[元][明]1452，[宋][元][宮]263 沓，[宋][元][宮]1463 度中，[宋][元][聖]、犍[明]1453 稚作，[元][明][甲]901 荼此是。

捷：[宮]721 尼皆壞，[明]397 咃。

健：[聖][另]1453 稚言。

犍：[甲]下同 2129 稚梵云，[明]、乾[聖]663 陀主雨，[原]904。

鍵：[聖]1425 鎈。

捷：[宮]、鍵[甲]1804 者，[甲]1828 疾迴，[明]1342 悉使入，[明]1470，[明]2122 算術，[明]2131 疾亦云，[三][宮]1550 疾行故，[三]2122 利語三，[宋]1464 天文，[乙]913 疾藥叉，[原]2425 迅疾。

律：[元][明]271。

虔：[甲]2792 度中佛。

乾：[明][聖][甲]983 連皆著，[明]310 闥婆，[明]545 闥婆阿，[明]1342 闥婆阿，[明]1450 連而作，[三]278 馱香天，[三][宮]2103 闥婆王，[三][宮][聖]223 闥婆語，[三][宮]231 闥婆阿，[三][宮]397 連等力，[三][宮]673 闥婆阿，[三][宮]1464 抵越園，[三][宮]1464 陀越國，[三][宮]1546 闥婆中，[三][宮]1690 闥婆城，[三][宮]2103 斷皮革，[三][宮]2103 所見如，[三][宮]下同 671 闥婆城，[三][宮]下同 674 連汝見，[三][聖]211 梵志先，[三][聖]223 闥婆語，[三]200 闥婆阿，[三]223 連摩訶，[三]223 闥婆阿，[三]223 闥婆緊，[三]1331 波頭字，[三]1331 連大迦，[三]1331 陀離，[三]1331 陀羅阿，[三]1331 陀尸呼，[聖]224 陀羅亦，[聖]334 連在大，[聖]397 闥婆等。

撻：[三][宮]1465 高足下，[聖]1440 椎衆。

挺：[甲]2778 生注云。

彥：[三]、健[甲][乙]982 達。

雜：[甲]2036 然稱善。

椎：[三][宮]1507。

## 健

健：[明]2131 副陛下。

## 釸

釸：[乙]2390。

釣：[宋]2103 何其。

鉤：[甲]2400 印行四，[甲][乙]2391 笈而用，[甲][乙]2390 二手持，[甲]2400，[乙]2391 當於額，[乙]2391 西，[乙]2391 像私云。

劍：[甲][乙]2390，[甲]2039 得術爲，[甲]2130 應云陀，[甲]2290 皆現神，[甲]2394 鉢吒羅，[甲]2394 華鉢吒，[三]、歛[宮]2066 霜凝斬，[三][宮]2123 強，[三][甲]865 形住佛。

劒：[宮]2121 輪地獄，[三][宮]2121 林地獄。

劫：[甲]2167 眞言一。

鈴：[乙]、杵[乙]2391 形同日。

鈕：[三][宮]1457 孔皮替。

叙：[甲]2337 清辨護。

## 葪

荊：[甲]2129 王篲也。

## 楗

槌：[乙]2397。

犍：[甲]1912 經云有，[甲]1804 稚唱令，[明]、健[宮][聖][另]1458，[三]2145 槌説此，[三]422 梵志天，[三]2103 椎既鳴，[宋][宮]2103 自綢繆。

健：[宋][元][宮]、鍵[明]1451，[宋][元][宮][聖]、鍵[明]1451。

揵：[甲]1804 稚衆僧，[甲]1804
椎一切，[甲]2130 陀摩陀，[甲]2130
陀尸呵，[三][宮]、健[聖]1428 外道
來，[宋][元][宮]、鍵[明]、健[另]
1458，[宋][元][宮]、犍[明]1546 度
雖。

鍵：[明]2076 徒衆常。

揵：[甲]2067 旋旆途。

## 犍

犍：[甲]2128 稚所打。

## 賎

財：[三]606 國脱，[宋][元]45
可。

惡：[三][宮]1521 小貴大。

賦：[三]201 役。

弓：[三]23 堅賤王。

煎：[三]190 及以現，[聖]190 困
乏當。

陋：[三]1 下劣凡。

滅：[三]154 處命盡。

淺：[三][聖]99 猶如群。

窮：[三]643 家爲人。

頭：[三]201 甚可惡。

則：[明]156 甚於瓦。

賊：[聖]211 國人咸，[聖]1425，
[聖]1547 中無明，[聖]1552 可，[宋]
152 豈是仁。

## 僭

愬：[宮]299 尤復能。

## 漸

別：[原]2317 斷捨障。

慚：[宮]2060 之永誡，[甲]1832，
[甲]1786 除五蓋，[甲]1828 爲體不，
[明]1523 次説自，[三]1546 無愧及。

大：[甲]2075。

調：[三][宮]657 伏惡心。

斷：[甲]893 其威自，[甲]2266 不
同修，[甲]2266 法，[甲]2266 法文義，
[甲]2266 善，[甲]2339 伏初地，[甲]
2358 朽毘尼，[三][宮]1563 勝進理，
[三]1548 少煩惱，[宋]1558 次成熟，
[乙]1796 至頸令。

頓：[明]1544 捨耶答。

伏：[甲][乙]1822 難調者。

近：[元]1425 愧。

浸：[三]2034 末信樂。

溥：[三]、溥[宮]222 首菩。

潛：[三][宮]2102 五典勸。

輕：[甲][乙]1822 微故無。

稍：[三][宮]263 長大是。

漱：[三][宮]2102 水闕叟。

斯：[三][宮]1558。

所：[宋]190 次而有，[乙]1816
勝故。

微：[甲][乙]894 路緊寧，[甲]
[乙]1723 有，[甲][乙]1822 劣前因，
[甲][乙]1822 乃至於，[甲][乙]1822
細寂靜，[甲][乙]2328 細名第，[甲]
1733 故次第，[甲]2195 有八部，[聖]
[甲]1733 增故八，[乙]1816 高信心，
[乙]1822 少又破，[乙]2087 溫。

悟：[乙]2263 耶。

新：[三]100 增長能。

欲：[甲]1828 今此中。

暫：[三][宮][聖]383 悦如蓮，[三][宮]397 離，[三][宮]1453 廣知聞，[宋][宮]1509 行餘功，[元][明][宮]、慚[知]384 解謂是。

增：[三][宮]1648 長遍此。

斬：[宮]1646 積則斷，[甲][乙][丁]2244 反，[甲]1719 長行既，[明]1299 決兇逆，[聖]613 解學觀，[宋][元]1563 斷二俱。

轉：[三][宮]2121 深我若。

## 蘭

屐：[三]1487 入。

姝：[宋]、挓[元][明]152 摩身。

## 賤

暗：[三][宮]2122。

財：[甲]、賤[甲]1782 如故施，[甲]1724 因故遍，[甲]1816 者此由，[另]1451 極高貴。

殘：[宮]1674 業生衆，[三][宮]2123 死墮地。

踐：[甲]2128 也説文。

錢：[三][甲]895 財乃至，[聖]1421 價直二。

窮：[三][宮]2121 常無衣。

視：[明][宮]2087 身如朽。

則：[三]1673 大富，[三][宮]2103。

賊：[敦]450 作人奴，[宮]1435，

[宮]1435 人受食，[宮]2123，[甲]2035 侵值遇，[甲][乙][丙]1246 不，[甲]1728 二乘不，[甲]1813，[甲]1816 者常住，[甲]2039 屯次于，[三][宮]1428 人在高，[三][宮]1464 人作，[三][宮]2122 父母無，[聖]1421 於高處，[宋][元][宮]2121 於是世。

智：[聖]790 不。

## 踐

趺：[聖]200 塔地，[另]1721 涉艱辛。

殘：[三][宮]410 害憂愁，[宋][元]2061 果也凡。

蹈：[三][宮]1690 欲。

跡：[宋][元]2122 祚方蒙。

賤：[三]193 及無苗。

跳：[甲]2227 驀下至。

戲：[甲]2001 自在底。

## 踺

塞：[三]1393 鬼痛狂。

## 箭

創：[石]1509 時不知。

煎：[三][宮]1609 引燒發。

剪：[明]1459 等。

前：[甲][乙]1821 初位應，[甲]1709，[三][宮][聖][另]1543，[三][宮][另]1543，[三][宮]1579 内，[三][宮]2123 内稀名，[聖]1509，[元][明]187 持授與。

矢：[三]125 使。

## 劍

刀：[三][宮][聖]1428 欲如利，[乙]1736 口誦神。

釖：[乙]850 上欠上。

伽：[原]1238 藍迷帝。

鉤：[丙]1184 左執青，[甲]1156，[甲]1067，[明]1175 勢，[三][丙]954 形以二，[三][宮]2121 樹上復，[三]643 樹上復，[乙]867 輪印，[乙]2391 言，[乙]2408 印外縛。

釼：[丙]862 眞言加，[丙]973 七，[丙]973 五莎嚩，[丙]973 右手揚，[甲][乙][丙]1184 娑，[甲][乙]850 婆在西，[甲][乙]981 是金剛，[甲]1211，[甲]1239 毘沙門，[甲]2006 覩，[宋]993 龍王黃，[乙]850 六，[乙]852 欠儼儉，[乙]852 下羂索，[乙]914。

箭：[三]1331 矛戟不，[原]、箭[甲]2006 鋒有路。

劍：[甲][乙]2390 形二風，[乙]2390 等二十，[乙]2390 印。

斂：[明]1225 等按之，[三]2145 他經一，[乙]1174 誦此收，[元][明]100 摩耆所。

歛：[明]1401 尾曩引。

滅：[乙]2408 外道九。

鈕：[宋][元][宮]1451 走。

鑰：[三][宮]2122 裨帝。

刄：[三]186 戈矛跳。

誦：[明]1199 眞言歸。

細：[三][宮]1644 割其肉。

鍼：[宮]721 風之所。

## 澗

洞：[甲]2087 有大。

間：[三][宮]810 化爲佛，[三]2151 王顯鎭，[宋][元]263 山谷不。

潤：[甲]2309，[聖]272 水入入，[聖]311 窟舍捨。

湔：[三][宮]1425 五熱炙。

## 薦

塵：[宮]2074 二律師。

床：[三][宮]1435 席。

法：[甲]2266 福三藏。

供：[三][宮]2123 奉是以。

韉：[三]374 馬薦，[元][明]26 四疊敷。

鷰：[聖]211 所應當，[宋][元]、薦福乃至也十四字宋本元本俱作夾註 1003 福大和，[宋][元][宮]2122，[宋][元]2061 號曰廣。

## 鍵

犍：[三][宮]1435 瓷有比，[宋]、楗[元][明]2110 善結無，[宋][元][宮]1425 鎡器上。

健：[高]1668 悒，[三][甲]1024，[聖]1579 南即此。

捷：[三][宮]1425 鎡瞋破，[聖]1435 鎡，[宋][宮]2108 也且致，[元][明]1425 鎡，[元][明]1435 鎡小。

## 劔

釼：[甲]974 莎嚩訶，[乙]1796 婆在西。

## 諫

諤：[元][明]、誘[聖]790 我爲自。

陳：[甲]2035 貶潮州，[聖]2157 王，[元][明]2060 訶毀極。

掉：[三][宮]1579 悔位煩。

護：[甲]2787 人破事。

揀：[原]2362 獨德執。

蹇：[三][宮]2122。

見：[明]1463 之此比。

教：[三][宮][聖]1436 汝大。

救：[宋][元][宮]2122。

練：[甲]1921 曉如平。

議：[甲]1799 大夫同，[宋][明]945 大夫同，[元][明]2152 大夫同。

詠：[三]2110 尚書以。

諛：[甲]2128 也從言，[甲]2128 也經。

語：[宮]1458 令其息。

讚：[宋][元][宮]1463。

責：[三][宮]1428。

## 謺

底：[明]2076 巖曰在。

儞：[明]2076 師因有。

## 轞

轞：[元][明]2053 魚龍幢。

## 鑒

監：[甲]1721 明也六，[明]1425 食典知，[三][宮]1425 知食事，[三][宮]2045 罪福之，[三][宮]2060 檢甚具，[三][宮]2060 年中卒，[三][宮]2066 者足不，[三][宮]2103 四年文，[三][宮]2123 察，[三][宮]下同 2059 三年，[三]185 寶七聖，[三]202 眞僞，[三]2060 内樹道，[三]2060 雖遭廢，[三]2151 徒莫不，[三]2151 元年歲，[三]2154 剔。

鑑：[甲]1886，[甲]2039 易卦乎。

覽：[三][宮]2060 有時住，[聖]2157 曲臨鴻，[宋]200 達選擇。

濫：[三][宮]2053 是。

筌：[甲]2261 洞照有。

驗：[原]1818 明也二。

瑩：[三]639 治截此，[原]1695 鑒淨無。

鑿：[三][宮]2103 涅槃固，[三][宮]2122 米。

證：[原]1863 故號能。

## 鑑

監：[甲]2053 照弘法，[三][宮]2060 五年卒，[三]2121 不得自，[元][明]210 取天誰。

鏡：[宮]2112，[甲]1928 下明。

檻：[三][宮]2121。

攬：[三]37 玄照斯。

濫：[宮]2103 良可悲。

塗：[乙]1775 無照未。

## 江

法：[元]2061 南之人。

功：[三][宮]285。

河：[明]583 水邊在，[三]2059

洛左右，[聖]291 河浴池。

恒：[三]、洹[宮]222 河，[三]
[宮]、－[聖]425，[三][宮]263 河，
[三][宮]318 河沙劫，[三][宮]342 河
沙劫，[三][宮]433 河沙心，[三][宮]
585 河沙諸，[三][宮]627 河，[另]
1428 水，[宋][宮]433 河沙讚。

紅：[甲]2129 反律文。

洹：[元]、恒[明]310 河沙數。

豇：[三][丙]1202 豆。

受：[甲][乙]1822 海因何。

汪：[甲]2036 伯彥宗，[明]2149
泌女比。

正：[甲]2168 寧牛頭。

## 姜

彊：[三]2153 梁妻至。

## 將

薄：[元][明]1335 蝕而得。

必：[三]1339 無疑也。

蔽：[宋]212 隨馬良。

邊：[三]1 無數鬼。

布：[宋][元]154 無於此。

採：[聖]627 養一切。

成：[乙]2309 佛故。

持：[宮]278 兵衆悉，[甲][乙]、
蘗本亦同 897 水而研，[甲][乙]1822
義者譬，[甲][乙]2254，[甲]974 香水
盞，[甲]2044 珍寶遍，[甲]2230 說所
以，[甲]2266 因屬果，[甲]2350 汝等
著，[明]310 身彼當，[明]1559 故復
於，[三][宮][聖]1421 入諸比，[三]

[宮][聖]1428 去或命，[三][宮][石]
1509 兵終身，[三][宮][西]665 諸供
具，[三][宮][知]384 用上佛，[三][宮]
272 置彼不，[三][宮]461 是事告，
[三][宮]468 火來燒，[三][宮]606 養
其體，[三][宮]632 諸佛者，[三][宮]
656，[三][宮]746 與道人，[三][宮]
1425 去於是，[三][宮]1425 愚人付，
[三][宮]1428 去若命，[三][宮]1451，
[三][宮]1459 一，[三][宮]1488，[三]
[宮]2034 炎，[三][宮]2059 經去不，
[三][宮]2085 燈繞佛，[三][宮]2085
入龍宮，[三][宮]2085 種種衣，[三]
[宮]2103 乃輕衰，[三][聖]125 將生
死，[三][聖]200 與，[三]1 四兵隨，
[三]25 大火炬，[三]98 至無爲，[三]
154 行假使，[三]186 來出八，[三]
190 是太子，[三]190 小座遶，[三]
195 及弟子，[三]206 明月珠，[三]
1341 文句，[聖][另]、侍[石]1509 徒
衆，[聖][另]1453 上，[聖]210 無目，
[聖]376 彼諸，[聖]397 護自他，[聖]
627 護，[聖]2042 一侍者，[乙]2408
五色線。

垂：[三][宮]2041 滿。

從：[三]201 諸妓人。

大：[原]2163 部曼荼。

待：[甲]1781 都集然，[三]1 訖。

當：[甲][乙]2263，[明]1225 止
息，[三][宮]481 來不得，[乙]2263 於
土石，[元][明]2016。

導：[三][宮]650。

得：[宮]309 護衆生，[宮]2123

臥，[甲]897 一一弟，[甲]2367 入唯一，[明]1450 女乳來，[三][宮]382 來見佛，[三][宮]606 到彼設，[三][宮]2122 去還於，[乙]2249 此定已，[原]1311 長。

鬪：[宋][元][宮]1484 劫賊等。

對：[甲]2339 法花一。

扶：[三][宮]1458 入衆若。

浮：[三]1440 盡必先。

歸：[甲]2195 入大乘，[元][明]266。

好：[別]397 導愛者。

後：[乙]1822 欲釋記。

呼：[三][宮]1428 去無犯。

喚：[三][宮]1428 入塔中。

減：[甲]2367 此利生。

漿：[三][宮]1453 至番。

蔣：[三]2110 國襄公。

弊：[丙]2120 借恩廏。

獎：[三][宮]1462 衆萬善，[三][宮]2108 同名教，[三]2085 無功業。

獎：[明]1299 惡人下，[三][宮]1505 導思惟。

礁：[甲]2035 鄞人聞。

解：[甲]2250 終時作。

今：[三]100 欲種。

金：[宋]、全[元][明]1442 導者。

淨：[原]2409 好泥地。

就：[甲]2036 終命靈。

舉：[原]、[甲]1744 勝況劣。

來：[聖]200 來世得。

垺：[三]2145 可得上。

令：[聖]211 至佛所。

輪：[甲]2337 大乘初。

捋：[三]643 左指頭。

旅：[三][宮]2102 送命於。

明：[甲][乙]1239 此呪極，[甲]1783 此，[甲]1841 元一向，[乙]2376 知諸出。

命：[三][宮]2109。

撚：[知]2082 其腹腹。

女：[甲]1260 之女媦。

駢：[原]2339 填果人。

傾：[另]1721 倒梁棟。

却：[明]1988 鼻孔來。

捨：[甲]2196 身時發。

聖：[甲]2266 聖則廣。

時：[甲]2223 彼金剛，[甲]1202 來相見，[甲]1834 還與，[甲]2266 成大等，[三]171 至，[三]193 五十童，[聖][另]1451 命終蒙，[聖]200 小兒往，[聖]2042 復重苦，[宋][元][宮]2121 所貪乎，[宋]2154 彼經勘，[乙]1821 作不律，[元]184 節失所，[原]1289 作佛前。

侍：[三][宮]2121 從化人，[元][明]329 從衆多。

恃：[甲]2296 藥破病。

收：[甲]1828 此文爲。

手：[甲]1705 付汝法。

守：[甲]1964 恬靜了。

所：[甲]2249 修無想。

探：[宋][元][宮]1464。

特：[丙]2087 非佛像，[甲]2129 說文從，[甲][乙]1822，[甲]1709 說經前，[甲]2230 爲當來，[明]2131 未

有一，[三][宮]496 出世間，[聖]190，[石]1509 歸有所，[乙]、埒[乙]2157 美嵩華，[乙]2777 顯淨名。

偷：[聖]1442 去我恐。

投：[宋][宮][聖]、救[元][明]425。

陀：[乙]2092 江。

爲：[三]2154 乖也其。

物：[三][宮]1462 去此比，[聖]1451 好花鬘。

相：[三]、一[宮]2122 送速到。

消：[原]2126 息宜保。

引：[乙]1736 昔之。

涌：[甲]1723 出花現。

用：[甲]1718 論解南。

有：[三]212 五百弟。

與：[聖]1428 五百大。

臟：[明]2016 則無明。

障：[甲]952 護其身。

正：[三]192 爲顯其。

證：[原]1782 涅槃所。

執：[元][明][宮]627 御正法。

衆：[三]193 軍。

住：[元][明]433 人上世。

轉：[甲]1816 滅時分，[乙]2296。

壯：[三][宮]2122 美莊。

## 僵

殭：[三]、強[宮]2121 屍草覆，[三][宮]1563 鞭各出。

強：[三][宮]2122 臥屎尿，[三]101 在地不，[宋][宮]、殭[元][明]2122 不毀。

## 漿

將：[甲]1007 密漿果，[聖]1421 應。

奬：[明]375 石蜜黑。

醬：[宮]620 膿血是，[三][宮]606 霧露浴，[聖]1462 供養世，[聖]1462 又獻塗。

醬：[三][宮]1443 及醋乳。

灸：[甲]2130 譯曰染。

飲：[三][宮]1425，[三]152 寒衣熱。

汁：[三][宮]1425 得夜分。

## 壃

疆：[甲][乙][丁]2244 土稱大。

彊：[乙]2296 而靈覺。

礓：[三]187 石或持。

壙：[甲]2128 仰反包。

## 薑

櫃：[明][乙]1110 木亦得，[三][甲][乙]901 木，[宋]、檀[元][明][宮][甲]901 木替取，[宋][元][宮][甲]、[明]901 木是四，[元][明][甲]901 木也作。

礓：[明][乙]953 石安於，[乙]953 石一一，[元][明]2123 石草。

畺：[三]190 迦羅。

薰：[甲]1238 一遍搗。

吒：[明][甲]1176 二合。

## 彊

弘：[甲]1792 徹。

壃：[宋][元]2061 艱棘却。

疆：[甲][乙][丁]2092 也皇魏，[甲]1795 擾我觀，[甲]1795 域偈讚，[明][宮]2122 雖生茲，[明]610，[明]640，[三][宮]、彊皇帝問太子省表并見所製大法頌詞義兼美覽以欣然二十二字[明]2103，[三][宮]2034 梁婁至，[三][宮]2053 之福玄，[三][宮]2059，[三][宮]2103 豈，[三][宮]2103 之福早，[三][宮]2122 直數犯，[三]210 開，[三]2034 梁譯者，[三]2125 流漫者，[三]2154 梁婁至，[宋][宮]313 王在大，[宋]2059 暴以綏，[元][明]2053 既。

強：[宮]279 難可，[甲]1728 時節麁，[甲]1804 破命終，[三]212 聞僑在，[聖]291 普。

## 橿

薑：[宋][宮]901 木大如，[宋]1333 木寸截。

擄：[三]956 木。

檀：[元][明]901 木削作。

## 殭

疆：[宋][宮]、僵[元][明]2103 伏地。

## 礓

壃：[三][宮]1425，[宋][聖]190 石或眼，[宋]190 石糞穢。

薑：[三][宮]1425 石草木，[三][宮]1425 石糞灰，[宋][元][宮]2122 石草木。

砂：[三]25 石瓦。

## 畺

壃：[三]1 畔計。

## 彊

壃：[宮]2040 畔。

彊：[宮]2122 畔其衆，[明]2076 禪師僧，[三][宮]1521 界戰鬪，[聖]2157 之祜不，[宋][宮]2053 子孫所，[宋][元]2061 志機警，[宋]2103 四部，[乙]1821 盡界，[元][明]313。

境：[三][宮]588 界故法。

量：[三][宮]656 虛空無。

強：[宮]656，[甲]1912 修，[甲]1783 用有而，[明]165 勝，[三][宮]656。

## 韁

繮：[三][宮]1459 棄乃至。

皺：[三][宮]741 皮。

## 蔣

薄：[三][宮][甲]2053 狩期於。

將：[元]2122 州鄭州，[元]2108 眞冑等。

## 奨

將：[聖]2060 喜。

## 弊

將：[三]201 我令死。

## 奬

獘：[宋][明][宮]、斷[元]2122 百王。

將：[三][宮]1546 導之令，[三][宮]585 濟賢，[三][宮]2104 務弘。

漿：[宋][元][宮]2053 而貞觀。

## 構

構：[三]2110 地玄都。

## 講

譜：[三]2151 阿毘曇。

稱：[宮]1521 說正法，[甲][乙]1822 時廣云，[甲]2195，[甲]2285 其離機，[甲]2290 說聽，[明]598 稽首善，[三][宮]460 說所以，[三]2110 虛談還，[聖][另]342 我等僥。

此：[元]125 堂至。

諜：[三]2145 爲録，[知]598 法聲時。

讀：[宮]481 誦爲他，[三][宮]493 經戒敷，[原]2349 師音次。

佛：[宮]342 說。

邁：[三][宮]334 侍與師，[元][明]335 侍與師。

搆：[宋][元][宮]、構[明]2060 華嚴衆。

構：[甲]1717 人漿，[三][宮]2060 難精拔，[三][宮]2060 玄津以。

護：[乙]1705 爲正大。

誨：[甲]、誨講[甲]2195 等法，[三][宮]425 無數人。

謹：[明]2060 寺內悉。

經：[三][宮]2103 律師親。

論：[三]154 經法未。

請：[甲]2035，[三][宮]2060 多以法，[乙]1705 說也百，[元][明]585 問經疑。

識：[三][宮]263 大法，[三][宮]398 誼眷。

說：[甲]2266 此論圓，[三][宮]585，[三]292 一切無，[三]2063 三昧祕。

誦：[宮]397 說之者，[甲]2035，[甲]2073 此經賢，[甲]2084 經爾，[甲]2167 大方廣，[三][宮]2060 法華勝，[三][宮]263 讀書寫，[三][宮]2060 法，[三][宮]2060 法華經，[三][知]418 受是三，[三]2063 法華經，[三]2063 經馨其，[聖]99 地獄經，[宋][元]309 論二十。

談：[聖]1582 論不爲。

言：[宮]606 是。

筵：[三][宮]2060 纔訖第。

譯：[三][宮]1595 論竟說。

議：[聖]1788 舍利佛。

讚：[宮]266 不退轉，[宮]460 妙辭，[三]157 說佛之，[三][宮]397 法處授，[三][宮]397 說常勸，[三][宮]627 不動菩，[三][聖]291 詠無有，[聖][另]342 法當然，[聖]292 說，[元][明]598 無盡藏。

製：[三]2149。

諸：[聖]1421 堂食堂。

## 匠

臣：[明]2110 匹我天。

工：[聖]211 調角水。

近：[丙]2777 器彼淳，[甲]1719 眞一之，[三][宮]2103 市處中，[三][元]1092 反，[三]212 火燒鐵，[三]2123 臣將窮，[聖]1670 圖作，[宋][宮]2059 乃手執，[宋][元][宮]2122 道。

進：[甲]2261 石。

匡：[明]2153 導名重。

師：[甲]2395 七宗乃。

通：[甲]2250 物適機。

像：[明]950。

迎：[甲][乙]1796 歌羅羅。

## 降

陳：[三]2103 不可勝。

除：[宮]567 伏諸根，[甲][乙]2227 慢曲躬，[甲]1007 伏一切，[甲]1065 魔觀自，[甲]1705，[甲]2244 種種諸，[三][宮]1523 成，[三][宮]1674 斯六識，[三][宮]1548 伏稱無，[三][宮]1562 怨發憤，[三][宮]1680 邪毒，[三][宮]2043 伏之，[三]266 制諸塵，[三]1288 雷雹者，[聖][甲]1733 魔事已，[聖]125，[聖]125 鬼諸神，[另]279 伏，[宋][宮]398 魔塵勞，[乙]2249 緣法境，[乙]2227 佛以下，[乙]2394 四，[乙]2397 波旬故，[原]1776 妄名清，[原]1289 惡風雨，[原]2196 四倒名。

摧：[三][宮]2053 邪安禪。

調：[三][宮]1521 伏其心。

潷：[元][明]2102 水流凶。

絳：[三][宮]2104 州天火。

壞：[三][宮]657 諸魔眾。

際：[甲]2239 三時也，[甲]2244 下，[明]821 降外道，[三]、一[宮]2121 雨熱灰，[三]186。

牟：[明]2087 兵。

絳：[三]2149 州南孤。

淨：[甲]923 地陀羅，[三][宮]2122 雨若水。

覺：[宮]1425 四指八。

隆：[甲][乙]2087 年不永，[甲]2196 世間如，[明]2060 行通感，[明]2103 行懲五，[三][宮]606 眾花順，[三]2110 休寶下，[聖]1788 五放光，[宋][宮]282 意思惟。

器：[甲]1268 伏呪。

適：[三]26 大雨極。

隨：[三]2110 精精化。

邪：[宮]882 三世相。

徐：[另]279。

陰：[三][宮]1523 伏一切，[聖]291 雨。

有：[聖]200。

餘：[三]205 者今有。

雨：[三]125 災變壞。

霈：[聖]2157 雲雨之。

障：[甲]2323 解脫得，[甲]1816 伏者是，[原]907 一人不。

終：[宮]2103 生下土。

諸：[三]1506 根者若。

作：[明]310 群生勝。

## 弶

強：[宋]、強[宮]606 懸頭竹。

搇：[宋][元][宮]1439 作網。

殑：[明]1450 伽河側，[明]1450 伽河作，[三][宮]239 伽河中，[三][宮]1442 伽河已，[三][宮]1442 伽河吉，[三][宮]1451 伽河，[三][宮]1451 伽河方，[三][宮]1451 伽河爲。

網：[三][宮]1435 作撥若。

## 絳

峰：[甲]1918 霄無上。

降：[宮]2122 衣。

終：[甲]2128 反三蒼。

## 畺

疆：[三][宮]2087 土奕葉，[宋][元][宮]、彊[明]2087 畫界此。

## 滰

強：[三][宮][聖]1425 粥次須。

## 撺

弶：[三][宮]2121 乞與子，[元][明]、桭[宮]374 獵羅。

掠：[三][宮]1509 害鹿如。

## 醬

漿：[宮]2121 水之，[三]186。

## 羌

芄：[元][明]2145 野之西。

## 交

遨：[元][明]、放[宮]、効[聖]222 遊自在。

必：[元][明]1442 見貧窮。

叉：[丙]1184，[明][乙]1225。

臭：[三][宮]720 穢滿此。

大：[三]2110 戰。

對：[乙]2263 也。

反：[甲]2128，[明][甲][乙]1254 叉二小，[明]2110 違老氏。

鋒：[三]2145 出自旦。

父：[宋]2103 渠綺錯。

更：[甲]2299 集也，[甲]2371 不可有。

合：[三][宮]2122 會身犯。

横：[明][聖]663 流擧身，[明]663 流。

火：[三][宮]1509 來切身。

跏：[三][宮]744 跌坐住。

夾：[甲]1728 炎餓鬼，[乙]2408 灰云。

郊：[明]721 巷，[三]99 道平正，[三]2103 門。

絞：[宮]279 絡百萬，[明][和]261 絡，[三][宮]263 絡於虛，[原]1238。

挍：[聖][另]285 露帳具，[宋][宮]263 露有無。

教：[三][宮]1425 共相貿，[三]1435 與我一，[宋][元]2110 夫易婦，[原]1212 兒癡或，[原]1212 小兒一。

界：[三]1058 道金花。

來：[明]1211 臂。

吏：[三][宮]2103 兵都無。

刃：[甲]、又[乙]931 忍願。

投：[原]2897 以。

文:[甲]1782,[甲]2015 不穩便,[甲]2036 孚與夫,[甲]2299 此中耶,[甲]2397 衆儡同,[三]186 餝清淨,[三][宮]635,[三]203 鱗瞽目,[元]1173 進面想。

校:[三]、挍[聖]125 具身能,[三][宮]263 飾其地,[三][宮]401 露而自,[三][宮]1509 絡八萬,[三][宮]2122 飾,[三]203 戲脫尸,[宋][元][宮][聖]481 露帳覆,[宋][元][宮]481 露帳幔,[宋]202,[宋]293 城縣開,[元][明]、挍[聖]125 飾身能,[元][明]365 飾於其,[元][明]2122 飾在上,[原]1890 量文故。

矣:[甲]下同 2254。

亦:[明]1464 是請主。

永:[原][甲]1851 絕而。

友:[甲]2039 人彝倫,[三]2059 世人呼,[元][明]190 故朋親。

灾:[甲]952 亂。

災:[甲][乙]2376 無由是,[甲]1239 如索申,[三][宮]680 橫纓垢,[三]2112 起,[三]2122 無供世,[乙]2227 障四悉,[知][甲]2082 終。

丈:[甲]2095 不窮視。

支:[甲]1709 因律儀,[元][明]703 急用之。

## 郊

邦:[三]2087 背三河。

交:[明]2103 迎而可,[三]25 大衢道。

慰:[甲]2073 勞見其,[三]2059 勞見其。

哉:[三][宮]2102。

## 教

法:[甲]2300 耳,[乙]2263 衆生。

故:[甲]2261 唯一無。

經:[甲]2299 中。

數:[甲]2261 出體,[甲]2261 者得後。

## 蛟

神:[元][明]813 龍而來。

蚊:[宮]263 阿須倫,[宮]310 虻蠅蚤,[宮]1670 雌鼊雌,[甲]1782 之流舉。

妖:[三]152 龍處之。

## 焦

煩:[宮]374 惱嫉妬。

集:[甲]2129 反切韻,[三]76 盡無餘,[宋][元][宮]1562 熱故名,[元]1442 熱諸苦。

蕉:[宋][宮]1443 種不復。

膲:[三]、膓[宮]2122 蟲七名。

燋:[甲]1783 乾乃至,[乙]895。

爝:[三][宮]2104 火不息。

憔:[三][宮]2122 即失顏,[三]125 意惱常。

樵:[三][宮]374 木莫。

熱:[明]310 惱。

煙:[元][明]721。

## 焳

樵:[甲]1723 濕即能。

## 蕉

焦：[明]2016 木亦悉，[明]1579 如狂，[三][宮]2122 芽三明。

## 膠

交：[三]1982 香眞五。
噤：[三][宮]2122 泥恐鼠。
摎：[聖]1462 油及已。
漻：[聖]1462 出相續。
斅：[博]262 漆布嚴。

## 澆

灌：[三][宮]1435 頂大王，[三]2040 頂大王。

浣：[乙]2795。

激：[三][宮]2121 亦復。

僥：[三][宮]2060 情趣競。

燒：[三][宮]1462 亦如是，[聖]1425 火滿者，[聖]1440 知水有，[宋]26 或坐鐵。

沈：[三]2149 浮餘波。

洗：[宮]2121，[甲][乙]2317 仙仙亦，[甲]1225，[甲]2317 灌，[三]、洒[宮]1458 之隨意，[三]、洒[宮]1470，[三][宮][聖]1421 浴諸居，[三][宮][聖]1435 鉢底若，[三][宮]1425 脚時以，[三][宮]1425 若以葉，[三][聖]99 王心面，[三][石]2125 三遍外，[三]202 肉消骨，[三]2125 非過小，[聖][另]1435 手攝，[聖][另]1451 濕餅須，[聖]26 或坐鐵，[聖]1421 之生疑，[聖]1428，[聖]1428 身，[聖]1441 諸比丘，[聖]1462 盈滿出，[聖]1464

爛十二，[石]2125 以熱，[乙]2795 鉢時十。

## 憍

高：[甲]1811 奢，[三][宮]376 慢故於，[三][宮]1559 慢無明，[三][宮]1581 慢又於，[三]99 慢使，[三]99 慢者，[三]187 慢幢起，[三]192 慢意，[聖][另]1541 害，[聖]1547 貴人無。

堅：[明]220 慢之。

嬌：[甲]1239 奢耶衣，[三][宮]2049 尸迦有。

驕：[和]293 慢心無，[和]293 慢高擧，[和]293 慢爲欲，[和]293 慢心離，[和]293 慢心無，[和]293 薩羅國，[和]下同 293 慢不，[甲]1786 由染自，[明]1428，[明]1450 慢起不，[三][宮][別]397 樂不知，[三][宮]309，[三]100，[三]198 下不懼，[三]201 逸，[三]210 蓮華水，[三]211 謇永不，[聖]2042 慢之心，[元]2122 樂何能。

矯：[甲][乙]1822 亂論後，[甲]1709 此四足，[三][宮]272 詐欺，[三][宮]1558 前。

拘：[聖]99 薩羅國。

悁：[三]99 財者。

慢：[宮]660，[甲]2823 等，[三]397 者不毀，[三][宮][別]397 慢增，[三][宮]1545 害恨惱，[三][宮]1546 問曰若，[三][宮]1546 者説，[三]125 甘露跡，[石]1509 以是故。

喬：[甲]1772 答摩是，[三][宮]

1545 答摩憿，[三][宮]1545 答摩有。

憍：[三][宮]2040 曇彌即，[宋][宮]、驕[元]2103 陵欲階。

橋：[宮]2026 桓鉢律，[宮][聖]425，[甲]1709 睒彌國，[甲]1782 梁賛曰，[甲]1828 拉婆此，[甲]2261 陳如於，[三][宮]397 如來致，[三]196 炎缽四。

罼：[三]202 曇彌令。

傷：[甲]1782 名正直。

責：[三][宮]397 教誨具。

## 嬌

憍：[明]1450，[明]1450 薩羅，[宋][元][聖]190 兒，[元][明]674 尸迦，[元][明]2103 奢志能，[原]1212 慢不得。

驕：[明]1692 奢亦復，[三][宮]2103 明日分。

矯：[三][宮]1648 身，[宋][宮]2103 俗如斯，[元][明]2103 張遂引。

橋：[三][宮]222。

## 燋

煩：[明]397 惱亦不，[三]157 惱三昧。

集：[宮]330 貪內熱。

焦：[明]42 舉足肉，[明]157，[明]212 形，[三][宮]423 惱而懷，[三]190 纔有皮，[元][明]2016 爛道芽。

烓：[石]1509 炷爲用。

憔：[明]1546 悴是苦，[三]196 悴婆，[三][宮]721 悴生諸，[三][宮]1462 悴身體，[三][宮]1462 小形體，[三][宮]2123 悴呼嗟，[三][宮]2123 悴即便，[三]157 悴此諸，[三]200 悴叵，[三]202 悴便，[宋][元]、噍[明]203 悴形，[元][明]157 悴其眼。

樵：[三][宮]1546 薪如是，[三][聖]200 木，[三]99 炭云何。

譙：[明]2123 悴形容。

燃：[宮]2122 兔置。

## 礁

嶕：[乙][丙][戊][己]2092。

## 鮫

蛟：[明]1331 龍魚鼉。

## 驕

憍：[明]165 天四大，[三][宮]606 樂不忍，[三][宮]1442 逸由此，[三]87 樂天上，[三]100 奢貞廉，[三]154，[三]203 豪詭因，[三]361 慢弊懈，[三]945 陳那五。

嬌：[三][宮]584 恣之物，[三][宮]2122 恣飲食，[元][明]2123 弄脣口。

矯：[聖]225。

## 鶺

蟭：[三]2110 螟皆有。

## 角

北：[乙]2228 羅剎后。

觸：[三][宮]2034 義慇懃，[聖]1428。

甫：[甲]2053 未可縷。

負：[三]100 勝無。

各：[乙]2309 成宗互。

勖：[三][宮]2122 通部，[宋][元][宮]2122 通部降。

拘：[明][和]293 力求，[三]125 力設彼，[三][宮]1579 力戲等，[三][宮]2121，[三][宮]2121 現神力，[三][聖]190 鬪決勝，[三][聖]190 試一求，[三]1 伎一，[三]187 力相撲，[三]198 飛經第，[三]2087 神力舍，[三]2145 能經一，[三]2149 力道士，[宋]、拘[元][明][聖]190 法行摧，[宋][宮]、捔[明]2034 能經一，[宋][宮]2121，[宋][明][宮]2121 術，[宋][元][宮]2121 術九，[宋][元][宮]2121 現神力，[宋]200 試。

桷：[三][宮]1462，[三][宮]1546 力乃至，[三][宮]2123 高簥。

覺：[甲]2266 先得六。

馬：[三][宮]671 驢駝。

南：[甲][乙]897。

捅：[宋][元][宮]1483 力犯何。

筒：[宮]1457 內藥器。

用：[明]721 絡其體，[三][宮]1443 說此小，[乙]1821 等三難。

有：[三][宮]224 所。

喻：[甲][乙]2263，[甲][乙]2263 獨覺百，[甲][乙]2328 佛無轉，[甲]2263 獨覺者，[甲]2263 名言表。

爭：[三][宮]2103 營寺塔。

諸：[三]1579 武事當。

自：[乙]2249 界加行。

佼

俊：[甲]2039 徹嘉問。

校：[三][宮]2059 長生捨。

狡

扶：[原]2301 共起故。

姣：[三][宮]2102 以爲瘳，[三][宮]2122 人，[元][明][宮]2122 兇惡人。

挍：[聖]639 猾多縱。

狹：[甲]1723 獵中原。

狹：[甲]2068 內寬其，[甲]2217 如何答，[甲]2217 是別後，[甲]2266 不同自，[甲]2266 不須簡，[甲]2266 次第順，[甲]2266 故，[甲]2266 故言所，[甲]2266 簡過乃，[甲]2266 文義演，[甲]2266 異生性，[甲]2266 障寬所。

執：[甲]2266 我等已。

晈

眆：[明]2154。

胶：[甲]2207。

皎：[三][宮]2103 夢照東，[三]187 然最勝。

挍：[三][宮]2103 星連鴻。

映：[甲]2244 鏡昔毘，[甲]1782 無涯注，[原]2339 形。

皎

眆：[聖]2157。

杲：[乙]1909 日普照。

歸：[甲]2183 然和尚。

咬：[宋][元][宮]2103 日。

噭：[明]156 然不論。

曉：[乙]913 鏡復於。

昭：[宮]2053 日麗天。

# 脚

髀：[三][宮][聖]1425。

額：[原]2003 馬師顧。

許：[三][宮]1425 後失火。

節：[宋][宮]901 指。

脛：[乙][丙]1076 竪膝吉。

脈：[元]1425 勿使蟲。

磨：[丙]2392 膝今案。

却：[甲]1920 行次第，[明]2016，[三][宮][聖]1425 令汝知。

眼：[甲]2882 今請中。

耶：[三][宮]1425 時賊恐，[乙]2207 此云神。

御：[甲][乙]1709 又曰昔。

肘：[三]1341 應不得。

足：[三][宮]1435 革屣若，[三][宮]2121 及，[三][甲]1039 亦作種，[元][明]、－[宮]310 橫亂不。

# 絞

駁：[明][宮]2104 於六。

媒：[元]2121 切心痛。

交：[甲][乙]913，[三][宮]、絞絡玫珞[聖]278 絡其上，[三][宮][博]262 絡垂諸，[三][宮]278 絡其，[三][宮]278 絡之百，[三][宮]313 露精，[三][宮]1425 絡羅，[三][宮]2122 死，[三][甲]901 絡，[三]155 絡八萬，[宋]、

校[元][明]155，[元][明][甲]901 絡座下。

疠：[三]1548 病身，[乙]1909 痛，[元][明]1341 痛因大。

繳：[元][明][甲]901 肚。

挍：[聖]1462 車牽離。

經：[三][宮]2121 樹上影。

紋：[聖]1199 結纏身。

嗃：[三]211 殺新王。

校：[三]、流布本作交 360 飾周匝，[三][宮]664 飾張施。

# 敫

敷：[三][宮]2060 曹毘敫，[三][宮]下同 2060 者弱年。

# 勦

剿：[明][甲]1094 當累殲。

傈：[宮]1435 健多力，[宮]1435 健強力。

# 摷

攫：[三]2121 罪人痛。

# 僥

幸：[原]1098 無慳惜。

# 鉸

鈔：[丙]2120 具用。

校：[三]228。

# 攪

攬：[三][宮]1562 一實成。

徼

激：[宮]2122 忡曰當，[三][宮]2122 妙無爲，[宋][宮]638 錯不可。

交：[明]2121 道中若。

傲：[宋][宮]350 冀常自。

撽：[宋][宮]1470。

儌：[三]、激[聖]125 道，[三]194 道。

微：[三][宮]2122 妙縹。

邀：[甲]1828 延施設。

曒

皎：[三]26，[三]26 潔明淨。

矯

憍：[甲]1821 誹撥彼，[甲]2087 其志凡，[三][宮]350 稱，[三]220 害嫉慳，[聖]1579 詐而取，[元][明]220 等隱蔽。

嬌：[明]2103。

驕：[三][宮]2122 誕若順。

撟：[聖]1585 設方便。

譑：[宋][元][宮]1545 亂言。

倦：[甲]1782 無嫉儉。

嗃：[宋]、嶠[宮]2103 既傷於。

橋：[聖]1579 設方便，[聖][知]1579 詐威儀，[聖]1579 示形儀，[知]1579 設呪願。

皦

激：[宋]2122。

皎：[宮]279，[三][宮]2060 日慚明。

皎：[三][宮]263 潔光徹，[三][宮]292 然出普。

曒：[明]190 潔無諸，[宋][元][宮]729 若星中。

撟

效：[甲]1761 前修舒。

繳

徼：[三][宮]263 道中，[三][宮]2104 在慮斯。

皦：[三]930 右中指。

撽：[宋]、[元]、逆[明]1092 相纏各，[宋][甲]1092 樹上標，[宋]1092 標式界。

攪

挍：[宋]1341。

攬：[三][宮][聖]1456 而飲用，[三]190 酪木塔，[宋][元][宮]2102 其方寸。

扰：[三]201 羹飯語。

擾：[元][明][宮][聖][另]1509 水則不。

叫

噭：[聖]26 衆多人。

別：[聖]379 喚舉聲。

吽：[明]1674 無間下。

呼：[甲]1792 調御昇，[三][聖]199。

喚：[宋]182。

叩：[三][宮]2108 鳳閣而。

閅：[甲]2299 喚言瞿。

鳴：[三][宮]1451 增養見。

咷：[三][宮]721 悲惱四，[三][宮]2040 啼哭擧，[三][宮]2123 啼哭又。

呴：[三]190 時諸小。

洲：[甲]2068 遵門外。

## 挍

拔：[宮]2122 人民立。

定：[三]2153 事須改。

格：[三][宮]690 量當何，[三][宮]2122 量。

恨：[元][明]、效[宮]533 三曰若。

交：[三][宮]263 飾，[元][明][宮]310，[元][明][宮]310。

絞：[甲]1723 反正應，[聖]425 飾蓋貢。

鉸：[三][甲]1007 威儀或，[三]下同 1050 飾之種，[乙]1132 飾在大。

玟：[三][宮]425 飾蓋貢。

教：[甲]1958 量願生，[三][宮]1523 量勝不，[三]194 授起滅。

較：[明]1522 量勝如，[明]837 量當取，[明]847 量趣路，[明]1522 量，[宋][元]2149，[元][明]172 九劫今。

據：[三][宮]2060 行事非。

披：[三]2149 閱群録。

授：[甲]2068 古訓講，[甲]2195 計所。

文：[聖]125 飾復以。

狹：[甲]1805 界寬若，[甲]2214 次乾葉，[原]2196。

校：[甲][乙]901 口不能，[明]157 樹散種，[三]1301 書，[三][宮]398 飾或明，[三][宮]398 飾紫金，[三][宮]1646 計因，[三][聖]125 計邪見，[三][聖]190 外以石，[三]125 計爾時，[三]125 計分別，[三]190，[三]190 立爲神，[三]302 得其邊，[三]1301 計算，[宋]、交[元][明][聖]157，[元][明]398 是爲慧。

挾：[高]1668 量。

修：[三]、收[宮]1549 飾。

押：[三][宮]1478 奉持十。

嚴：[三][宮]512 眞珠羅，[三][聖]158 瓔珞形，[乙]1723 贊曰。

莊：[三][宮]2123 飾若有。

## 玟

交：[元][明]622 露精舍。

校：[三][宮]288，[三][宮]598 遍覆四，[三][萬][聖]26 嚴飾白，[元][明]26 餝但爲。

## 窊

淚：[元][明]152 屎尿涕。

## 教

般：[甲][乙]2309 若等經。

報：[明]2122 故別疏，[原]1749 二者應。

必：[別]397 令依止。

變：[宮]616 化令衆。

部：[甲]2223 主眞言。

乘：[甲]1736 言六度，[甲]2336

論法相，[甲]2396 通教別，[乙]2396
佛分爲，[乙]2396 人但見，[原]2339
宗即別。

持：[原]、[甲]1744 四此經。

勅：[三][宮]2040 撾打尼，[三]
196 即便往，[三]1331 便承佛，[聖]
200 遍往，[元][明]186 往。

處：[三][宮]263。

道：[三]2103 并陳表。

都：[三][甲]1229 攝録，[聖]26
滅善法，[聖]1425 著囊中。

敦：[甲]2035 身通三，[三][宮]
1469 作者無。

而：[三]125 令得證。

發：[甲]1846 此等並，[甲][乙]
2408 願，[甲]1709 此地菩，[甲]1821
事究竟，[甲]2394 行勿生，[三][宮]
1545 語言乃，[聖]278 難，[聖]613
如上數，[乙][丙]2218 金剛寶，[原]
2339 心修行。

法：[甲][乙][丙]2081 遂請無，
[甲]2434 中有，[明]2149 流東夏，
[三][宮]493 觀，[三][宮]657 好，[三]
[宮]813 無量無，[三]1016，[聖]223
乃至菩，[乙]1723 普滋不，[元][明]
[宮][聖]223 從，[原]、教法[甲][乙]
2261 本意爲。

放：[甲]1735 光無不，[三][宮]
1464 我使去，[三][宮]1648 爲覺久，
[三][聖]190 令出家，[聖]834 化者
上。

敷：[甲]1805 具故論。

改：[甲]2381，[原]1863 者。

敢：[甲]1782 善法種，[三]2060
附後。

告：[明]1450 女曰若，[明]1450
他人算，[三]125 諸人民。

故：[甲]、－[乙]2434 也彼諸，
[甲]1805 制防約，[甲]2339 入一乘，
[甲][乙]2219 名阿頼，[甲]1731 是能
表，[甲]1821 能顯理，[甲]1828 其識
與，[甲]1841 全不相，[甲]1961 念佛
三，[甲]2017 有明文，[甲]2250 雖然
不，[甲]2250 歲爲三，[甲]2285 也，
[甲]2299 爲末但，[甲]2339 四縁，
[甲]2339 知三車，[甲]2434 者説初，
[明]99 者云何，[宋][宮]1509 修福事，
[宋][元]1510 授依離，[宋]1428 授故
不，[乙][丙]2397，[乙]1736 又，[乙]
1816 諸菩薩，[乙]2194 三藏大，[乙]
2396 此有三，[乙]2812 若已建，[元]
[明]26 令所及，[元][明]292 不利財，
[元][明]1595 四拔濟，[元]680 成熟
解，[元]1421，[原]1879 有。

觀：[甲]2371。

果：[聖]1721 也昔説。

後：[甲]2035 漸初不。

護：[三][宮]314 者名曰。

化：[三][宮]2059 無益有，[三]
[宮]2103 無方不，[宋]2060 先被中，
[原]1863 菩。

幻：[三][聖]291 化所潤。

極：[乙]1724 清淨二。

家：[甲]1918 初有五，[明]2105
化亦無。

見：[明]17 相危殆。

交：[三][宮]1452。

挍：[三]186 中。

接：[甲][乙]1929。

戒：[明]2110 之職禁，[三][宮]606 斷諸塵。

界：[宮]1515 力增強，[明]220 若略若。

經：[甲]1983 體豈同，[甲][乙]1929 用別圓，[甲][乙]2219 中唯明，[甲][乙]2328 中但於，[甲]1731 金光明，[甲]2195 云云，[甲]2223 有五種，[甲]2266 等第三，[甲]2266 體中總，[甲]2266 同説文，[甲]2266 至教即，[甲]2299 文在第，[甲]2328 等義故，[甲]2339 頓教，[明][宮]653 者世世，[乙]2228 三部眞，[乙]2263 説智品，[乙]2263 中明無，[原]2339 兼通頓，[原]2396 自可准。

淨：[三][宮]619 令明，[三][宮]1488 化衆生。

敬：[敦]1960 清昇彼，[甲]1026 寺大德，[甲]1788 心三除，[甲][乙]957 重三寶，[甲]1828 田二解，[甲]2183 撰，[甲]2250 法必具，[甲]2261 相故者，[三]2145 耳又杯，[三][宮]2059 耳又杯，[三][宮]2102 存，[三][聖]1435 起第二，[三]154 非吾所，[三]203 四者遊，[元][明]2060，[元][明]2060 寺初達，[原]1776 嘆維摩。

境：[甲]2266 三證成，[甲]2266 文義演。

究：[三][宮]397 者爾時。

救：[宮]614 以，[甲]2084 我兒

等，[甲]1821 彼正釋，[甲]1829 生自行，[甲]2266 不成何，[三][宮][知]598 於眞諦，[三][宮]2041 接佛聞，[三]186 衆生於，[聖]1763 義而聞，[聖]2157 傳，[聖]2157 和上法。

覺：[三]277 已懺悔，[聖]272 無諸一。

開：[三]2125 既受戒。

離：[三][宮]657。

理：[原]2339 迷之甚。

力：[三]192。

兩：[甲]2192 有威德。

令：[聖]223 他。

錄：[聖]2157 故不存。

輪：[宮]676 諸佛如。

門：[聖]476 我等今。

密：[甲]2396 故有造，[甲]2434。

名：[甲]2273 云。

命：[三]196 推問吾。

牧：[宮]1421 往佛爲。

破：[元][明]375 汝善男。

起：[甲][乙]2261 亦有五。

啓：[原]1771 具。

巧：[甲]2130 辭，[甲]2195 昔。

勸：[甲]1705 化衆生。

趣：[三][宮][聖]310 行智力。

勸：[聖]222 化一切。

散：[甲]1816 與假解，[甲]2073 曹僕射，[甲]2266。

殺：[丁]2244，[宮][甲]1804 生又不，[宮]405 人取是，[宮]423，[宮]1437 死若，[甲]2266 婆七補，[明][宮]1548 取教，[明]89 人殺生，[三]

203 如王者，[三][宮]1428 前人擲，[三][宮]1544 造煮，[三][宮]1559，[三][宮]1644 他，[三][宮]1646 者得殺，[三][宮]2103 不求不，[三]1462 者不知，[聖]1428 若遣書，[聖]1441 人，[聖]1441 汝殺耶，[聖]1579 命依行，[聖]1763 能，[元][明]790 事，[原]1974 及因緣，[原]1309 治皆得。

聲：[甲]2270 人口誦，[三]642 從他求，[三][宮]403 以此天，[乙]2263 故五識。

施：[甲]2339 修行布，[三]193 汝等善，[聖]2157 迴駕鳳。

使：[敦]450 人書恭，[三][宮]1425 人舉貪，[三][宮]1435 人數。

示：[三][宮][聖]1509 諸菩薩，[三][宮]1579 誨因告，[乙]1724 五稟。

螫：[宋][元][宮]、赦[聖]1547 他亦盲。

釋：[甲]2266。

授：[三]99 汝當答，[乙]2396 何以故。

書：[宋][元][宮]2102。

數：[甲][乙]1821，[甲][乙]2250 餘四成，[甲]1763 緣滅不，[甲]1782 於，[甲]1828 學，[甲]1828 有六十，[甲]1832 如不放，[甲]1851 法名法，[甲]2255 不，[甲]2266 也，[甲]2274 論本，[甲]2274 論師立，[甲]2289 者二教，[甲]2290 小於聲，[甲]2298 七遣蕩，[甲]2362 繁多，[甲]2396，[三][宮]585 不知法，[三][宮]1549 漸漸諷，[三]70 授何所，[三]221 菩薩成，

[聖]2157 旨者通，[乙]1709，[乙]2795 歸三寶，[原]1837 若依顯，[原]1954 斯乃普，[原][甲]1825 不申，[原]1771 天，[原]1898 覺問侍，[原]2261 即。

說：[甲]、起[乙]2261 故不取，[甲]1929，[三][宮]1428 若一切，[乙]2397 修行不。

聽：[三][宮]2040 已即詣。

微：[聖]1763 密問旨。

爲：[甲][乙]1822 應依後，[甲][乙]2396 答。

我：[三][宮]2122 屬已故。

悟：[甲]2314。

相：[丙]2397 我立一，[甲]2371 行也若，[乙]1796 一一能。

孝：[甲]1805 順心救，[三][宮]630 誠有謙，[三]152。

効：[明]154 爲慚愧。

校：[甲]2095 別看名，[三][宮]458 計而。

效：[三][宮]739 人受法，[三][宮]2040 乃至併，[知]418 習奉行。

行：[甲]2371 分五種，[三][宮]263。

形：[另]1721 亂下。

言：[宮]1439 求和上，[甲][乙]、教言[丙]2396 無不，[三]375 佛法無，[三]375 如來常，[三]375 我今所，[三]375 諸佛如，[元][明]375 一切諸。

揚：[明]1602 論卷第。

夜：[甲]2035 施鬼神。

葉：[三][宮]2060 典日誦。

義：[甲]1736，[甲]1799 一切皆，[甲]1913 不須別，[甲]2195 付經顯，[乙]1736 包博，[乙]1736 彼立四，[原]1960。

因：[甲][乙]1709 興廢，[乙]1709 興廢於。

語：[三][宮]443 如前所，[三]375 便。

欲：[甲][乙]1822 者正。

喻：[甲]2801 三顯勝。

緣：[甲]1736 二假名，[甲]2204 成。

政：[原]1251 若違此。

之：[甲]2255 終歸非，[原]2339 義之。

執：[三][宮]459。

制：[三][宮]2122 皆雜凡。

致：[乙]2297 故。

中：[乙]1736 末後而。

彙：[甲]2339 生根鈍。

住：[原]1764 斷由佛。

轉：[三][宮]1488 化衆生。

宗：[甲]2305 故以經，[甲]2792 大。

## 較

斠：[甲]1782 衆相無。

角：[宋]、[元][明][宮]374 其道。

拋：[三][宮]374。

繫：[聖]1579。

校：[宮]2078，[甲]1717 量中，[明]2076 王老師，[三][宮]2122 用，[三][宮]425 本末使，[三][宮]2122 得，

[三][宮]2122 數法一，[三][宮]2122 于時道，[三]189 其勇健，[三]2103 之，[乙]2092 數及太。

軼：[宮]2103 而考定。

## 斠

較：[宮]2121 不舍利，[宋][宮]、角[元][明]下同 2121 術沙門，[宋][元][宮]、角[明]2121 其伎術。

## 酵

醪：[三]375 煖等從。

## 噍

遺：[宋][明][宮]2122 類城今。

## 噭

叫：[三][宮]2122 喚唯願，[三][宮]2122 堂內當，[三][宮]2122 躍立空，[三][宮]2121 獄，[三][宮]2122，[三][宮]2122 悲哭懊，[三][宮]2122 悲泣愁，[三][宮]2122 常聞空，[三][宮]2122 瘡皆崩，[三][宮]2122 此人卒，[三][宮]2122 二名，[三][宮]2122 方復説，[三][宮]2122 駭畏難，[三][宮]2122 號慟酸，[三][宮]2122 呼母時，[三][宮]2122 呼無常，[三][宮]2122 呼獄何，[三][宮]2122 呼之響，[三][宮]2122 呼自稱，[三][宮]2122 喚，[三][宮]2122 喚都無，[三][宮]2122 喚聲，[三][宮]2122 及填平，[三][宮]2122 筋骨碎，[三][宮]2122 裂眼中，[三][宮]2122 亂，[三][宮]2122 鳴，[三][宮]2122 人常以，[三]

[宮]2122 聲徹數，[三][宮]2122 聲動地，[三][宮]2122 聲號疼，[三][宮]2122 聲也於，[三][宮]2122 時，[三][宮]2122 巡房響，[三][宮]2122 於是箭，[三][宮]2123 鳴吼騰。

叫：[宮]534 震動八，[三][宮]2122 犇隱守，[三][宮]2122 喚跳躑。

## 嚼

爝：[三][宮]2060 法師成，[元][明][宮]2060 公處座。

## 嚼

爝：[三][宮]2060 公成實，[三][宮]2060 之疇河。

## 皆

百：[宮][甲]2053 欣，[甲]2036 邪也朕。

傍：[明]1985 不得如。

背：[宮]1551，[甲]2036 空多言，[甲]2249 空三摩，[甲][乙]2263 此理故，[甲]1238 使，[甲]1512 不同凡，[甲]1782 類觀彼，[甲]1795 眞理，[甲]1813 捨既乖，[甲]1828 無常之，[甲]2249 能觀自，[甲]2249 問答首，[甲]2324 如緣苦，[明]2076 舊本作，[明]2016 圓乘台，[三][丙]1202 光勢名，[三][宮][聖]1602 修所得，[三][宮]349 棄諸惡，[三][宮]1523 無，[三][宮]2060 負簏篠，[三]901 上下相，[三]1301 骨肉及，[三]2103 借不兼，[聖][另]342 於正律，[聖]983 由無始，[聖]1512，[宋]984，[乙]2408

著云云，[元][明][宮]882 施他即，[原]2001 一面古，[原]2339 生死愚，[原]2339 痛□痛。

倍：[三]159 增五者。

輩：[聖]190 來見於。

比：[宮]1507 詣我，[宮]2060 委於願，[甲]2270 量智及，[明]312 得，[三][宮]222 入一切，[三][宮]522 盡年命，[三][宮]632 言者，[三]26 集在彼，[三]46 爲苦何，[三]202 復食盡，[聖]189 使華麗，[聖]278 我同行，[聖]1421 已縫染，[宋]、所[元][明]1351 得從願，[宋][元][宮]1439 是盈長，[宋]202 悉具足，[宋]1262 屬摩尼，[元][明]2145 法條貫。

彼：[三][宮]1546 見道邊。

必：[三]26 生善處，[三]154 當見斬。

便：[明]2110。

別：[三]1058 畫金剛。

並：[甲]1735 皆缺故，[甲]2012 是境上，[三][宮][甲]2053，[三]1346 得消除。

不：[宮]621 見佛來，[元][明]1451 食佛言。

厠：[三][宮]587 反自下。

曾：[宋]476 除滅是。

長：[甲]1789 行本明。

出：[三]1568 無有果。

此：[甲][乙]1822 名業道，[甲]1821 是無漏，[甲]2261 從此發，[甲]2266 智亦緣，[甲]2401 皆說中，[聖]1763 悉是伏，[乙]1724 爲起意，[原]

1744 且，[原]1744 是三車，[原]1771 人曩。

大：[三]185 喜言佛，[乙][丙]2092 笑焉。

但：[甲]1736 是地相。

當：[明]212 悉露現，[三][宮]1579 作四。

得：[甲]1736 解脫疏，[三][宮]1435 突吉，[三][宮]1458 越法得，[三][甲]1080 圓滿。

等：[三][宮]1509 無。

斷：[甲][乙]1822 名。

而：[三]374 有因緣。

法：[甲]2255 而生無，[甲][乙]1821 爾隨其，[甲][乙]1822 義，[甲]1821 是虛妄，[甲]1828 託曾緣，[甲]2425 從，[三][宮]532 悉具足，[三][宮]1562 受現，[乙]1821 修，[元][明]352 空彼虛，[元]1596 滅者謂。

非：[甲]2036 淺非深，[三]220 非相，[宋][元]220 非相應。

負：[乙]1736 自爾非。

復：[三][乙]1145 如是作。

各：[三][宮]2059 近十遍，[三]186 同不異，[宋][元][宮]606 令得其。

共：[三][宮]632 生於彼，[三]26 相愛戀，[三]2145 集。

故：[甲][乙]1822 三，[甲]1821 有四食，[乙]2396 得。

廣：[元][明]1191 大歡喜。

還：[三][宮][另]1458 應禮師。

會：[甲]2195 得迴。

慧：[聖]222 過聲聞。

火：[乙]1723 盡故。

及：[明]1459 獲罪。

即：[甲]1735，[甲]1775 名無利，[三][宮]2043 得阿羅，[三][宮]2122 率化成，[三]211 得法眼，[乙]2812 謂無記，[原][乙]2250 無也。

加：[三][宮]1558 由教力。

堅：[三][宮]266 除猗果。

間：[三][宮]278 寂滅。

見：[和]293 了，[三]125 原捨莫。

劍：[三][宮]2121 到王前。

階：[甲]1795 差二義，[甲]2299 初至七，[明]1175 悉地，[聖]627 有寶樹，[元][明]186，[元][明]272 八道。

堦：[明]1058 側。

解：[三][宮]403 空空是。

界：[甲]2434 一，[三][宮]721 乾一切。

俱：[三]、亡[聖]211 來至此，[聖]375 不可是。

揩：[宮]1559 盡其妙。

開：[三]99 放不而。

令：[明]293 充足令，[三][宮][石]1509 如佛身，[乙]1796 有光炎。

迷：[三][宮]481 惑想見。

蔑：[三]2110 所。

民：[宮]282 使無所。

名：[甲]1763 攝於衆，[三][宮]754 無漏。

莫：[三][宮]443 不值惡。

乃：[三][宮]741 正不。

能：[甲]2035，[甲][乙][丙]1866，

[甲][乙][丙]1866 各總攝，[甲]1512 離無我，[甲]1717 用故云，[甲]1811 令心住，[甲]1821 通無漏，[甲]1841 似現量，[甲]2266 生名若，[明]658 容受，[明]1571 難測，[明]1636 遠離善，[三][宮]410 摧伏何，[三]223 令衆，[三]310，[三]1012 現在前，[宋]220 攝在如，[元][明]616 歡喜定。

平：[三][乙]1092 等濟度。

普：[三][宮]638 發道意，[三]194。

七：[乙]1816 是數名。

其：[聖][另]310。

耆：[三]1336 婆但尼。

人：[三][宮]638 恐怖各。

茸：[宮]2121 覆水大。

如：[乙]2777 佛事也，[元]1579 不應行。

若：[乙]1201 依法。

三：[甲][乙]1822 於因至，[甲]2314。

甚：[甲]1816 多諸，[乙]1816 爲勝妙。

生：[三][宮]822 由菩薩，[三][宮]2060。

師：[乙]1821 不立又。

時：[宮]2122 活芳氣，[甲]2052 一遍，[三][宮]2040 在祇。

示：[原]2362 眞實經。

是：[甲]923 成眞實，[明]1450 大踊躍，[三]223 和合故，[石]1509 佛威神，[乙]1796 傍角加，[乙]2215 佛性何，[原]2396 言。

守：[甲]1736 集吠舍。

受：[三]185 受。

殊：[宋][宮]660 勝彼諸。

速：[明]865 成就。

所：[明]220 依如是，[三]461 能。

同：[甲]1811 制刃。

土：[乙]1816 無高下。

吐：[甲]2120 答福應。

唯：[甲][乙]1822 得戒，[三][宮]1562 通三世，[乙]2250 退分若。

爲：[三][宮]1646 樂以懼，[三]376 與毒藥，[聖]1425 作房舍。

謂：[甲]2339 今釋迦。

聞：[甲]1839，[三][宮]1545 驚歎共。

昔：[宮]262 共圍繞，[甲]1735 無障故，[甲]1789 見之故，[甲]2036 有亂民，[甲]2290 得唯聞，[甲]2339 指三乘，[三]125 在祇洹，[三]2060 委以治，[聖]380 當得般。

悉：[宮]374 得正念，[宮]310 悉知，[甲][乙]1866 遍法界，[甲][乙]1866 有佛性，[三][宮]262 能知，[三][宮]263 共承順，[三][宮]263 使無漏，[三][宮]2123 得休息，[三][聖]643 於中現，[原]1697 見三世。

習：[宮]263 令具足，[甲][乙]2087 兵戰視，[甲]1828 增長界，[三][宮]310 超度諸，[三][宮]1509 滅即是，[宋][宮]、集[元][明]816 盡是諸，[宋][宮]606 從因緣，[乙]1816 是戒學。

先：[甲]1280 當召集，[甲]2266 於財位。

咸：[明]293 以軟語，[三][宮]665 悉發露，[元][明][宮]374 謂我是。

香：[乙]1796 可通用。

想：[三]637 不。

偕：[宮]2078。

諸：[甲]2129，[三][宮]2122 善晋太。

言：[宮]1522 差別説。

野：[甲]867 得成。

依：[甲][乙]1736 智論。

以：[甲][乙]1866 隨本宗。

亦：[甲][乙]2397 爾猶如，[甲]1700 名眞實，[甲]1918 非境，[甲]2814 通二者，[明]220 不可得，[三][宮]294 緣久修，[三][宮]286 作三界，[三][宮]1425 從人受，[三]1568 空，[宋][宮]223 從般若，[乙]2263 應種別。

音：[宮]606 悉護之。

應：[甲]1225 當，[三][宮]2042 當步從。

由：[甲]1828 一切相。

猶：[己]1958 不。

有：[宮]501 歡喜問，[三][宮]2060 弗及，[元]325 爲成就。

餘：[三][宮][聖]1421 如上説。

欲：[三][宮]1537 非眞欲。

願：[知]598 發無上。

約：[甲]1816 能詮。

者：[甲][乙]1250 稱意若，[甲]1724 圓故下，[甲]1828 煩惱輕，[甲]2274 意云疏，[明]670 是，[三][宮]1646 以樂受，[三][宮]2102 精誠乃，[三]1545 知是事，[聖]514 無常之，[原]1700 以。

眞：[乙]2218 常以三。

之：[三][宮][聖][另]1458 無犯又。

旨：[原][乙]2263 不順。

智：[甲]1778 因成假，[甲]2339 虛指約，[甲][乙]2778 明不思，[甲]2217 以大慈，[甲]2305 名意根，[甲]2400 印瑜伽，[明]1493 清淨諸，[三][宮]1521 是一復，[宋]220，[宋]220 無所有，[宋]626 悉令人，[乙]2261 無等，[乙]2261 無漏故，[乙]2396 非非判，[原]1780 者了達，[原]1205 蒙教勅。

中：[宮][甲]1805 上二，[甲][乙]1866 以初二。

諸：[甲]2879 鬼神不，[三][宮]485 經善説。

皆：[乙]1796 是擬儀。

自：[三][宮]410 出摩尼。

字：[明]2076 有衝天。

總：[乙][丙]2812 名契經。

作：[三]873 有己身。

益：[甲]1736 就今。

## 揭

伽：[宋]1154 哩。

曷：[三]985 邏虎雞。

褐：[三][宮][聖]397 勒叉移，[元][明]2060 樸而出。

偈：[甲]1512 答言，[原]2290 他略。

將：[甲]2244。

竭：[甲][乙]2427 陀國菩，[明]300 陀國於，[明]1450 陀國諸，[明]1545 陀國諸，[三][宮]1452 陀主影，[三][宮]310 陀國詣，[三][宮]1451 陀國人，[三][宮]1451 陀國主，[三][宮]1545 陀國諸，[聖]99 曇聚落，[宋][明][宮]1452 陀國大，[乙]2192 多疏即。

羯：[三][宮]2053 羅補羅，[三][甲][乙][丙]1211 柅，[三]985 吒布單，[宋][元]1057 囉。

渴：[甲]974 多五拔。

賴：[甲]2266 陀藥能。

攝：[三]866 多杜。

揚：[甲]1030 覩婆旛，[甲]1821 奧典盡，[甲]2219 佛功德。

楊：[甲]1709 陀此云。

塌：[三][甲]951 於割。

謁：[甲][乙]2194 陀國京。

## 接

按：[甲]1721 足多寶，[甲]2227 所成物，[甲]2227 物奉請，[聖]1859 教化也，[乙]2087 置座王。

被：[三]2059 遠近斯。

採：[甲][乙]2394 集以爲，[宋][宮]2121 浮雲置。

綵：[元][明]2122 不平致。

煥：[甲][乙][丁]2092 於物表。

及：[三][宮]2103 物孰與。

犍：[三]143 足而去。

疌：[宋]、寁[明]375 子。

樓：[甲]2087，[元][明]2149 一部六，[原]、接魏[甲]2068 言正無。

佞：[三]2104 姦。

棲：[甲]1969 樂土之。

妾：[三]2060 乃遙應。

擎：[聖]626 諸佛足。

唊：[三][宮]345 採衆花。

攝：[甲]2270 是故不，[甲]874 諸群品，[甲]901 引衆生，[甲]1722 引，[甲]1728 之也問，[甲]1925 引之要，[甲]2217 若見不，[甲]2271 耶答宗，[甲]2274 於餘，[甲]2362 下方便，[甲]2362 下顯上，[明]2131 淨覺問，[乙]1796 之故言，[乙]2408 不動，[乙]2408 印惹，[乙]2434 三賢十，[原]、攝[聖]1818 論五義，[原]1863 彼定性，[原]2248 心觀念，[原]2270 釋因之。

誓：[三][宮]309 度衆。

綏：[元][明][聖]125 納有方。

投：[三][宮]2121 足禮敬。

妄：[甲]2075 引宋朝，[三][宮]2060 持擧者。

迎：[三][宮]2059 屍還葬。

執：[宮]1425。

捉：[三][宮]1435 足作禮。

## 秸

結：[甲]2128 服孔注。

咎：[三][宮]1521 弟子莫。

## 階

陛：[宮]721 上生受，[甲]2053
納祐玉，[三][宮]1421 道安置，[三]
[宮]2103 於峻，[三][宮]2122 而拜縣，
[三]2087 甄作層，[元][明]2053 甄龕
層。

皆：[宮]2122 滅無遺，[甲]2792
差爲五，[三][宮]1443 樂以法，[三]
[宮]2122，[三]2103 益乃數。

堦：[甲]2087 陛金銅，[三]982
處，[三]1005。

街：[三][甲]1080 道内院，[三]
125 巷成。

界：[甲]901 道外院。

揩：[甲]2006 梯賛國。

陞：[甲]2084 下所夢。

偕：[甲]2067，[宋][元]2103 勝報
況。

諧：[甲][乙]2194 稍異准，[甲]
[乙][丙]1172 證如來。

陰：[三]2110 即寫。

增：[原]1851 有人釋。

正：[三]425。

## 揭

偈：[甲][乙]1822。

竭：[明]1442 陀國二，[明]1442
陀國勝，[三][宮]1442，[三][宮]1442
陀國到，[三][宮]1442 陀國相，[三]
[宮]下同 1442 陀憍薩。

## 喈

階：[甲]1717 聞其碑。

喊：[三][宮][聖]1470 三者不。

## 嗟

差：[宮]626 之俱共，[甲]2036
五福而，[甲]2053 怪非求，[聖]2157
賞乃謂，[宋]2122。

磋：[三][宮]322，[三]212 無父
母。

蹉：[明][聖]222 之門一，[三]、
蹉娜[甲]1227 曩或，[三][宮]397 富
羅憍，[三][宮]882，[三][宮]2042 王
語此，[三][甲][乙]2087 國，[三][甲]
2087 國北印，[三]1096 華鬘幢，[聖]
440 山佛南，[乙]1244 娑嚕二，[元]
223 字不可。

美：[三][宮]2028 言。

耆：[三]125 國王名。

嘆：[三][宮]2059 其神異。

笑：[宮]224 歎言善。

讚：[三]186 歎歌。

吒：[三]186 乃以一。

咤：[宮]2122 諷求飮。

## 街

階：[三][宮][聖]1435 陌，[三]
155 邊有一，[聖]1421 巷中視。

衢：[元][明]186 路里巷，[元]
[明]152 并錢一。

衛：[三]2088 斯立踰，[聖]2157
功德使。

巷：[三][宮]2122 南行十。

行：[三][宮]、術[聖]347，[三][宮]
744 樹。

衍：[三]23 大池那。

## 稽

揩：[聖]643 生下。

## 撖

戢：[三]、藏[聖]125 在心懷。

## 嚌

齊：[甲]2087 齒便即。

## 子

苟：[宮]1425 諸蟲乃，[宋][宮]、子[元]1425 蟲。

介：[三][宮]2060 爾一身。

了：[三]2125 然獨坐。

兮：[甲]2128 汪洋王。

子：[宮]2053 遺，[宮]2103 遺又於，[甲]2053 爾孤征，[宋]、了[明]2060。

## 卩

卩：[甲]2128 聲音七，[甲]2129 古文作。

艮：[甲]2128 作。

## 劫

彼：[乙]1736 一一念。

塵：[明]293 時有劫。

初：[甲]1512 故令流，[甲]1821 減時方，[甲]1828 一劫成，[甲]1912 皆壞，[甲]2196 逢寶，[甲]2250 復有說，[三]1560 生，[三]1579 後決定，[聖]125 至劫，[聖]1549 阿羅漢，[聖]

1582 事入百。

地：[三]2034 定意經。

動：[甲]1805 應成業。

法：[宮][聖]1549 者不，[三][宮][聖]278，[另]285。

方：[甲]2195 至十信。

佛：[甲]1718 下第二，[三][宮]374 有佛世，[三][聖]375 有。

功：[宮]225 若百劫，[甲]2204 不，[三][宮]738 精進今，[三][宮]2111 畢十度，[聖]1733 之行二，[元][明]1331。

古：[宋][元]、吉[明][宮]2122 貝自纏。

故：[宋]834 盡大地。

何：[三][宮]1521。

及：[三][宮]1595 依聲聞。

級：[三]245 蓮華座，[宋][明]、種[元]245。

際：[宮]278 常化諸。

結：[三][宮]1428 貝作帽。

經：[甲]2266 婆。

劇：[三][宮]2122 賊。

卷：[甲][乙]2309 云世尊。

陌：[元][明]26 害村壞。

起：[甲]2204 相不無，[明]2122 時便入。

千：[三]1485 萬劫現。

切：[宮]1544，[明]312 眾會，[明]449，[明]1435 壽者若，[明]1442 受燒燃，[三][宮]421 若餘殘，[三][宮]423 受苦，[三][宮]815 不可計，[三][宮]1546 報善業，[三][宮]2122

受，[三]224 若百劫，[三]1015 中問

慧，[聖]125 復是此，[聖]379 説或

無，[聖]397 不盡是，[宋]309 乾燒

如，[元][明]1336 稱餘菩，[元][明]

1509 受苦聲。

揭：[甲][乙][丁]2244 地洛迦。

勤：[三][宮]2102 一身死。

親：[甲]2391。

佉：[甲]1828 迦等又。

去：[明]221 者是。

却：[丙]2120 將久愴，[宮]223

若干劫，[宮]2123，[甲]1715 奪橫取，

[甲]1724 讚佛福，[甲]1737，[甲]1737

圓融無，[甲]1782，[甲]2053 具總投，

[甲]2219 交雜用，[甲]2274 無異品，

[甲]2399 迴不應，[明]424 中修諸，

[明]437，[明]1299 舊墟室，[明]1450

我水時，[三]361 後無，[三]1013 乃

端心，[東]721 又彼比，[宋][宮]、起

[石]1509 若干劫，[乙]2087 比，[乙]

2087 比他者，[元][明]186 心塵垢。

如：[宮]397 盡劫説，[元]1520 勇

猛精。

時：[甲]2255 轉輪王，[三][宮]

1521 猶如一。

始：[宮]2121 初人是。

世：[宮][聖]310，[元][明]721 無

法之。

數：[丙]2381 生死之，[甲][乙]

[丙]2249 中第九。

歲：[甲]1823 減至極，[三][宮]

[博]262 爾乃得，[宋]1339 不盡善，

[元][明][宮]263。

他：[明]310，[明]415 正覺如，

[元][明]310 當得供。

通：[甲]1828 他難今。

偸：[甲][乙]2309 盜罪得。

万：[宮]223 百千萬。

萬：[三][宮][聖]480。

物：[三][宮]2102 之塗，[聖]425

消衆罪。

先：[甲]2036 號延康。

効：[三][宮]2121 王三曰。

幼：[甲]2250 時亦不，[明]2103

年一陪。

賊：[元][明]2122 所得縛。

之：[三][流]360 數不能。

最：[宮][乙]1821 初時人。

## 拮

桔：[甲]2128 反説文。

## 桀

傑：[宮]2112 紂是也。

磔：[宮]2121 貪治國。

## 訐

許：[元]2061。

## 捷

動：[另]1721 疾譬於。

健：[三]125 步天子，[另]1428

疾於諸，[宋]125 智甚，[元][明]190

壯夫各。

捷：[甲]2128 偓反諸，[甲]2250

疾而斷，[甲]2274 陀弗咀，[明]、搪

[宮]2122 善弓射，[明]99 知，[明]

310 辯從坐，[明]665 利辯才，[明]2131 茨建鎡，[三]212，[三][宮]1543 智婆猶，[另]310 利無礙，[宋][元]、－[宮]1547 疾神足，[元]26 疾與正。

絕：[甲]2036 迎合上。

捷：[元][明]1808 土石草。

捷：[甲]2129 也郭注。

速：[三]、楗[聖]125 疾云何，[三][宮][聖][知]1579 於所應。

偈：[三][宮]2102 橫塵尸。

## 婕

娗：[甲]2128 好下左。

## 絜

潔：[宮]2103 山居協，[甲]2035 志釋子，[三][宮]2103 淑慎心，[三]193 長頸未。

## 蛣

結：[明]1547 蜣蚊蚳。

## 傑

果：[宮]425 異一人。

架：[三][宮]2040 比丘。

桀：[宮]270 將諸親，[三][宮]1593 神辯，[三][宮]1595 神辯閑，[三][宮]2102 體，[宋][宮]414 大剎利，[宋][宮]414 趝儔匹，[宋][宮]2103 起英略，[宋][知]418 行三昧，[宋]2145 莫能異。

搩：[三]1347 固。

## 結

倍：[甲][乙]2250 文若依。

遍：[甲]1076 繫於頸。

纏：[三][宮]1545 中，[原]2196 何故唯。

成：[甲]2290 無。

此：[甲][乙]1821 言故迦，[明][甲]1175 散花印。

次：[聖]、次結[丙]1199 轉法輪。

等：[三][宮]1509 所拘是。

盯：[三]、結盯聹[宮]617 聹鼻中。

斷：[原]1773 結經云。

法：[甲][乙]1822，[甲][乙]1822 無明，[甲][乙]1822 歷六亦，[甲][乙]1822 前起後，[甲][乙]1822 前問起，[甲][乙]1822 攝又爲，[甲][乙]1822 生至現，[甲][乙]1822 也，[甲]1268 印一百，[甲]1816 釋云如，[甲]1821 生唯本，[甲]1821 生有剎，[甲]2192 義謂，[甲]2259 有無差，[甲]2400 寶生印，[明]220 隨，[聖]、結[聖]1733 也此中，[另]1543 未盡又，[另]1543 耶答曰，[另]1548 身口非，[乙]1816 等文故，[乙]2297 得須陀，[乙]2396 云極無，[乙]2778 者即厭，[原]1776 狹淺事。

縛：[宮][聖]1544 者於，[甲][丙]1209 風，[甲][乙]2391 解者解，[甲]1828 七解脫，[甲]2400 檀慧禪，[三][宮][石]1509 等都不，[三][宮]1545，[三][宮]1545 繫無明，[三]201 使繫

縛，[三]1123 奉送印，[另]1543 是謂，[原][甲]1851 者。

蓋：[三][宮][聖][另]1428 令心染。

告：[乙]1816 中出生。

給：[宮][甲]1805 六中初，[宮]1703 孤獨園，[甲]1781 座聲聞，[明]1129 爲妻給，[三]244 鈎召印，[元]1432 不失衣，[原]2248 不涉衆。

垢：[元][明]2060 食訖辭。

果：[三]375。

浩：[甲]2907 無涯。

吉：[三][乙]1092 反二合。

佶：[乙]1816 也什魏。

姞：[乙]1709 栗陀羅。

集：[甲]973 者取好。

計：[宮]656 縛無穢。

紀：[甲]1709 無相相。

髻：[甲]2748 中明，[三]、經[宮]263 明珠離，[三]、前[宮]263 因此臥，[三]2153 菩薩所，[三][宮]222 相放六，[三][宮]263 中醉酒，[三][宮]1462 者束髮，[三][宮]2034 品或直，[三][聖]100 髮作於，[三]100 髮内亦，[三]2153 菩薩所，[聖]、[知]1441 鬘，[元][明]425 佛以離，[元][明]425 上首智，[元][明]2145 經二卷。

繼：[甲]894 縛，[三][宮]2060 衆弘業，[三]2060。

接：[三]2110 火至皆。

劫：[明]156 生死之，[明]156 永消。

詰：[甲]、結[甲]1781 二難作，

[甲]2273 應如世，[甲]2217 之文，[甲]2266 問中皆，[三][宮]2104 難云汝，[元][明][宮]330 却身善，[原]1856 之則覺。

潔：[明]594 淨坐彼，[明]1116 淨之人，[三]1007 已則入，[三]1069 淨灌灑，[元][明]2122 心發誓，[原]1078 齊具戒。

界：[聖]100 出過色。

今：[明]1056 蓮華鎖。

經：[宮]2122 難斷不，[甲]1736 云平，[甲]1512 偈中解，[甲]1512 三佛一，[甲]1717 言若信，[甲]1816 云，[甲]2128 反説文，[甲]2223 云是名，[甲]2299 云今轉，[甲]2402 之白色，[明]2060 寒炎度，[三][宮]1546 者意欲，[三][宮]1547 云何行，[三][宮]2060 數句，[三]5 者弟子，[三]1441 安居已，[聖][另]1543 也或，[聖][另]1543 云何是，[聖][另]1733 一切智，[聖]1562 何縁説，[聖]1763 同我所，[宋]1509 句言我，[宋]2153 誓呪經，[乙]2408 言。

就：[甲]1733 上來一。

絶：[甲]1830 也。

類：[甲]1733 通十方。

立：[甲]908 本羯磨。

絡：[甲]2386 莊飾又，[聖]125 生死。

納：[三][宮]2122 誓死而。

囊：[聖]1435 懸象牙。

能：[甲]1735 趣善，[三][宮]1451 集如。

訖：[甲][乙]2385 末。

佉：[甲]893 持明仙，[甲]1227 差囉細，[甲]2174 使彼金。

袪：[原][甲]1781 斷之名。

然：[甲][乙]1822 也八，[甲][乙]1822 有部也，[三][宮]1549，[原]2271 前二因。

紹：[宮]2060 侶，[三][宮][甲]901 知二合。

設：[三]202 誓汝今。

勝：[原]1764 名大夫。

使：[另]1543。

順：[三]1。

説：[甲]1828 無明有，[甲]2250 今以譬，[明]1428 戒若比。

頌：[乙]1736 上經文。

誦：[明]1119 囀日囉，[三][甲]950 眞言者。

談：[乙]2263 大師立。

歎：[原]2196 應化希，[原]1721 一土益。

王：[甲]2262 生若如。

往：[甲]1512 明一義。

網：[三][聖]125 我今。

爲：[三][宮]1545 一切隨。

細：[原]2248 犯未禁。

繫：[三]、繼[宮]2121 衣角，[三]、經[宮]309 著四流，[三][宮]720 身著如，[三][宮]1428 之，[三]1058 縛滅八。

線：[甲]、線呪[甲]、線呪[乙]1069 二十。

縺：[明]下同 1595 衣衣無。

結：[甲]2128 縛也舌。

修：[宮]2059 高公道。

緒：[宮]309 已斷盡，[三][宮]1548。

續：[甲]1828 生等者。

疑：[三][宮]342 網棄捐，[三]309 網則墜。

以：[三][乙]1125 金剛縛。

詣：[乙]2157 經一卷。

語：[甲]2266 體也由，[甲]2266 也假更，[三]882 印相應，[元][明]2122 主恐怖。

欲：[聖]1462 是故不。

緣：[甲]1735 誡勸二，[明]24 爲疆畔，[三][宮]1545 緣識隨，[三]1 使，[聖]211 如葛藤。

約：[甲]1828 於根本。

造：[甲]2262 煩惱。

指：[甲]1834 法也增，[乙][丙]873 加持契。

治：[乙]1796 此心地。

諸：[甲][乙]1822 盡遍知，[三][宮][石]1509 使皆入，[三][宮]1509，[宋][宮][石]1509，[乙][丙]873 如來加，[原]1251 印法先。

轉：[乙]2408 辟除者。

總：[甲]1735 結其所。

作：[乙][丙][丁]865 金剛拳，[乙][丙]873 燒香契。

睫

接：[明]1569 根壞故。

捷：[甲]2128 上甘暗。

睒：[三][宮]579 紺青舌。

唼：[聖]643。

緣：[元][明]2016 極生厭。

眨：[三]721 不停，[三]721 頃百
千。

## 節

背：[甲]954 上眞言。

到：[三][宮]2103 如是等。

第：[聖]395 二，[原]、[乙]1744
二章門。

即：[甲][乙]2385 是，[甲]1805
第二節，[甲]2266 爲二，[甲]2401 段，
[三][甲]901，[聖]2157 隋祕，[宋]1604
無邊盡，[元][明][宮]2103 高世，[元]
[明]1579 差別又。

際：[三][宮]397 故無作，[三][宮]
397 云何不，[元][明][聖]397 法性亦。

劫：[甲][乙]2397 有無若。

解：[甲]2181 二卷。

筋：[甲]2131 求果。

面：[甲]2250 以明畫。

篇：[甲]2250 文見于。

破：[甲]1700。

請：[甲][乙]1239 曲相。

趣：[三]99 輪常轉。

篩：[甲]1280 相和作。

善：[甲][乙]1822 一破用，[三]
[宮]1648 量食時。

設：[聖]200 會爾時。

時：[三]196 耘除草。

飾：[宮]2122 施故獲。

順：[三]125 聽法如。

體：[明][聖]663 怡解復。

限：[三][甲][乙]972 或二時。

夜：[甲]1986 與。

污：[聖]397 無邊無。

指：[甲]1072 小。

櫛：[三]2122 至今不，[石]1509
皮肉具。

種：[甲][乙]1822 即一有。

綜：[甲]1834 之義叙。

祖：[甲]2037 開平二。

## 詰

法：[甲]2281 云亦欲。

告：[宮]2060 大乘經。

誥：[甲]1848 摩，[甲]1782，[甲]
2035 恤而歸，[甲]2036 華人之，[甲]
2281 之餘粗，[三][宮]2121 曰以爾，
[三]2145 情辯皆，[聖]1458 問事六，
[聖]1585 准此，[聖]2157 德能無，[宋]
[宮]2122 驗臣。

詰：[甲]2128 古文峙，[明]2131
訓音義。

話：[三][宮]2122 經文殊。

鞊：[三][宮]1509，[三][宮]1509
佛，[聖][宮][石]1509。

結：[甲]2196 爲通釋，[三][宮]
1545 難不善，[宋]鞊[元]2149 經二
卷，[乙]2376 云莫輕，[原]899 跏趺
坐，[原]974 印者得。

經：[甲]1802 默。

諾：[甲]2323。

請：[甲]2053 雲，[宋][宮][聖]
1562 不相應，[乙]1723 方生慧，[乙]

1822 故非記。

誰：[宮]2034 阿難經。

誤：[甲]1731 云若爾。

語：[宮]1453 問二不，[宮]1547，[宮]2102 堯以土，[宮]2111，[甲][乙]2317 山中起，[甲]1924 問曰若，[明]1544 彼言諸，[三][宮]2122 難故問，[三][宮][聖]1421 阿難言，[三][宮]1507 曰，[三][宮]2121 一言前，[聖]1462 問明，[聖]189 車，[聖]1451 彼尊，[聖]1458 於，[宋][明]220 善現言，[宋]26，[乙]2227 亦不與，[元][明]1442 令捨是。

諸：[宮]309 屈，[乙]2219 意云因。

## 截

被：[甲]2068 聲叫難。

裁：[三][宮]2060 彼阿，[三]2145 彼阿羅，[三]下同、[宮]1425 縷作淨，[乙]2795 施取者，[原]、裁[甲][乙]1796 餘豪。

藏：[三][宮]2122 取其牙。

斷：[三][宮]606 其頭解。

奪：[聖]1427 已波夜。

割：[宋][元][宮]1425 鼻。

絕：[明]2103，[乙]2092 流變爲。

戮：[三][宮]2102 七十二。

滅：[聖]376 多羅樹，[聖]1441 已作婬。

鐵：[三]643 華滿十。

須：[原]、須[甲]2006 便道古。

載：[三][宮]656 大乘。

指：[明]2076 根源師。

## 碣

碑：[乙]2173 一本。

## 竭

端：[宮]807 底過去，[宮]2122 而爲焦，[明]210，[三][宮]2122 情懺悔，[聖]224 優婆夷，[聖]278 提有道，[聖]310 一，[元][明]658 能爲無。

伽：[宮]1912 羅龍王，[三][宮]1435 度，[三]1343 坻竭坻，[宋][宮][聖]664 奇達切。

槁：[三][宮]2104 腐朽而。

涸：[三][宮]2121 山皆洞。

揭：[德]1563 陀，[宮]1912 仁義以，[明]1450 國漸至，[聖]99 衆慶集，[宋][元][宮]、羯[明]1435 馱婆羅。

揭：[三]2088 陀之正。

桀：[宋][元][宮]2122 大魚十。

羯：[甲]1896 道成高，[甲]973 鞞，[甲]1736 拏此云，[明]1428 王瓶沙，[聖]397 囉咩，[元][明]下同 387 帝僧竭。

盡：[聖]189 顏貌痿。

渴：[甲][乙]2394 伽并，[甲]1924 或見膿，[甲]2087 日不足，[甲]2261 天親以，[明]135 姿色憔，[三][宮]374，[三][宮]848，[宋][元]1672，[乙]2394 伽并，[乙]2394 故曰念。

鶡：[甲]2130。

乾：[三][宮]741 盡樹枝。

揭：[甲]2244 施，[三]887 訥誐
莊，[乙][丁]2244 地洛迦。

佉：[乙]2394 羅。

陀：[宋][宮][聖]664 提罥十。

蝎：[乙]2394 宮尾箕。

謁：[博]262 羅龍宮，[甲]1816
法施無，[三]152 慕貴覩，[乙]2394
伽。

謁：[三][宮]1451 自餘巫。

## 羯

達：[甲]2391 磨三昧。

羝：[三][宮]384 羊五百，[三]
[宮]1425 羊直前，[三]985 麗底里。

羖：[三][宮]2123 羊身盡。

褐：[甲]2087 赭羯。

迦：[乙]867 羯，[乙]867 羯囉。

揭：[丙][丁]866 多阿毘，[甲]
2135 㗭史哆，[明]1450 陀人間，[宋]
[元]1154 多囉尼。

揭：[三][宮]1443 路。

楬：[甲]1246 囉譯。

竭：[甲][乙]1796 羅譯云，[甲]
[乙]2390 二，[乙]2394 伽△婆。

羮：[三]10982 羅國住。

佉：[乙]2390 羅三忿。

羶：[三][宮]397 帝，[三][宮]397
哆鼻，[三][宮]1547 提羅如。

## 潔

才：[宮]2122 淨者從。

絜：[宮]2060，[宮]2078 身請奉，
[宮]2103 端坐僧，[宮]2103 齋爲諂，

[和]293 如，[明]682 如眞金，[聖]
1509 故諸天，[宋]374 菩薩定，[元]
[明]2149 身心外。

結：[宮]2112 齋以，[甲][乙]1239
齋清淨，[明]2060 行之宅，[乙]850
白觀一。

淨：[明]1191 身心專，[三][宮]
263 華幢幡，[三][宮]662 四十五，
[三]1011 神難勝，[聖]211 是爲長，
[聖]224 清潔，[宋][元]1045 無垢解。

累：[三][宮]1646 牆壁等。

廉：[三]125 見棄佞。

明：[三][宮]544 三者常。

素：[三][宮]2059 見重深，[聖]
211 王珍其。

繫：[聖]1452 佛言。

絮：[三]204 金寶雜。

一：[三]2122 十其王。

約：[三]2063 有聲京。

執：[三]、縶[宮]2103 志歸依。

## 解

便：[明]1211 散。

辨：[甲]2219，[甲]2266，[聖]
[甲]1733 一。

辯：[宮]1595 所顯名，[三]、一
[宮]2060 無礙開，[三][宮]1595 智
依。

別：[宮]1509 又以世，[甲]2284
釋，[甲]2801 釋分二，[甲]2801 釋分
四，[甲]2801 釋分五。

鉢：[甲]1839 非有故。

稱：[三][宮]425 無礙集，[乙]

2385 三昧耶。

稱：[甲]1709 脫合說，[三]478 說者應。

程：[原]2264 事歟。

除：[甲]1839 我口，[明]156 斷手足。

觸：[宮]1598 故，[甲]2214，[甲]2266 者非，[甲]2299 事，[明][宮]1548 無常受，[明]1540 不相應，[三][宮][聖]649 諸樂行，[三][宮][另]675 應化身，[三][宮][另]1548 滅受滅，[三][宮]402 菩提遠，[三][宮]485 證有諸，[三][宮]721 等所棄，[三][宮]1545 謂解，[三][宮]2048 著則無，[三]1452 羯磨具，[三]1545 繫不繫，[另]1548 脫悔不，[宋][宮]305 諸佛如，[宋][元]1584 脫何者，[乙]2249 三觸謂。

辭：[乙]2092 夢孝。

此：[甲]1736 釋冀邅，[聖][另]1453 此大界。

存：[乙]2263 皆以如。

大：[宮]1421。

得：[甲]2250 稍，[三][宮]1489 天子問，[宋][元]982 解脫一，[乙]1744 名也若，[元][明]1546 脫故名。

第：[甲]1816 發。

牒：[甲]2196 上得佛。

度：[三][宮]2122 脫無復，[另]790 脫三解。

斷：[三][宮]268 故禮世。

多：[甲][乙]2263 緣必易。

耳：[三][宮][聖]1462。

方：[甲]1851。

佛：[宮]397 智舍利，[三][宮]403 言。

縛：[甲]、縛[乙]1796 三昧即，[明]220 過去未。

改：[宮]2122 變，[三]2104 張闓茲，[聖]1763 初禪正。

古：[宮]1703 譯無。

谷：[甲]1839 受四。

故：[甲]2371 脫三千。

觀：[甲]1723。

廣：[甲]2801 釋中第。

果：[乙]1723 故佛與。

後：[乙]2263 云事誰。

斛：[宮]1799 之子得，[甲][乙]2250 胡麻有，[甲]1304 脫後生，[甲]2400 時諸佛，[甲]2400 引，[甲]2400 引二風，[三][宮]2122 領牛相，[三][宮]2122 領猶如，[原]904 二。

計：[甲]1799。

偈：[甲]1816 名如。

假：[博]262 說身當，[甲]2274 雖非所。

兼：[聖]2157 製序房。

講：[宮]263 說其彼。

皆：[三][宮]553。

戒：[甲]1973。

界：[甲]974 夢見上，[三]1092。

筋：[甲]1911 當令關。

空：[明]222 耳鼻舌。

列：[甲]1863 十因中。

領：[另]1721 開方便。

漏：[原]、－[甲]1828。

妙：[三][宮]2122 而能與。

名：[宮]1595 譬如人。

明：[宮]263，[三]、－[宮]2122 了，[乙]2263 四智。

難：[明]2103 五眼六。

能：[宮]263 無央數，[宮]403 十，[宮]2034 及論，[甲][乙]2394 此祕密，[甲]1816 後成之，[甲]2270 顯示無，[甲]2274 謂，[甲]2378 了餘無，[甲]2837 破闇，[三][宮]1488 脫四者，[三][宮][聖]639 知淨法，[三][宮]292 了際限，[三][宮]397 了知慧，[三][宮]397 論義說，[三][宮]656 修明慧，[三][宮]765 脫一切，[三][宮]1421 當作方，[三][宮]1563 然於，[三][宮]1563 生名苦，[聖]376 者三世，[聖]1509 義師能，[宋]143 乎玉耶，[乙]2261 脫名有。

槃：[甲]1763 微妙經。

僻：[原]2369 見天親。

品：[甲]1786，[甲]1786 題，[甲]1786 題二，[甲]1786 文二初。

求：[甲]1733 不異。

如：[甲]2223。

入：[宋][宮]278。

殺：[三]1462 弟子答。

善：[甲]1775 律。

聲：[甲]2128 藉也懶。

勝：[甲]2823。

師：[甲][乙]2250 並，[甲]2250，[甲]2250 不判二，[甲]2266 第一難，[甲]2266 解界地，[乙]2249 之釋，[乙]2261 有解云，[原]2248 本部他。

釋：[甲]1736 此了者，[甲]2249 意，[甲]2300，[甲][乙]1709 品名者，[甲][乙]1822 亦不可，[甲][乙]1822 云根本，[甲][乙]2810 題有二，[甲]1709 明，[甲]1733 云以此，[甲]1736，[甲]1736 令入，[甲]1805 問，[甲]1816，[甲]1828 四品九，[甲]2196 佛語異，[甲]2250，[甲]2255 集散品，[三][宮]2059 故，[乙]1821 不然六，[乙]1736，[乙]2263，[乙]2263 有定人，[乙]2263 云事，[原]、[甲]1744 此章名，[原]2266 此言遠，[原]1840 遍無答，[原]1744 歸依初，[原]1764 言前者，[原]1840 相違有，[知]1785 之知一。

疏：[甲][乙]2250。

說：[甲]1842 爲正問，[明]220 脫清淨，[乙]1821，[原]2262 作意云。

所：[甲]1828 又伏四。

體：[甲]2266 說用謂，[甲]2270 宗依，[乙]2296 其意。

頭：[乙]1254 垂下其。

脫：[宮]813 虛，[甲][乙]2317 律儀亦，[甲]2035 髮以覆，[甲]2266 心數法，[三]192 者，[三][宮]397 一切諸，[三][宮]397 亦復，[三][宮]585 邪見法，[三][宮]657 者既不，[三][宮]1649 脫者不，[三][宮]1808 其所犯，[三]375 洗浴清，[三]397 於女身，[三]1331 生死，[宋][宮]810 諦無言，[元][明][宮]402 脫世間。

外：[甲]2339 光明清，[甲]2255 於機緣，[甲]2262 境亦是，[甲]2266

意者前，[甲]2290 助修百，[聖]1721
則堪相，[乙]2263 皆增上，[乙]2391
縛二風，[乙]2394 作印等，[原]1776
道邪智。

違：[三][宮]、一[聖]1464 脱。

謂：[甲]1863 因。

聞：[甲]1705 故舉斯。

問：[甲]1816 波羅蜜。

無：[聖]476。

悟：[甲]2362 第二時，[聖][另]
1721 入一乘，[另]1721 第三請，[另]
1721 望下立。

下：[甲]2270 現量即，[甲][乙]
1822 云及聲，[甲]1112 脱速出，[三]
[宮]398 脱或，[聖][另]285 脱。

仙：[宮]425 明。

鮮：[宮][聖]425 徹動三，[甲]
997 白衣誦，[三][宮]266 甘舌亦，
[三][宮]292 明懇懃，[三][宮]481，
[三]292 明解諸，[宋][宮]322 經之決，
[元][明]309 明洗浴。

顯：[原]1872 在性而。

相：[甲]2262 便謂爲，[甲]2263
見。

詳：[三][聖]125 耶其六。

嶼：[甲]2167 集一卷。

廨：[明]2121 佛默然。

懈：[宮]226 時念於，[宮]338 處
在國，[甲]2266 怠皆，[明]638 空行
生，[三][宮]481 皆由往，[三][宮][甲]
895 獲眞言，[三][宮]1546 作百，[三]
[宮]1551 怠問曰，[三][宮]2029 極，
[宋][宮]342 所歸堅。

行：[乙]1821 如上。

修：[三][宮]1592 行一切，[三]
671 毘尼次。

叙：[原]1842 古解次。

學：[甲]2053 究二乘，[三][宮]
2060 統釋門，[三][宮]2109 沙門第。

也：[聖]1721 更用譬。

一：[甲]1786 脱無。

義：[甲]1782 名無辨。

引：[甲][乙]1830 有。

於：[宮][聖]376，[三][宮]382 一
切福，[三][宮]403 聲聞何。

餘：[甲]1828 涅槃，[甲]1839 人，
[甲]1839 四不，[甲]1839 烟喻然，[甲]
1839 一切故，[甲]2196 二十九。

與：[三][宮]2121 之給賊。

緣：[甲]2263 性。

之：[甲]2195 信也依。

知：[甲]1718 也所以，[甲][乙]
1822 論同，[甲][乙]1822 論曰，[甲]
1929 次，[三][宮][聖]586 隨，[三]1 我
意今，[元][明]658 有爲法。

智：[甲]1828 測云何，[明][甲]
997 脱平等。

製：[甲]2289 矣。

種：[甲]1735 種現俱，[乙]2317
一云。

住：[甲]2196 二。

醉：[宮]495 後明了，[原]2208
咲一醒。

作：[甲]2297 佛，[甲]1847 二。

座：[原]2339 竝指方。

# 介

不：[宮]2103 封。

爾：[明]1421 意諸長。

分：[宮]2059 心國城，[宮]2103 亦彷佛，[甲]2068 意時一，[甲]2120 修大乘，[三][宮]1817 綱理無，[三][宮]2059 兼，[三][宮]2102 守所見，[三]984 那，[三]984 那柯梁，[三]2063 年八十，[宋]、芥[明]969 於三舍，[宋][宮]2103 然居其，[宋][元][宮]、介[明]2103 石人握，[宋]984 夜叉尼。

个：[三]984 國摩尼。

簡：[明][丙]1277 於黑月。

瓠：[三]2145 或以大。

髻：[甲]、吉[乙]、[乙]852 羅剎王。

戒：[三][宮]2112 剛之用。

芥：[明]26 罪常懷，[三][宮]2102，[三][宮]2103 之隙青，[三]26 罪常懷，[三]2145 之虛聲，[原]2431 子。

木：[宮]2111 如石焉。

念：[三]193 轂處中。

# 戒

變：[乙]2317 乃至五。

病：[宋]、－[聖]395 不能攝。

才：[三]197 德何以。

裁：[聖]222 不忍不。

成：[丙]2381 而得增，[宮]310 是菩，[宮][甲]1805 究竟非，[宮]1545 義如有，[宮]2121，[宮]2121 優

鉢羅，[甲][乙]1822 異此明，[甲]1736 性空故，[甲]1795 六道三，[甲]1805 後法故，[甲]2035 異說，[三][宮]1595 若人住，[三][宮][聖]318 照忍辱，[三]639 身無垢，[三]2149 品經二，[三]2153 品經第，[宋][元][宮]2043 行功德，[宋][元]1562 類當，[宋]1123 方舒成，[中]440 勝佛南。

誠：[明]2076 之曰汝，[三]362 甚深，[乙]1736 子無聲。

持：[宮]659 者諸佛。

德：[甲]1792 行。

貳：[三]2145 王自臨。

法：[宮]1421 應如是，[甲][乙][丙]2381 身能令，[甲][乙]1822 生時方，[三]、法法[聖]1441 僧上座，[三][宮][聖]1421 應如是，[三][宮][聖]1428 應和合，[三][宮]325，[三][宮]2029 但更，[聖]211 若能解，[聖]1421 應如是，[宋][宮][聖]1421 應如是。

犯：[三]157 懺。

關：[明]2122 齋文持。

慧：[三]184 定得變，[乙]2396 以爲根。

或：[宮]721 三昧智，[宮]1523 定者此，[宮]1648，[甲]1828 唯依施，[甲]1830 故，[甲]2266 是共有，[甲][乙]1821 二種道，[甲][乙]1822，[甲][乙]1822 不竝，[甲][乙]1822 得所作，[甲][乙]1866 爲四乘，[甲][乙]2350 本云垂，[甲]897 汝，[甲]1512 取疑證，[甲]1512 修福德，[甲]1733 有，[甲]1782 調伏他，[甲]1782 增

上心，[甲]1813 塵沙如，[甲]1816 得，[甲]1816 等佛皆，[甲]1816 即，[甲]1816 有功德，[甲]1821 近時，[甲]1828 入，[甲]1830 取攝，[甲]1851 非心法，[甲]1851 要具乃，[甲]1851 異時非，[甲]2068 日惟，[甲]2266 二從來，[甲]2266 非色非，[明]2103 形具佛，[三][宮][聖]1579 見悉皆，[三][宮][石]1509 色無色，[三][宮]269 具真有，[三][宮]1421 復有七，[三][宮]1462 向天，[三][宮]1558 十晝夜，[三][宮]1559 謂波羅，[三][宮]1563 慧學所，[三][宮]2060 愚智衆，[三][宮]2122 復方之，[三]193 具神真，[三]212 隨時跪，[聖]1440，[聖]2157 三十四，[宋]、惑[元][明]278 及以香，[宋][宮]639 淨心柔，[宋][元][宮]1548 過去不，[宋][元]603 者爲轉，[宋][元]1582 行慧，[宋]1694，[乙]1822 多雖，[乙]1821 立，[乙]1821 能爲轂，[乙]1821 有三，[乙]2317 有四名，[乙]2381 遇是數，[乙]2394 七授齒，[原]2347 堅持不。

惑：[宮][聖][知]1581 又復誹，[甲][乙]1929 之義推，[甲]1512 十善而，[甲]1733 此亦是，[甲]1763 五方，[甲]1782 淨二心，[甲]1823 爲堤塘，[甲]1830，[甲]2266 七支功，[甲]2792 亂群情，[明]220 忿恚懈，[明]1503 林殄滅，[三]653 取行事。

見：[宋][宮]657 壞威儀。

教：[宮]687 爲君即。

皆：[宮]268 有名稱。

結：[三][宮]1546。

節：[聖]318 無缺漏。

解：[明]220 亦爾如。

屆：[三]2110 節嘉苗。

屆：[宮]2103 旦便飄。

界：[宮]－[知]384 或在山，[宮]309 無盡，[甲]1717 故也故，[甲]1735 亦能息，[明]220 波羅蜜，[明]1435 作，[三][宮]271 勤進修，[三][宮]1432 法第一，[三][宮]1432 文應次，[三][宮]1433 場唯除，[三][宮]1552，[聖]278 解脱究，[宋]374 經鳩留。

誡：[宮]292 淨何謂，[宮]310 業周滿，[宮]292 三昧自，[宮]374 諸子修，[宮]502 教授善，[宮]541，[宮]607 不受慧，[宮]630 三穢六，[宮]732 比丘僧，[宮]810 清，[宮]2108 之禁實，[宮]2121 精進懃，[甲][乙]2376 法師者，[甲]1893 益汝身，[甲]2214 偈中最，[別]397 復有菩，[明]189 勿使太，[明]1549 我有所，[明]2122 勵宜崇，[明]2122 云我尚，[三]6 行在在，[三]362 開導悉，[三][宮]281 當願衆，[三][宮]292 見諸衆，[三][宮]292 禁訓，[三][宮]292 無虛布，[三][宮]351 善語，[三][宮]374 兵吹貝，[三][宮]402 不於衆，[三][宮]403，[三][宮]458 佛言善，[三][宮]1507 深惟無，[三][宮]1525 禁九者，[三][宮]1549 成就又，[三][宮]1549 我有所，[三][宮]1549 語説人，[三][宮]2034 比丘，[三][宮]2059 几杖施，[三][宮]2060 約誦習，[三][宮]2060

約者殷，[三][宮]2102 隨俗變，[三]
[宮]2102 縱復微，[三][宮]2103，[三]
[宮]2103 以爲口，[三][宮]2103 之義，
[三][宮]2121 勅汝等，[三][宮]2121
勅諸比，[三][宮]2121 當隨佛，[三]
[宮]2121 涕泣從，[三][宮]2121 王，
[三][宮]2121 心即，[三][宮]2121 永
離生，[三][宮]下同 374 勅家屬，[三]
[宮]下同 1548 法入攝，[三]21 當以
是，[三]86 諸比丘，[三]125 勅賓頭，
[三]210，[三]212 或起無，[三]418 翫，
[三]1441 突吉羅，[三]1549 語説此，
[三]2060 汝各宜，[三]2110 約皆令，
[三]2145 羅云經，[三]2145 也安不，
[三]2146 羅雲經，[三]2154 德香經，
[三]2154 經舊録，[聖]649 成就何，
[聖]291 娛樂弘，[聖]324 行得，[聖]
538 皆大歡，[聖]1428 日，[聖]1549
語，[聖]1549 語也問，[聖]2157 德香
經，[聖]2157 地夷而，[聖]2157 經舊
録，[聖]2157 經一卷，[另]281 當願
衆，[宋]1013 亦，[宋]1424，[宋][宮]
221 成作佛，[宋][宮]322 定慧所，
[宋][宮]403 反矣不，[宋][宮]623 忍
護行，[宋][宮]2121 專守十，[宋][明]
[宮]2121 誨依義，[宋][元][宮]2121
因緣經，[宋][元][明]310 度無極，
[宋][元]185 謙卑忍，[宋][元]2121 誨
依義，[宋][元]2155 經或直，[宋]196
而退佛，[宋]212，[宋]212 猶若事，
[宋]624 忍辱精，[宋]626 者爲作，
[宋]657，[宋]1006 成就大，[乙]2376
，[元][明][宮][聖]345 二百五，[元]

[明]156 佐，[元][明]189 過於，[元]
[明]309 無所傷，[元][明]627 勅若
犯，[元][明]2121 佛言莫，[元][明]
2121 誨之我，[原]1203 勸殘食，[原]
1796 故即覺，[知]414 功德定，[知]
598 從今日。

禁：[甲][乙]1822 取邪，[三][宮]
266 此戒無，[三][宮]425 其行柔，
[三][宮]606，[聖]397 善思惟。

經：[甲]2157 九紙，[三][宮]
2034。

離：[三][宮]721 復於後。

禮：[聖]1646 法故能。

律：[甲]1735 唯戒心。

滅：[三][宮]1424 經云戒，[三]
[宮]814 無增減，[三][宮]1542 若思
若，[聖]586 當住於，[聖]816 不思
惟。

尼：[明]2151 本一卷。

齊：[甲]2250 不若不。

前：[甲][乙]1822 取，[甲][乙]
1822 境至於。

戒：[三][宮]2059，[宋][元]2061
或踰門。

入：[甲]1122 滿月檀。

識：[宮]292 度無極，[三]、誠
[宮]292 無，[三]、拭[宮]2122 塵執
發，[聖]291 香鼻自，[聖][另]790 人
所欲。

市：[乙]1724 行種種。

式：[宮]721 滅衆惡，[甲]1007
反鷄七，[甲]1811 儀，[甲]2323 淨影
天，[三][宮]281 修行，[三][宮]1499

標洪譽，[三][宮]2034，[三]152 之常也，[三]196 雅正，[三]1424，[元][明]2121 時諸比，[原]、戒儀儀軌[甲]862 儀。

事：[三][宮]1435 四。

所：[元]421 不雜戒。

威：[宮]741，[甲]2223 忍辱波，[三]、誡[宮]2059 纂不納，[三][宮]487 儀既具，[三]2145 纂不，[宋][元]653 德者墮，[元][明]350 德之，[元][明]2103。

爲：[三]2151 心。

我：[丙]2381 身滅不，[宮][甲]1805 來世得，[甲][乙]1822 已，[甲][乙]2390 所持儀，[甲]1929 心云應，[明]316 無領解，[三][宮]299 無行彼，[三]201 聞及專，[聖]210 意安靜，[聖]1429 法半月，[另]1431 經，[另]1442 不許茈，[宋]2060 德堅明，[乙]2296 初時教，[元][明]99 今授汝，[元][明]310 俱生舍，[元][明]1810 律如法，[元][明]2016 又斷人，[元][明]2110 難思卓，[元][明]2149 見之牽。

相：[三][宮]2122 德重於。

懈：[元][明]309 慢有放。

信：[聖]211 多致寶。

行：[甲]2381 云若。

形：[宮][甲]1804 色而可，[甲]2217 十善修，[元][明]1509 墮罪罪，[原]2248 有縱有。

戌：[甲]1782 達羅此。

學：[宮]1435 法不捨，[三][宮]1428。

也：[甲]1806。

夷：[三]1331 提，[三]2154 名如來，[聖]1421 不聽我，[聖]1440 當體各，[聖]1463。

義：[甲]1736 一者外，[甲]2339 經云下，[三][宮]266 觀瞋恚，[三][宮]2121 律儀禪，[宋]2122 實語昇。

於：[甲][乙]1822，[甲][乙]1822 八眾中，[甲][乙]1822 支不同，[乙]1723 定，[乙]1723 足雖羸，[乙]1724 住增上。

哉：[三][宮][聖][另]285 道意，[三][宮][聖]1549 我不生。

臧：[宮]721 共他婦。

賊：[甲][乙]2194 背可傷。

齋：[三]1440 若唄若。

遮：[明]1435 某比丘。

者：[明]212，[三][宮]374 亦二一。

住：[甲]1920。

足：[甲]2354 既爲大，[三][宮]1425 人同，[三][宮]1435 若與，[三][宮]1435 深知於，[三][宮]1435 已得得，[三]1426 者已出，[三]1441 時作方，[三]2063 指從大，[三]2122 成就無，[聖]1436 者已出。

諸：[甲]2792 惡願護。

## 芥

艾：[明]2131 事長於。

芬：[甲]1333 子三種，[三]2145 闔手覆。

瓜：[甲]2879 子假，[三][宮]1428 芥，[宋][元][宮]1464 子瘡漸。

介：[甲][乙]2396 爾一心，[三]201 況，[聖]26 罪常懷。

疥：[明]125 子轉如。

緤：[三][聖]、[乙]953 子和毒。

芥：[明]682 子。

## 玠

玢：[宮]2059 交謂其，[宮]2103 史目陶。

## 界

愛：[三][宮][聖]1602 性，[三][宮]1543 纏退餘。

礙：[甲]1724 故於，[甲]2239。

八：[甲][乙]2250 齋也又。

報：[宋][元]1548。

畢：[宮]397 如空無。

辨：[甲]1822 貪瞋。

幷：[甲]2266 五識所。

不：[宮]656 所攝識，[甲][乙]2309 爾體用，[乙]2309。

藏：[乙]2408 大日。

瞋：[乙]1724 貪愛纏。

乘：[甲]2339 一乘若，[甲][乙]2397 義故與，[甲]2339 所求果，[乙]2396 三藏顯。

持：[甲][乙]2219 所不攝，[石]1509 中所不。

處：[宮]1530 相非十，[甲]1828 為顯，[三][宮]1435 得問頗，[宋][元]220 清淨若，[原][乙]、境界[乙]2263 文。

道：[宋][宮]2045 無復生。

地：[三][宮][另]1585 五地為，[原][甲]2263 煩惱耶，[原]2208。

等：[三][宮]1546 善根耶，[宋][元]220 亦。

頂：[乙]2408 淺略，[原][乙]871 瑜伽略。

定：[原]、定界[甲]1828 果也欲。

毒：[明]293 蛇所纏。

斷：[三]1552 見苦斷。

對：[三]1562 處緣起。

法：[甲]、法界[乙]2396 地獄餓，[甲]1918 恒現前，[三][宮]675 平等無，[聖][另]1541 十一入。

方：[甲]2378 諸衆生。

分：[甲]1705 境四威，[甲]2323 亦爾云，[聖]1851 中非想。

根：[三][宮]1552 若色界。

故：[三][宮]1611。

鬼：[元][明][宮]656 無所著。

貴：[甲]1828 螺音然。

國：[石]1509，[石]1509 復次以，[石]1509 至一，[石]1509 至一佛，[石]1509 終不離，[元][明][石]1509 至一佛，[元][明]387 人民一。

果：[宮]425 使無邪，[宮]1544 結答無，[宮]1545 化第二，[甲]1778 廣行佛，[甲][乙]1822 分是其，[甲][乙]1866 不在，[甲][乙]2261 為利為，[甲][乙]2297 有分段，[甲][乙]2396 故云，[甲]1735 後五依，[甲]1735 為宗亦，[甲]1772 自在化，[甲]1778 可知皆，[甲]1782 土自，[甲]1828 故，

[甲]1828 乃至觸，[甲]1830 論，[甲]2035 師爲天，[甲]2263 處起者，[甲]2299 形量反，[甲]2339，[甲]2371 本有法，[甲]2371 究竟即，[明][宮]1545 染，[明][宮]1550 彼亦非，[明]1563 第六無，[三]1562 而要用，[三][宮]1525，[三][宮]224 若有菩，[三][宮]656 獨立無，[三][宮]848 周匝金，[三][宮]1545 故平等，[三][宮]1546 苦在下，[三][宮]1547 分別種，[三][宮]1552 所攝，[三][宮]1647 有三由，[三]1527 者猶是，[聖][另]1552 亦如是，[聖]222 度一佛，[聖]423 不能成，[聖]1546 斯陀含，[宋][元][宮]1559 并第八，[乙][丙]2397 分且依，[乙]1736，[乙]2192 故名安，[乙]2218 菩薩然，[乙]2261 生死有，[乙]2397 於衆生，[元][明][聖]120 報當知，[原]、[甲]1744 德二乘，[原]1851 但應非，[原]2220 無不説。

還：[另]310 是。

海：[和]293，[甲]2192 心月現。

慧：[原]2339 念與作。

火：[甲]1921 被燒也。

及：[元]1579 諸煩惱。

卽：[乙]2263 及水火。

寂：[原][甲]1851 體。

家：[甲]1763 故，[甲]1921 有十欲，[三][宮]397 如毒蛇，[三][宮]2121 山窟去，[乙]2190 摧怨敵。

間：[甲][乙]2390 次安立，[甲]1799，[甲]1828 第一法，[甲]1828 業如本，[甲]1960 極難信，[甲]2217 於

一一，[甲]2263 者以宿，[明]415 大地盡，[明]1522 無障淨，[明]293 因，[明]400 之中廣，[明]1153 常安，[明]1538，[明]2123 相勝過，[三][宮]278 敗世界，[三][宮][知]1581 唯一如，[三][宮]415 其間所，[三][宮]420 飾好故，[三][宮]657，[三][宮]657 所不測，[三][宮]657 所不轉，[三][宮]657 所有，[三][宮]657 亦不見，[三][宮]2122 所有我，[三][聖]227，[三]1 吹種子，[三]24 諸比丘，[三]192 火，[三]279 安立之，[聖]227 所難值，[聖]397 二者具，[宋][宮]657 皆一青，[宋][明]293 極微塵，[宋]125 邪爾，[元][明]377 復觀山，[元][明]1522 成壞餘，[原]、間[甲][乙]1799 永無相，[原]1796 海門法。

見：[明]423 有二十，[三]774 不等病。

階：[甲][乙][丙]973 道每輪。

解：[宮]598 靜亦如，[明]1458 時既知。

介：[宮]309 色，[宮]1594 無數量，[三]2088，[聖]953 見無量。

戒：[宮]1558，[甲]1821 生故所，[甲]1811 十願第，[甲]2266 乃至是，[明]220 乃至不，[明]246 常淨解，[明]222 菩薩生，[明]627 如來成，[明]1525 作不作，[明]1581 力至處，[明]2154 文經一，[三][宮]1432 故，[三][宮]1442 場大衆，[三][宮]1559 陰入色，[三][宮]下同 1428 場上見，[三][聖]1354 某甲擁，[三]987 結呪

使，[三]1582 於四衆，[三]2066 道場既，[聖]397 衆生怖，[聖]1354 守護作，[原]2248 義無戒，[原][乙]917 門第十。

堺：[宮]1425，[聖]1462 東方安，[聖]1462，[聖]1462 答曰，[宋][元][宮]1425 用之若。

誡：[甲]1260 須臾。

居：[乙]2263 天名戲。

累：[三][宮][知]384 有，[三][宮]1545 法而能，[聖][知]1579 教一者。

里：[明]1433 用擬。

量：[乙]2309。

劣：[甲]1828。

令：[甲]、眼界[乙]2259 非眼及，[乙]2249 下地有。

略：[甲]2261 解云又，[甲]2266，[甲]2266 文略纂，[甲]2284 無所不。

沒：[明]1543 沒不生。

昧：[三][宮]223 是名度，[三][宮]278 所有功，[三]174 照，[另]281。

明：[甲]1709 空。

男：[甲]1969 等無讖，[甲]2157 爲首三，[明][宮]1547 繫，[明]2145 成及從，[三][宮]425 衆諸安，[三][宮]1435 部經波，[三][宮]1545 方，[三][宮]1546 處，[三][宮]1547 義者眼，[三][宮]1547 中婬稷，[三][宮]1549 頗成就，[三][宮]1648 當觀者，[三]220 便字金，[三]1340 迦那迦，[聖]627 其佛號，[聖]1451 人民日，[宋][元]220 便字金，[原]1890 得不退。

南：[甲]2053 白力城。

內：[甲]2337 等，[甲][乙]1929 方便明。

品：[甲]2299 三界無。

起：[乙]1821 非諸身。

前：[乙]1821 品廣明。

權：[甲]2219 置化城。

若：[乙]1821 無船等。

三：[甲][乙]2263 地。

色：[明]1541 一切遍，[原]923 無色界。

身：[宮]1555 壽識離，[甲]1728 衆，[甲]2006 古德，[甲]2412 之義行，[明]2016 説時不，[乙]2296 第一體，[原]、身[聖]1818 藏無上。

升：[元][明]2103 德施山。

聲：[甲]2219 文。

十：[甲]1719 界界十。

時：[三]682。

識：[三][宮]1551 六入造，[乙]2263。

世：[宮]572 殃，[甲]2400 力無畏，[甲]2907 受身時，[三][宮][另]285 無所，[三][宮]263 猶如大，[三][宮]384 其有聞，[三][宮]425 有功勳，[三][宮]477 厄若世，[三][聖]291 無有邊，[三][聖]397 不依界，[宋][宮]292 如風，[宋][元][宮]448 尊阿彌，[乙]、世界[丙]2397 諸法種，[元][明]2016 中無所。

是：[甲][乙]2211 也復次。

樹：[三]185 上取藥。

思：[宮]468 惱，[甲]1786 故受無，[甲]2266 未起發，[聖][另]1543 通一切，[聖]222 自然之，[聖]425 是曰，[聖]1509，[另]1543 一，[宋][宮]1548 心觸名，[乙]1821 資下異，[元][明]186 皆苦吾，[元]1548 意識界。

所：[原]2248 必依地。

天：[甲]2266 中。

土：[甲]2207，[三][宮]657 復至一，[三][宮]657 而不爲，[元][明][宮]374 閻浮提。

畏：[三][宮]278 城開解，[三][宮]585 懼亦復，[三][宮]606 難畏苦，[聖]481 識遊其，[聖]1523 取空閑，[另]1509 入因緣，[宋][宮]721 隨有身。

繫：[明]1558 如次除。

相：[宋][明][宮]397 名捨覺。

心：[宮]1543。

性：[宮][聖]223 乃至十，[宮]482 十二因，[甲]1881 無佛無，[三][宮]585 等以斯。

姓：[甲]1828 者。

秀：[原]905 香。

涯：[甲]2412 也修生。

要：[甲]2401 而自師。

曜：[三][宮]2102 胤自紫。

也：[甲][乙]2263。

葉：[乙]2396 三地萬。

異：[宮]1421 疑於比，[甲]2266 熟，[三]1562 治故雖，[三][宮]665 眞如，[三][宮]1551 處相續，[聖]1552 禪律儀，[乙]2263，[元][明]810。

勇：[甲]、界[甲]1782 力次令。

有：[宮]2122 有二初，[三][宮]273 心，[原]1223 能護於。

隅：[原]973 護身及。

與：[乙]2215 法然果。

欲：[甲][乙]2250 未離名。

在：[三][宮]1428 外二宿。

者：[甲][乙]1909 皆悉令，[明]1552 有，[三][宮]1458 量事。

中：[甲]1851 一切種，[三]220 如。

衆：[甲]1512 作微塵，[三][宮][聖]1509 無常乃，[三][宮]1584 不清淨，[三]99，[三]99 俱與界，[三]1582 知諸法，[聖]2157 經録或，[宋]1596 心不得，[元]223 無常乃。

總：[甲][乙]1821 攝入十。

罪：[甲]2266 之行攝。

尊：[甲][乙]957 以金剛，[明]432 滿中七，[三][宮]816 我，[三]157 震動大，[宋][甲]1027 贍部洲。

作：[高]1668 思惟門。

## 疥

爪：[三][宮]1425 瘡。

## 借

備：[甲]2129 音無遠，[甲]2259 用無分，[甲]2299 爲千歟，[甲]2299 無性破，[甲]2299 心以忘。

措：[甲][乙]2250 作一體，[聖]1462 衆僧床。

錯：[原]2271 叙也以。

得：[甲]1731 異以破。

供：[元][明]2106 問今日。

假：[明]222 號而有。

倩：[三][宮][聖]1435 他若能，[元][明]2154 書人路。

僧：[甲]2068 眾聽以，[聖]1421 倩亦可。

惜：[甲]2367 指後教，[甲]2255 力竭有，[甲]2748 身命第，[甲]2748 無上道，[甲]2901 內外壽，[明]2076 口喫，[乙]2795 財，[原]1890 身命修。

笑：[原]、笑[甲]2006。

修：[甲]、借[甲]1782 其二。

債：[甲]2244 汝故以。

佇：[甲]、待[甲]2366 八辯而。

## 慽

城：[甲]2348 島金刺。

## 堺

界：[三]2145 謝鎮。

境：[甲]、界[乙]2309 無教時，[甲]2434 界之分。

## 誠

成：[三]190 實至，[三]197 宿緣經，[三]202 可謂。

誡：[甲]、制[乙]2207，[甲]1840 於小欲，[甲]1934 無等等，[甲]1709 若非大，[甲]1795 取邪證，[甲]2227 勸此即，[甲]2270 言人也，[明]220 教授諸，[明][丙]1266 慎也，[明]1597 故財法，[明]2153 王經一，[明]2154 於後其，[三][宮]2121 以實施，[三]152 無飽，[聖]2157 經一卷，[另]1721 門，[另]1721 勸二門，[宋][元]156 勅言，[宋]2103 矣深可，[元]413 如教理，[元]1451。

化：[三][宮][聖][另]1435 比丘尼，[三][宮][聖]1435 不應重。

悔：[三]125。

或：[明]1428。

介：[三][宮]2060 意不久。

戒：[宮][聖]1435 法佛如，[宮]588，[宮]656 云何世，[宮]2034 王經一，[甲]1789 云莫令，[甲]1782 勅勿，[甲]1789，[明]322 就除饉，[明]769 皆自各，[明]1462 比丘尼，[明]2060 歟原，[明]2154 宿緣經，[三]、一[宮][聖]1509 令知破，[三]、誠[宮]2059，[三]144 我人者，[三]157 已即便，[三]212 小比丘，[三]212 周訖便，[三][宮]263 有缺漏，[三][宮]309 而受其，[三][宮]729 師教人，[三][宮]1425 隱處癰，[三][宮]2058 永即流，[三][宮]2103 云道學，[三][宮][博][燉]262 所行安，[三][宮][聖][另]281 願俱行，[三][宮][聖][另]下同1463 法十五，[三][宮][聖][知]1579 一能分，[三][宮][聖]278 或以說，[三][宮][聖]350 禁也若，[三][宮][聖]397 勅之善，[三][宮][聖]1423 及羯磨，[三][宮][聖]1425，[三][宮][聖]1425 兒婦已，[三][宮][聖]1428 勅彼故，[三][宮][聖]1428 已獨在，[三][宮][聖]1437 善者能，[三][宮][聖]1470，[三][宮][聖]下同1463 法二部，

[三][宮]263 誨説斯，[三][宮]274 從來，[三][宮]278 普爲衆，[三][宮]309 光以爲，[三][宮]309 所趣歸，[三][宮]309 心雖無，[三][宮]309 亦無厭，[三][宮]332 國民巨，[三][宮]349 二者於，[三][宮]374 不能受，[三][宮]384 所度無，[三][宮]468 出家者，[三][宮]511 當所奉，[三][宮]572 以道禁，[三][宮]585 不以爲，[三][宮]606 定意，[三][宮]656 普潤有，[三][宮]738 者，[三][宮]748 語後世，[三][宮]811 入于深，[三][宮]1421，[三][宮]1423 善者能，[三][宮]1424 故愚闇，[三][宮]1425 如天牛，[三][宮]1425 我欲到，[三][宮]1425 猶如天，[三][宮]1428 佛説如，[三][宮]1428 以不被，[三][宮]1430，[三][宮]1431，[三][宮]1435 比丘尼，[三][宮]1435 是中有，[三][宮]1470 某賢，[三][宮]1477 以酒蒸，[三][宮]1509 如大恒，[三][宮]1579 教授修，[三][宮]1644 是人令，[三][宮]1648 令其攝，[三][宮]1808 法告囑，[三][宮]2034 比丘法，[三][宮]2034 羅云經，[三][宮]2040 勅家屬，[三][宮]2040 災變之，[三][宮]2043 勅於我，[三][宮]2045 勅慇懃，[三][宮]2058 更造衣，[三][宮]2102 不殺則，[三][宮]2102 萬一影，[三][宮]2102 無匙筋，[三][宮]2102 也犯而，[三][宮]2103，[三][宮]2103 符，[三][宮]2103 功篇序，[三][宮]2103 懼，[三][宮]2103 也故比，[三][宮]2121 而退羼，[三][宮]2121

濟衆危，[三][宮]下同 1428 至日暮，[三][宮]下同 385 來至忍，[三][聖][知]下同 1441 不眷屬，[三][聖]1 勅已出，[三][聖]125，[三][聖]125 百歲一，[三][聖]125 三者忍，[三][聖]190 勸汝等，[三][聖]210，[三][聖]210 慎品者，[三][聖]224 心不懷，[三][聖]375，[三][聖]1440 尼者一，[三][聖]1441 偸羅遮，[三]1 到安，[三]5 所當奉，[三]13 故亦如，[三]13 行亦依，[三]13 學，[三]26 甚深甚，[三]43 各前作，[三]50 君當，[三]68 大人一，[三]99 教，[三]99 已獨一，[三]100 知時不，[三]101 不復犯，[三]101 從佛受，[三]125 其有犯，[三]152 勃然恚，[三]152 曰衆生，[三]152 之，[三]152 之曰，[三]186 諸弟子，[三]194 當，[三]197 解，[三]201 令，[三]206 爲親耳，[三]212，[三]212 初無差，[三]212 當習五，[三]212 教化，[三]360 甚深甚，[三]1341 中而修，[三]1427 善者能，[三]1433 故今須，[三]1433 行何等，[三]1549 語也又，[三]1582 衆生或，[三]2125 門徒日，[三]2145 經一卷，[三]2151 羅云經，[三]2153 見世間，[三]2154 地夷而，[三]2154 經或直，[三]2154 經一卷，[聖]1425，[聖]99 者心不，[聖]120 令生，[聖]125 不選，[聖]125 而勅我，[聖]125 誠也爾，[聖]125 其法説，[聖]125 其義如，[聖]125 如是比，[聖]125 汝等當，[聖]125 已在，[聖]125 有篤信，[聖]

125 在，[聖]210 無後患，[聖]211 如風枯，[聖]376 調伏威，[聖]376 欲令成，[聖]383 又以所，[聖]1421 諍，[聖]1425 子言，[聖]1426 比丘尼，[聖]1435 故遇賊，[聖]1440 弟子故，[聖]1441 語不犯，[聖]1470，[聖]1470 三者當，[聖]1552 示現令，[聖]2157 經一，[聖]下同 1441 比丘尼，[另]1428 無犯無，[另]1442 教授不，[宋]、[宮][聖]1435 法餘比，[宋]99 比丘此，[宋]375 勅即白，[宋][宮]、誡[明]309 即從坐，[宋][宮][聖]1437 波夜提，[宋][宮]309，[宋][宮]309 爾時，[宋][宮]309 衆生有，[宋][宮]656 神足德，[宋][宮]1421 及羯，[宋][宮]1421 一者神，[宋][宮]1435 法，[宋][宮]1471 不得還，[宋][宮]1484 法師者，[宋][宮]1581 攝取衆，[宋][宮]2121 勅如前，[宋][聖]、誡[元]1582 一切衆，[宋][聖]125 佛告比，[宋][聖]125 便成無，[宋][聖]125 向弟子，[宋][聖]189 演説，[宋][另]1435 法翅舍，[宋][元]2122 勅我共，[宋][元]125 勅已即，[宋][元]2103 枯死，[宋]148 佛言王，[宋]309 福田清，[宋]1582 他分別，[元][明][宮][聖]345 是，[元][明]125 三昧行，[元][明]212 諸比丘，[元][明]345 諸餘，[元][明]401 立又復，[元][明]2059 不自懲，[元][明]2108 之法謙，[元][明]2122 勗勿起，[元][明]2145 經一卷，[元][明]2145 行第三，[元][明]2154 見世間，[元][明]下同 328 者何時，[知]1441 弟，[知]1441 比丘尼，[知]1441 年少。

離：[三][宮]416 諸過非。

滅：[宮]2034 經一卷。

民：[聖]1441 比丘尼。

聲：[聖]1544 異。

識：[甲]1733，[三]2145 虛，[三][宮]、試[甲]2053 中庸非，[三]150 何等爲，[宋][宮]、誠[元][明]2121 言願，[宋]21 不多聞，[乙]2263 後學迷，[元][明]602 便生。

式：[甲]2792 叉摩。

試：[宮]1488 心，[宮]2059 等追蹤，[宮]2122 勅失王，[宮]2122 心之源，[甲]1717 之，[甲]1723 勅，[甲]2087 告門人，[甲]2193 問也言，[三][宮]459 皆見十，[三][宮]2059 智明，[三][宮]2121 勅國，[三][宮]2122 儞，[三][聖]606 其志，[三]212 而自，[三]606 其心或，[三]2146 火恩經，[宋][元][宮]2104，[宋]99 汝云何，[乙]866 已令，[乙]2157 因緣經，[元][明]2145 經一卷，[原]1744 聽也佛，[原]1899 捔智術。

受：[甲]2792 弟子一。

授：[三][宮]1428 比丘尼。

説：[甲]1821 有學應。

威：[甲]1717 四結示。

語：[宮][聖]1421 愚無所，[三][宮]2122 許曰，[三]1336 前爲佛，[三]2154 諸比丘。

諸：[宋][元]1169 約弟子。

## 暨

概：[三]185 然而自。

## 巾

中：[甲]2128 丑列反。

甲：[甲]2349 袈裟持。

金：[明]2102 妖惑之。

内：[聖]1470 拭中外。

篋：[三]2122。

小：[宋]1433 三應善。

中：[宮]1459 水土齒，[宮]2034 一部，[宮]2122 攬垢，[甲]2129 反字書，[甲]2128 覲反已，[甲]2250 是也又，[明]2060 之族連，[三]1424 皆突吉。

## 斤

撥：[甲]2128 會意字。

斥：[宮]2060 絶絃於，[明][甲]1988 師因齋，[元][明]2145 重去。

會：[明]2121 有宮去。

觔：[明]1662，[明]2123 國諸獵。

近：[宮]1505。

片：[宮]2053 今猶現，[三][宮]1546 麻不能，[元][明]1451 上妙。

巧：[三]2125 斧等匠。

升：[明]22 斗尺。

斱：[三][宮][聖]1428 剉斬和，[三]1428 繩籖伊。

斫：[元][明]721 其骨爲。

## 今

本：[宮]2121 人頭何，[甲]、今棲[甲]2039 作孫舜，[甲]2249 論餘，[甲][乙]1822 有非，[甲][乙]2778 唯言，[甲]1512 解二，[甲]2039 冥州也，[甲]2217 釋衆文，[甲]2270 亦示法，[三][宮]224 般，[三][宮]318 無斯深，[三][宮]1421 與某甲，[三][宮]2121 宿命已，[三]125 恒，[三]153 與汝所，[三]1202 日已後。

不：[甲]2035 改元詔，[三]311 爲如實。

成：[甲][乙]1822 得成也。

此：[丙]2249 解釋者，[甲][乙]2288 釋論顯，[甲]1718 經放白，[甲]1728 擧其重，[甲]1736 文者，[甲]2314 俱生，[明]293 我心亦，[三][宮]415 無所依，[另]1721 明機，[乙]2263 頌證第，[原]、此[甲]1796 眞言門。

次：[知]1579 當略辯。

當：[甲]1077 説我今，[甲]2255 説七覺，[明]118 規圖必，[三]945 爲汝分，[三]1435 與某甲，[乙]1723 代汝遂。

得：[三]203 爲。

等：[三]374 大衆三，[三]375 大衆三，[宋]842 諦聽當，[宋][宮]657 問世尊。

多：[甲]2266 疏所言，[明]1547 亦多遊，[原]1856 有自害。

而：[甲][乙]2254，[甲][乙]2254 令衆生，[甲]1742 見佛，[三][宮]1428 此波斯，[三][宮]2121 發大，[三]202 乃前却，[乙]2263 見十六。

尒：[原]、[甲]1744 豈非生。

爾：[宮]405 此大士，[宮]263 吾普告，[宮]310 得住佛，[宮]385 當入微，[宮]2122 將去隨，[宮]2122 贍待賓，[宮]2123，[甲]2290 此邪魔，[甲]2290 相大一，[甲]2339 亦由第，[甲]2396 多佛集，[甲]2428 心之體，[明]549 時作無，[明]1450，[明]1450 摩耶夫，[三]1545 時速，[三][宮]1646，[三][宮]1646 喜亦無，[三][宮][聖]1421 日，[三][宮]415 日爲勝，[三][宮]1425 世如是，[三][宮]1442 時，[三][宮]1562，[三][宮]1595 當說此，[三][宮]2028 時比丘，[三]24 日四大，[三]96 所到便，[三]99 日五百，[三]125 持此餅，[三]125 身亦受，[三]152 之後世，[三]190 大王亦，[三]190 日當得，[三]193 時彼梵，[三]199 乃消殃，[三]549 時作無，[聖]100 爾衆伴，[聖]125 日，[聖]311 者永無，[聖]613 我此身，[聖]1788 四句應，[另]310 具足大，[另]1442 有罪應，[另]1721 說生死，[宋][宮]674 者難遇，[宋][宮]1509 於四衆，[宋]202 十羅漢，[宋]211，[乙]2408 亦用心，[元][明]1071 時得聞，[元][明]2122 當死爾，[元]200 得，[知]384 此座中。

二：[宮]2121 世二家。

方：[宮][聖]288 說當說。

分：[甲]、簡[乙][丙]2392 珠以左，[甲]2255 因若識，[甲][乙]1709 目然今，[甲]1709 別說二，[甲]1709 此言住，[甲]1709 三且，[甲]1731 釋有

如，[甲]1735 初答出，[明]1610 自有聰，[三][宮]1559 此二立，[元][明]1545 俱時得。

復：[甲]2255 有此，[三]125 世尊捨，[三]125 至此三。

簡：[乙]2381 別行高，[乙]2390 珠也以。

根：[三]1602 不以如。

恭：[元][明]847 敬禮。

故：[三]2154 具條件，[三]1339 語汝，[三]1339 語汝勅，[三]1339 語汝無。

含：[宮]2034 長阿含。

合：[宮]2047 附佛法，[甲]1828 前爲十，[甲]1830 爲量，[甲]2084 十六今，[甲]2196 日輪是，[甲]2339 得意引，[甲][乙]1816 說界塵，[甲][乙]2396 佛性，[甲]1736 答云就，[甲]1828 此頌四，[甲]1828 名五現，[甲]1835 各約別，[甲]2128 正字從，[甲]2204 私謂此，[甲]2227 斷，[甲]2270 答中，[甲]2290 本自有，[甲]2434 說故以，[明]1425，[明]2131 用門一，[明]2131 云姞栗，[明]2145 闕釋僧，[三][宮]1509 問前世，[三][宮]2108 當遠慕，[聖]1509，[聖]2157 云二十，[聖]2157 質文有，[宋]、一[宮]340 聞說文，[乙]2261 說或於，[元][明]193 捨家覺，[元][明]212 當引喻，[元]266，[元]1583 真實是，[原]1791 斷障得。

後：[三][宮]233 更還得，[元]276 說。

會：[甲]2195，[甲]2266 謂如理。

亼：[甲]2128 音精入。

及：[三]100 弟子説，[聖]200 諸餘鬼。

即：[宮]589 當枑械，[甲][乙]1821 第十六，[甲]1715 頌上雨，[明]2110 太史承，[乙]1723 證説明。

既：[甲]1918 得解。

見：[明]99 耕田下。

皆：[三]297 勸請諸。

金：[甲]1119 説印相，[甲]1735 棺北首，[甲]1736 且融，[甲]1771 明發心，[甲]1918 諦觀心，[甲]2400 軌可詳，[三][宮]1521 集世界，[三][宮]1546 輪，[三][宮]2122 雖改，[三]201 雖捨施，[三]1424 粟淨施，[三]1441 婆羅龍，[三]2149 國俗殊，[聖]1425 此弊惡，[聖]2034 端，[宋]2154 並見，[乙]2408 毘，[元][明]730 已棄，[原]2408 毘羅。

盡：[三][宮]1425 受之是。

經：[甲]2036 稱佛名，[甲]2195 吾能人。

卷：[三][宮]2121。

科：[三][宮]2042 次最下。

可：[三]200 取此金。

來：[聖][石]1509 衆生生。

令：[丙]2249 自證道，[博]262 欲顯發，[德]1563 次當辯，[丁]2244 棄家爲，[宮]231，[宮]310 何處去，[宮]310 略説四，[宮]1451 已往勿，[宮]1545 略説爾，[宮]1566 經部執，[宮]1585 四地中，[宮][甲]1912 識此之，[宮][甲]1912，[宮][甲]1912 境生滅，[宮][甲]1912 破戒鬼，[宮][甲]1912 欲破壞，[宮][甲]1912 止可，[宮][聖]231 度生死，[宮]222 我如是，[宮]263 故爲之，[宮]310 汝見我，[宮]310 我皆當，[宮]310 我以此，[宮]315 復重加，[宮]334 我後亦，[宮]378 寢臥於，[宮]402 爲説，[宮]414 還修菩，[宮]416 乃爲彼，[宮]460 文殊師，[宮]461 文殊師，[宮]539 此二人，[宮]565，[宮]624 吾等聞，[宮]626 身皆安，[宮]835 我身是，[宮]839 離怯弱，[宮]1421 集爲一，[宮]1425 亦當三，[宮]1428 已，[宮]1428 與二沙，[宮]1432 與比丘，[宮]1435 不應言，[宮]1435 是戒應，[宮]1442 於我所，[宮]1451 後非釋，[宮]1462 斷言以，[宮]1462 説，[宮]1470 某獨來，[宮]1509，[宮]1545 正，[宮]1546 力能造，[宮]1552 當説，[宮]1562 世識即，[宮]1562 詳彼釋，[宮]1608 思量意，[宮]1609 應思，[宮]1884，[宮]1912 成圓，[宮]1912 入中道，[宮]1912 文雖引，[宮]2040 復遣使，[宮]2040 欲相屈，[宮]2043 爲王，[宮]2045 具説不，[宮]2058 共子，[宮]2087 德踰於，[宮]2087 印度諸，[宮]2103 出，[宮]2112 從，[宮]2121 持爾，[宮]2122 此小，[宮]2122 日諸賢，[宮]2122 於僧中，[宮]2123 復值佛，[和]293 得見時，[甲]、今[甲]1782 辦彼事，[甲]1735 悲願彌，[甲]1735 發種故，[甲]1735 絕其因，[甲]1735

能忍故，[甲]1735 汝下辯，[甲]1736
各配摘，[甲]1778 執權者，[甲]1784
準大經，[甲]1805，[甲]1805 即，[甲]
1828 分，[甲]1828 身自在，[甲]1829
成論議，[甲]1830 此文，[甲]1830 第
二地，[甲]1912 被接破，[甲]1912 讚
小善，[甲]1969 入斯定，[甲]1973 以
偈普，[甲]2035 稱佛名，[甲]2266 應
離如，[甲][丙][丁]1141，[甲][丙]973
有此事，[甲][乙]1736 皆離則，[甲]
[乙][丙]1833 生不斷，[甲][乙][丙]
2089 稱餘姚，[甲][乙]1709 我四部，
[甲][乙]1709 於大明，[甲][乙]1736
見入故，[甲][乙]1751 此觀位，[甲]
[乙]1796 憶本所，[甲][乙]1821 彼受
用，[甲][乙]1822 得成故，[甲][乙]
1822 得亦爾，[甲][乙]1822 更重破，
[甲][乙]1822 還將同，[甲][乙]1822
前師言，[甲][乙]1830 忿等，[甲][乙]
2223 遊入此，[甲][乙]2254 諸法成，
[甲][乙]2309 現此土，[甲][乙]2317，
[甲][乙]2391 大印，[甲]897 坐一處，
[甲]952 我釋迦，[甲]1089 說之，[甲]
1512 將答此，[甲]1512 明實無，[甲]
1700，[甲]1700 此總合，[甲]1708 四
天及，[甲]1709 對治也，[甲]1709 始
得生，[甲]1709 欲說經，[甲]1719 一
科一，[甲]1723 答三指，[甲]1728 得
清淨，[甲]1729 入下明，[甲]1733 此
地如，[甲]1733 入法等，[甲]1733 西
方過，[甲]1733 有好相，[甲]1735，
[甲]1735 不壞次，[甲]1735 復反此，
[甲]1735 進大心，[甲]1735 利益滿，

[甲]1735 身等皆，[甲]1735 問生如，
[甲]1735 一刹那，[甲]1735 依此知，
[甲]1735 證大，[甲]1736，[甲]1736
彼不異，[甲]1736 不續名，[甲]1736
此空慧，[甲]1736 得，[甲]1736 解脫
月，[甲]1736 六段盡，[甲]1736 略要
知，[甲]1736 屬對則，[甲]1736 體聲
二，[甲]1736 遠惡近，[甲]1736 展轉
謂，[甲]1736 諸眾生，[甲]1736 準思
之，[甲]1744 初發心，[甲]1763 勝修
也，[甲]1781，[甲]1781 安身處，[甲]
1781 身子，[甲]1782 得果時，[甲]
1782 他喜由，[甲]1784 歸，[甲]1786
具引之，[甲]1795 修觀之，[甲]1805
不失其，[甲]1805 如上三，[甲]1805
生信，[甲]1805 往害之，[甲]1805 言
布薩，[甲]1805 重受耶，[甲]1816，
[甲]1816 既翻於，[甲]1816 前前故，
[甲]1816 釋之，[甲]1816 說，[甲]1816
雖不起，[甲]1816 爲，[甲]1816 者，
[甲]1821 譯和上，[甲]1828 果差別，
[甲]1828 來乞者，[甲]1828 離斷見，
[甲]1828 趣佛，[甲]1828 衆緣所，
[甲]1828 諸行寂，[甲]1830 此且據，
[甲]1830 此文以，[甲]1830 說由行，
[甲]1834 相續，[甲]1841 立爲常，
[甲]1841 作有緣，[甲]1847 其念者，
[甲]1911 此空慧，[甲]1911 繫念逆，
[甲]1912，[甲]1912 歸去佛，[甲]
1918，[甲]1928 皆融泯，[甲]1963 即
日取，[甲]1969 妙明居，[甲]1969 託
彼勝，[甲]2035 道土欲，[甲]2036，
[甲]2036 元等所，[甲]2082 擇人吾，

[甲]2084 貧女二，[甲]2087 羯若鞠，[甲]2087 天人師，[甲]2119 見成五，[甲]2128，[甲]2183 江表盛，[甲]2194 謂華表，[甲]2194 言力者，[甲]2195 永出三，[甲]2214 法眼道，[甲]2214 離，[甲]2261 若解脫，[甲]2261 惜我身，[甲]2261 造此至，[甲]2262 者我我，[甲]2266，[甲]2266 不同故，[甲]2266 更對外，[甲]2266 名，[甲]2266 破云汝，[甲]2266 言似者，[甲]2266 易，[甲]2266 者經部，[甲]2270 共許遂，[甲]2270 爲此等，[甲]2274 相違之，[甲]2290 此凡小，[甲]2299 度，[甲]2299 菩薩進，[甲]2299 入無餘，[甲]2299 室廣二，[甲]2299 有凡夫，[甲]2299 餘同類，[甲]2299 約隱顯，[甲]2339 定三劫，[甲]2390 依正文，[甲]2397，[甲]2397 何所斷，[甲]2399 離惡趣，[甲]2434 開顯彼，[甲]2779 修定娑，[甲]2826 知彼此，[甲]2837 向西方，[明]、－[石]1509 與無餘，[明]、分[宮]、久[聖]1452 皆，[明]220 得聞此，[明]220 度生死，[明]220 皆，[明]220 入涅，[明]220 世尊能，[明]279 此迴向，[明]397 我，[明]1450 得，[明]1546 世間所，[明]1562 觀彼法，[明]1562 於所緣，[明]2016 析此六，[明][宮]310 當供佛，[明][宮]585 族，[明][宮]632 若等護，[明][和]261，[明][甲]997 諸世界，[明][甲][乙]994 所求者，[明][甲]893 方正其，[明][聖]225，[明][乙]1092 此明王，[明][乙]1092 何所作，[明]32 爲説是，[明]99

此尊者，[明]99 領此閣，[明]99 於眼起，[明]153 施二日，[明]155 除衆生，[明]157 成阿，[明]167 此大王，[明]187 得，[明]190 者宜令，[明]191 他人得，[明]193 吾等瑕，[明]199 還得人，[明]200 悉，[明]220 賣三事，[明]220 聽汝，[明]220 諸聖賢，[明]224 集所見，[明]310 可去營，[明]310 諸大衆，[明]316 得又復，[明]342 執利劍，[明]374 乃説受，[明]375 不應作，[明]384 乃得觀，[明]397 悉付囑，[明]475，[明]486 文殊師，[明]602 福遂安，[明]653 將空，[明]721 生大厭，[明]730 得作人，[明]804 此經典，[明]945 時從佛，[明]1191 爲汝及，[明]1336 新作坐，[明]1421 共布薩，[明]1421 受作迦，[明]1425 布薩爾，[明]1425 恕奴二，[明]1435 佛知，[明]1440 得自在，[明]1442 可往共，[明]1442 宜可作，[明]1442 者欲作，[明]1450，[明]1450 大衆咸，[明]1450 覆，[明]1450 我報，[明]1450 我發斯，[明]1450 一滴順，[明]1451 爲制戒，[明]1451 欲，[明]1509 入攝心，[明]1509 諸衆生，[明]1509 自行般，[明]1530 受如是，[明]1537 生起離，[明]1545 不流者，[明]1545 熟諸，[明]1545 應廣分，[明]1546 此蘇尸，[明]1546 欲廣分，[明]1552 當次第，[明]1558 滯一境，[明]1562 得解脫，[明]1562 無能釋，[明]1579 此種子，[明]1597 世間佛，[明]1607 時專注，[明]1644 善得希，[明]2053 送師到，[明]

2060 命彌匡，[明]2060 寺宇，[明]2060 重受者，[明]2060 住勝光，[明]2088 寶，[明]2102 欺天罔，[明]2122 得百，[明]2122 與君別，[明]2122 致尊貴，[明]2123 還天宮，[明]2123 可禮優，[明]2131 此舍利，[明]2145 闕此經，[明]2145 爲二阿，[明]2149 其，[明]2154 准祐録，[三][宮]1605 受無常，[三]99 得現法，[三]190 不見作，[三]220 一切法，[三]721 得如是，[三]1451 遣空還，[三]1491 修，[三][宮]402 一切諸，[三][宮]532 數習起，[三][宮]664 是衆生，[三][宮]1546 解脫如，[三][宮]1562 觀行者，[三][宮]1579 諸菩薩，[三][宮]1585 但取二，[三][宮]1656 到世尊，[三][宮]2103 形服不，[三][宮]2121，[三][宮]2121 身命盡，[三][宮][聖]223 一切衆，[三][宮][聖][另]1451 ，[三][宮][聖]268 我大歡，[三][宮][聖]383 釋種不，[三][宮][聖]1458 此衆中，[三][宮][聖]1462 欲發起，[三][宮][聖]1462 知而置，[三][宮][聖]1562 明非有，[三][宮][聖]1579 梵王，[三][宮][另]1442 往討之，[三][宮][西]665 無量衆，[三][宮]221 我曹等，[三][宮]263 有人，[三][宮]285 諸，[三][宮]303，[三][宮]310 説笑義，[三][宮]314 能悔，[三][宮]324 悉度脫，[三][宮]329 是五百，[三][宮]337 自願身，[三][宮]380 我還汝，[三][宮]385 我勝於，[三][宮]398 所行人，[三][宮]402，[三][宮]402 時鬪諍，[三][宮]402 我二人，[三]

[宮]414 我請問，[三][宮]456 得，[三][宮]456 入常樂，[三][宮]480 誰證大，[三][宮]483 某施，[三][宮]511 ，[三][宮]565 我心，[三][宮]586 實義中，[三][宮]598 察我莊，[三][宮]611 息數不，[三][宮]620 得聞，[三][宮]627 菩薩説，[三][宮]630 得修行，[三][宮]637，[三][宮]653 我法城，[三][宮]656 我成正，[三][宮]657 現，[三][宮]657 住無礙，[三][宮]664 得生未，[三][宮]665 得愛著，[三][宮]672 其聞已，[三][宮]694 此事而，[三][宮]721 得此苦，[三][宮]721 如是心，[三][宮]721 欲破壞，[三][宮]816 覩無上，[三][宮]1424 依此三，[三][宮]1425 棄地尊，[三][宮]1428 此水熱，[三][宮]1428 此諍事，[三][宮]1428 行醫藥，[三][宮]1435 僧與我，[三][宮]1435 永別離，[三][宮]1442，[三][宮]1442 便崩，[三][宮]1442 殺彼得，[三][宮]1442 我所作，[三][宮]1442 與彼二，[三][宮]1443 釋放復，[三][宮]1451 墮惡趣，[三][宮]1462，[三][宮]1487 脫去不，[三][宮]1509，[三][宮]1509 父母當，[三][宮]1509 菩薩教，[三][宮]1537 於我欲，[三][宮]1545，[三][宮]1545 阿羅漢，[三][宮]1545 增長者，[三][宮]1546 心心數，[三][宮]1546 欲現，[三][宮]1558 數瞬動，[三][宮]1558 應釋頌，[三][宮]1562 所壞無，[三][宮]1563 離，[三][宮]1566 解無因，[三][宮]1579 得增上，[三][宮]1579 現法中，[三][宮]1579 與之非，[三][宮]

1595 顯此二，[三][宮]1597 定心種，[三][宮]1597 一頌，[三][宮]1604 亦退，[三][宮]1606 現見彼，[三][宮]1610，[三][宮]1610 無明住，[三][宮]1634 無，[三][宮]1641 斷此結，[三][宮]1646 一切人，[三][宮]1646 諸，[三][宮]1650 我爲法，[三][宮]1657，[三][宮]1672 分散或，[三][宮]2027 已度卿，[三][宮]2034 吾等正，[三][宮]2040 斷金器，[三][宮]2041，[三][宮]2060 送同處，[三][宮]2060 造置古，[三][宮]2060 自檢茫，[三][宮]2102，[三][宮]2102 郭江州，[三][宮]2102 萬象與，[三][宮]2102 欲以東，[三][宮]2102 旨理妙，[三][宮]2103 卷，[三][宮]2103 門，[三][宮]2103 茲妙義，[三][宮]2108 郭江州，[三][宮]2121，[三][宮]2121 度那優，[三][宮]2121 加重罪，[三][宮]2122 彼，[三][宮]2122 此座上，[三][宮]2122 次最下，[三][宮]2122 得百車，[三][宮]2122 法王登，[三][宮]2122 付文殊，[三][宮]2122 師赴鄴，[三][宮]2122 王舍城，[三][宮]2122 我，[三][宮]2122 我所呪，[三][宮]2122 我小弱，[三][宮]2122 先受，[三][宮]2122 幼年勿，[三][宮]2122 澡浴竟，[三][甲]951 得如是，[三][甲]1227 浴復，[三][聖]99 尊者阿，[三][聖]190 我一，[三][乙]953 所聞者，[三][乙]1092 此有情，[三][乙]1092 得，[三][乙]2087 遷於，[三]1 威光上，[三]14 名身，[三]26 比丘成，[三]26 得安隱，[三]26 身作，[三]29 不精勤，[三]53 我此財，[三]58 世尊一，[三]60 隨尊者，[三]75 爲定行，[三]86 食膿血，[三]100 我得值，[三]125，[三]125 持此酪，[三]125 此罪人，[三]125 使從禪，[三]125 我得成，[三]125 我等宜，[三]150 致老死，[三]153 汝喜，[三]156 得成人，[三]157 彼諸衆，[三]158 乃至阿，[三]158 入娑，[三]167 王了不，[三]170 逆，[三]184 佛知我，[三]186 我等身，[三]186 無吾我，[三]186 衆生故，[三]187 得聞，[三]189 來此，[三]190 勅不敢，[三]190 我受苦，[三]190 向佛邊，[三]192 父王不，[三]193 出行若，[三]193 魔當懷，[三]193 我亦宜，[三]193 衆慢賤，[三]196 繫在獄，[三]196 諸梵志，[三]199 無垢羅，[三]201 汝，[三]202 弟共，[三]202 世尊賜，[三]205 此三人，[三]220，[三]220 此有情，[三]220 得無上，[三]220 簡別有，[三]220 去是，[三]274 吾覩佛，[三]394 阿難是，[三]397 共加護，[三]613 具大悲，[三]674 獲佛眞，[三]682 我及諸，[三]953 受此大，[三]988 悉除愈，[三]1058 我欲説，[三]1096 得解脱，[三]1331 現人所，[三]1341 戒聚破，[三]1425 當以僧，[三]1435 僧中發，[三]1440 得果報，[三]1440 佛不用，[三]1442，[三]1485 復修行，[三]1545 自憶故，[三]1558 自證道，[三]1559 住一塵，[三]1566 當觀察，[三]1566 是顛倒，[三]1579 依無常，[三]1632 所見是，[三]1982 生敬法，[三]1982

徒衆亦，[三]2041 重昏動，[三]2059
海族之，[三]2088 變水河，[三]2122
別刻檀，[三]2122 懺悔慚，[三]2122
得其福，[三]2122 感希有，[三]2145
今所設，[三]2145 送，[三]2149 總一
朝，[三]2154 所設已，[聖]26 共，[聖]
1421 爲諸比，[聖]1428 僧與，[聖]1440
佛還知，[聖]1539 於是正，[聖]1579
所生，[聖]1579 於一切，[聖]1733，
[聖]1788 除妄執，[聖][甲]1733 推也
三，[聖][另]342 説經典，[聖][另]1451
此龍是，[聖][另]1451 時極，[聖][另]
1451 遭召問，[聖][另]1453 爲夏坐，
[聖]26 此勝林，[聖]125 故續名，[聖]
158 得如願，[聖]158 授我佛，[聖]200
得勝耳，[聖]223 諸，[聖]224 我審應，
[聖]225 如來悉，[聖]231 此光明，[聖]
268 我，[聖]291 慧亦如，[聖]310 在
現前，[聖]397 所説法，[聖]476 此病
源，[聖]585 生亦無，[聖]613 觀此身，
[聖]649 得，[聖]953 説功能，[聖]1421
便可速，[聖]1421 身，[聖]1425 成正
覺，[聖]1425 僧慈心，[聖]1435 佛威
神，[聖]1440 得成佛，[聖]1442，[聖]
1442 宜避去，[聖]1443 於住，[聖]
1451 不許尼，[聖]1451 出光是，[聖]
1451 身死屍，[聖]1451 時成熟，[聖]
1451 我大，[聖]1451 應可於，[聖]
1458 僧伽黑，[聖]1458 僧伽十，[聖]
1460 問諸大，[聖]1462 業生也，[聖]
1462 欲出家，[聖]1509 得當得，[聖]
1509 何以乃，[聖]1509 世果報，[聖]
1509 曡無竭，[聖]1509 欲，[聖]1546

修謂得，[聖]1548 身生怖，[聖]1562，
[聖]1562 愍彼類，[聖]1562 詳諸經，
[聖]1670 如是久，[聖]1721 昔鉾楯，
[聖]1723 留教，[聖]1723 棄君政，
[聖]1733 此住眞，[聖]1733 據利他，
[聖]1733 尋下文，[聖]1733 於相中，
[聖]1763 佛會通，[聖]1788 生除障，
[聖]2157 吾，[另]1442 日令幾，[另]
1435，[另]1442 不應進，[另]1442 得
生，[另]1442 何願求，[另]1442 後應
同，[另]1442 皆現在，[另]1442 在何
處，[另]1451 復以其，[另]1459 當説，
[另]1463 已去不，[石]1509 不應，[石]
1509 得聖人，[石]1509 何以更，[宋]
2060 業起於，[宋][宮]721 所聞，[宋]
[宮]1525 身，[宋][宮]450 復憶念，
[宋][宮]559 得開解，[宋][宮]627 已
沈沒，[宋][宮]1421 是戒應，[宋][宮]
1428 已爲懺，[宋][宮]1507 此一坐，
[宋][宮]2123 現在世，[宋][明]157 得
坐於，[宋][明]2122 盛在四，[宋][明]
2145 統所以，[宋][元]220 引發神，
[宋][元]1442，[宋][元]1597 當顯示，
[宋][元][宮]1453 與半豆，[宋][元]
[宮]1559 一時，[宋][元][宮]2122 出，
[宋][元][宮]387 一，[宋][元][宮]587
世尊釋，[宋][元][宮]1425 得物還，
[宋][元][宮]1428 當受之，[宋][元]
[宮]1442 既夜行，[宋][元][宮]1443 爲
向本，[宋][元][宮]1462 遣其往，[宋]
[元][宮]1558 應思，[宋][元][宮]1562，
[宋][元][宮]1612 有爲性，[宋][元]
[宮]2112 尚未悟，[宋][元][宮]2122 譯

得一，[宋][元]1 諸大眾，[宋][元]184
諸佛皆，[宋][元]186 立造勝，[宋][元]
206，[宋][元]297 摧滅煩，[宋][元]
1340 言無方，[宋][元]1374 有無量，
[宋][元]1425，[宋][元]1462 共汝叛，
[宋][元]1562 正顯示，[宋][元]2061
完淨傳，[宋][元]2061 勿然，[宋][元]
2102 欲，[宋][元]2112 化胡經，[宋]
[元]2154 重復以，[宋]54 復亡失，
[宋]129 難國人，[宋]186 此書堂，
[宋]200 者欲來，[宋]201 無所恃，[宋]
220，[宋]220 度生死，[宋]220 為欲
令，[宋]223 得，[宋]223 未發阿，[宋]
262 善聽當，[宋]310 取滅度，[宋]361
我出於，[宋]1331 身不自，[宋]1340
如是行，[宋]1545 有亦無，[宋]1545
欲渡憍，[宋]1562，[宋]2060，[宋]
2102 一令其，[宋]2121，[西]665 已，
[乙]2249 得亦爾，[乙]1141 所發心，
[乙]1239 欲，[乙]1709 重譯斯，[乙]
1736 不欲欺，[乙]1736 見相入，[乙]
1822 欲決戰，[乙]1871 此經住，[乙]
2070 觀不忍，[乙]2157 所設已，[乙]
2223 住如來，[乙]2249 得，[乙]2261
出滅境，[乙]2261 集意云，[乙]2391
大日總，[乙]2393 此胎藏，[乙]2394
入此曼，[元]26 少無色，[元]1340 更
有何，[元]2016 取親生，[元][明]220
一切法，[元][明]220 應不離，[元]
[明]1595 得極，[元][明][宮]263 眾會
及，[元][明][宮]1656 非福滿，[元]
[明][宮]2122 掃塔，[元][明][甲]1007
說畫像，[元][明]5 得斷，[元][明]24

我此身，[元][明]99 此，[元][明]99 此
比，[元][明]158 是二等，[元][明]187
體枯竭，[元][明]291 屬佛子，[元][明]
291 斯菩薩，[元][明]310 諸弟子，[元]
[明]397 一切天，[元][明]624 得怛薩，
[元][明]636 坐諸菩，[元][明]658 得
遠離，[元][明]721 破，[元][明]721 受
苦，[元][明]1335 一切驅，[元][明]
1442，[元][明]1442 此新妻，[元][明]
1451 聽入，[元][明]1462 至，[元][明]
1509 離是如，[元][明]1509 欲廣，[元]
[明]1545 不，[元][明]1562 於此中，
[元][明]1579 聖弟子，[元][明]1579 於
此中，[元][明]1582，[元][明]2016，
[元][明]2016 汝自觀，[元][明]2016
相，[元][明]2016 證菩，[元][明]2033
依理教，[元][明]2102 先布其，[元]
[明]2103 陪十善，[元][明]2104 大道
之，[元][明]2145 加其一，[元][明]
2154 勘為大，[元][明]2154 以秦僧，
[元]125 向如，[元]125 用酪為，[元]
184 不可得，[元]200 當，[元]200 豐，
[元]220，[元]220 大眾付，[元]221 得
深般，[元]227 現在欲，[元]228 我此
身，[元]232 得當得，[元]324 是諸佛，
[元]374 當試即，[元]376 孤露，[元]
380 當復更，[元]380 正是時，[元]643
生處名，[元]696 是佛生，[元]816 為
佛，[元]970 賴空中，[元]1007 當與，
[元]1331 我借汝，[元]1421 為諸比，
[元]1425 是，[元]1425 為大臣，[元]
1428 與闡陀，[元]1428 云，[元]1442
可將此，[元]1451 便奉請，[元]1462

說其根，[元]1579 世惡說，[元]2122 觀何愛，[元]2122 住猷停，[元]2123 我心開，[元]2150 總見別，[元]2154，[原]、令[甲]、今[甲]1781 施佛乳，[原]1856 觀名色，[原]1890，[原]2196 得者如，[原]2262 外相轉，[原]2339，[原][甲]1825 縷中有，[原]1721 發佛心，[原]1776 此樂，[原]1776 地廣爲，[原]1776 人捨，[原]1818 背惡向，[原]1818 所聞妙，[原]1818 一乘中，[原]1863 有者即，[原]1957 依傍無，[原]2196 不作心，[原]2196 三乘同，[原]2196 十地頂，[原]2196 與其生，[原]2196 衆生自，[原]2196 自能解，[原]2231 顯智體，[原]2266 現業望，[原]2339 現起故，[知]598 有生者，[知]1785 勸王三。

鹿：[三]、金[宮][聖]1425 便是無。

命：[宮]384，[宮]657 得解脫，[宮]1562 詳宗趣，[宮]1565 解釋若，[甲]2073 與修羅，[甲]2266 略說十，[甲][乙]1821 還約宗，[甲]1709 此地中，[甲]2087 印度，[甲]2195 是大國，[甲]2219 即焚之，[甲]2250 也如上，[甲]2255 若鈍根，[甲]2266 亦爾乎，[甲]2299 未死已，[甲]2339 章開釋，[甲]2401 即焚之，[明]200 若設終，[三][宮][聖]223 善男子，[三][宮]1464 當活，[三][宮]1509 善男子，[三][宮]2102 善惡雖，[三]1058 遇善緣，[三]2121 轉羸恐，[聖]425 告於喜，[聖]2157 雖。

能：[三][宮]545 與我難。

念：[博]262 乃知實，[宮][聖]1579 當云何，[宮]221 此衆生，[宮]286 勸言，[宮]310 當試之，[宮]493 佛去世，[宮]618 當略說，[宮]702 得如是，[宮]1421 樂此空，[宮]1425，[宮]1804 向大德，[宮]2103 穎律師，[宮]2122 得值我，[宮]2122 老見佛，[甲][乙]1822 得不，[甲]1709 所散花，[明][聖]225 欲相助，[明]1450 應少通，[明]1451 應以軟，[三]1442 所施物，[三][宮]397 猶不堪，[三][宮][聖]310 應觀不，[三][宮][石]1509 僧中說，[三][宮]397，[三][宮]415 此三昧，[三][宮]425 佛故宣，[三][宮]1509 轉身，[三][宮]1634 本皆修，[三][宮]2121 是沙門，[三][聖]361 我曹得，[三]99 法忽磨，[三]125 梵志不，[三]1646 猶在又，[聖]223 實有，[聖]476 不應心，[聖]627 此諸鉢，[聖]1425 是獼猴，[聖]1464 解弸，[聖]1509 世功德，[聖]2042 當集法，[另]1442 被他殺，[另]1442 已作，[宋][宮]1509 何以復，[宋][元][宮]2045，[宋]1646 但觀身，[乙]2227，[元][明]76 當問現，[元][明]1509 當，[元][明]1579 我，[元]125 形體骨，[元]1331 者，[元]1425 從僧乞，[元]1493 現住彼，[元]1509 何以更，[元]1509 世因緣，[知]384 得爲人。

其：[甲]2274 顯云云。

企：[宋]268 皆通達。

取：[甲]1828 所明前。

去：[三][乙]1092 垢障重。

全：[宮][甲]1912 無下化，[宮]2111 順而爲，[甲]1709 無能詆，[甲]2399 列五字，[甲]2399 同天台，[甲]2434 爲，[三][宮]1562 人，[三][宮]1562 無可名，[三][宮]2104 與老子，[三][宮]2122 捨閻浮，[三]2154 本，[三]2154 譯但於，[石][高]1668 緣事之，[宋][宮]2060 乖未遑，[乙]2249 無有心，[乙]2249 非下地，[乙]2408 身沐浴，[原]、[甲]1744 別體故，[原]1776 部。

然：[原]2208 既自許。

人：[甲]1735 方言授，[甲]2012 臥疾攀，[三][宮]1577 即便與，[三][宮]2121 故，[石]1509 未得實，[宋]2123 意中所，[乙]2390 珠，[原]1776 所乘名。

忍：[三]1808 差比丘。

如：[甲][乙]2219 神通，[甲]1833 有問言。

入：[宮]2121 見之即，[宋]2155 藏經今。

若：[石]1509，[元][明]223，[元][明]790 治字者。

舍：[宮]636 故於此，[明]130 此所來，[元][明]5 欲見之。

舍：[乙]1816 盧舍那，[原]1744 已。

身：[元][明]7 雖是金。

勝：[甲]2299 欲。

食：[三][宮]721 波迦果，[三][宮]1428 時已到，[三]1464 時已到，

[知]598 汝至心。

是：[三][宮][聖][石]1509 福德無，[宋][元]210 我。

受：[三][聖]178 取佛上。

所：[三][宮]1488，[三][宮]2028 說是汝。

貪：[三][宮]721 得如是，[三]201 身得苦。

天：[宮]268 日音同。

爲：[甲]1816 因得證，[甲]1839 宗何故，[明]310 大利益，[乙]2192 演開示。

文：[甲]1778 段思。

聞：[甲]2195 說一偈。

我：[甲][乙]2250 從今者，[甲]1742 爲汝說，[聖]375 爲衆生。

吾：[三]375。

誤：[宋]、令[元][明]205 佛來及。

下：[乙]1736 揀云非。

現：[石]1509 世功。

相：[三]184 差次令。

言：[甲]2276 非必不，[乙]1736 如所起。

已：[聖]1428 捨與僧，[聖]1433 受之，[聖]1435 心悔折。

以：[甲][乙]2397，[三]1339 名何。

亦：[甲][丙]2397 云，[甲]1841 應略述，[甲]2305 屬依，[原]2271 違五頂。

有：[甲]2266 本作懈，[甲]2263 尋云種。

又：[甲]1705，[甲]1831 解論文，[三][宮]2122 在城南。

于：[宮]2122 猶。

余：[宮]2041 以六義。

於：[宮]2008 有師趺。

餘：[甲]2263 佛亦有，[甲]2263 結文，[三]2106 且略之，[乙]2391 亦准之。

與：[甲][丙]2812 此睡眠，[甲]2274 云極微，[三]2149 長阿。

遇：[三][宮]1435 世飢。

云：[甲]2299 明此經。

則：[聖][另][石]1509 異於色。

者：[三]125。

之：[甲]、文[乙]2317 云芯劦，[甲]2317 四支戒。

宗：[甲]2299 欲令文。

昨：[聖]1425 日復何。

# 金

必：[甲][乙]1822 之與器。

杵：[乙]2408 契以。

冬：[三]、今[宮]2123 雖改秋。

釜：[宮]416 柱如是，[三]1644 露。

剛：[甲]2290 剛之名。

合：[甲]2214 掌皆屈，[三][聖]157 華中自。

黑：[三][宮]2121 色仙人。

胡：[乙]2092 神號曰。

華：[三]99 蓋著。

黃：[乙]2228 色三。

會：[甲]952 色相身。

今：[甲]2255，[甲]1119 剛薩埵，[甲]1912 亦不滅，[甲]2775 舉前魏，[明]194，[明]410 剛藏菩，[明]1128 剛大乘，[明]1462 遣人送，[明]2076 和尚説，[明]2154 剛般若，[三][宮]2060 像所佩，[三][宮]2121 是無施，[三][宮]2122 以還，[三]198 足蹈遍，[三]1527 者涅槃，[三]2088 爲石也，[聖]446 上佛南，[宋][元][宮][聖]、－[明]397 支反持，[宋]1340 言教誨。

奎：[三][宮]374 星昴星，[三]375 星昴星。

連：[甲][乙]2087 河盛滿。

今：[甲]1731 木二體，[三]、今[聖]1 即從座，[三][宮]2123 火龍防，[三]158 不壞略，[聖]231 色光來。

妙：[甲]2207 翅翅殊。

木：[甲]1731 非木一。

念：[宮]2121，[甲][乙]2296 無間一，[甲][乙]2390，[甲]1112 色便成，[聖]2157 香，[乙]866 剛念誦，[乙]912 剛鈎攝。

其：[元][明]1428 羽如。

錢：[三]643 往。

全：[丙]2286 等首尾，[宮]310 口之微，[甲]893 合，[甲]1816 故由此，[甲]1983 身正法，[甲]2036，[甲]2266 界一切，[甲]2290 大日三，[三][宮]2122 中懸銅，[元]2016 位相攝。

入：[明]721 鳥出衆。

傘：[三]2121。

色：[甲]853 光焰起。

舍：[甲]2129 匱經云，[三][宮]

376 樓閣入，[三]607 試知是，[三]1336 羅婆悉，[聖]1460 山無與，[宋]99 剛跋求，[宋]866 剛縛以。

舍：[宮]2034 師精舍，[三][宮]721 花六時，[三][乙]1028 究尼鬼。

食：[三]154 出與諸，[聖]1425 色鹿皮，[聖]1425 銀諸比。

貪：[三]1331 慢鬼薜。

仝：[甲]1736 例皆金。

提：[宮]444 晝夜六。

同：[明]2131 水。

銅：[三][甲][乙]2087 水次第。

銀：[宮]2040 錢從汝，[甲]1067 花第三。

余：[甲]2266 無此能，[甲]2299 師其。

餘：[甲]2266 性法皆。

曰：[明]647 光照其。

雲：[明]2131 臺更高。

至：[明]2131 水兎羊。

朱：[甲]2006 陵沙。

珠：[宋]374 爲。

轉：[宮]848 輪與馬，[宋][元][宮]2121 輪王有。

## 津

喉：[甲][乙]1705 即味塵。

律：[宮]2108 徑所歸，[甲]1723 終登覺，[甲]2068 故三乘，[明]2060 學年出，[明]2076 禪師大，[三][宮]656 復有無，[三][宮]2060 稠亦定，[三][宮]2060 講，[三][宮]2060 也穿壞，[三]100 濟渡，[三]2125，[三]

2150，[三]2154 雖經論，[聖]1458 上覆應，[聖]1552 膩義，[宋][明]2066，[宋]2108 陶思常，[宋]2151 十五出，[元][明]2145 則，[元]2016 之者導。

肆：[宮][甲]1805 上以錢。

通：[甲]2084 三年五。

宣：[甲][乙][丙]、津一作津夾註[甲]、一作宣夾註[丁]2092 陽門。

聿：[甲]2067 吾去識。

## 衿

汾：[明]、旌[宮]2103 綱和南。

襟：[宮]2059 諮問敬，[宮]2053 寢興納，[宮]2059 企待明，[宮]2059 致契導，[宮]2103 抱豁然，[宮]2103 瞻，[明]1595 學窮三，[三][宮]2102 誠臨白，[三][宮]2102 釋僧巖，[三][宮]2103，[三][宮]2103 綱，[三][宮]2103 慧水凝，[三][宮]2103 皆授名，[三][宮]2103 朗開三，[三][宮]2103 神會流，[三][宮]2103 送志，[三][宮]2122 同缺口，[三]2103 長慕出，[三]2110 以上見，[三]2145 甘，[三]2154 諮問敬，[乙]2157 諮問敬。

衪：[元][明]2102 妙樂曜。

徐：[宮]2059 翳翳閑。

## 矜

哀：[甲]2239 愍難調。

給：[聖]211 濟樹神。

貢：[宮]402 高野干。

憍：[三][宮]2122 伐外致。

衿：[宋][元][宮]2059 章佉吒。

矜：[明]2122。

襟：[三][宮]2102 民積世。

旀：[三][宮]2103 妖言惑。

憐：[宮]531 賜，[明][乙]996 愍，
[三]2123 王者，[知]414 愍願時。

狇：[三][宮]1549。

泠：[乙]2120 生靈仁。

羚：[甲]2120，[乙]913 羯羅網。

㻁：[三]、憐[宮]2121 愍王懷。

務：[三][宮]2029 莊相貢，[乙]
[丙]2092 尚見略。

於：[宮]2122 妖言惑。

## 矜

矜：[三]2122 誇衒道。

憐：[三][宮]537 到此兒。

## 筋

劜：[明]1463 力令。

肋：[甲]2897 骨爛壞。

胻：[聖]1788 骨集成。

勸：[原]1776 物修。

昕：[聖]1723 脈。

莇：[甲][乙][丙][丁]2187 力者
譬。

著：[三][宮]1546 安闍那。

筯：[甲]1804 鍵等。

釺：[三][宮]2058 貫穿其。

箸：[甲]2879 愍重之，[明][聖]
1451 許隨井，[明]2131 鍵，[三][甲]
1333 大作一。

## 憐

襟：[明]2131 抱平恕，[三][宮]

2060 責以。

澿：[元][明]673 然定住。

## 襟

衿：[三][宮]2060 便有奇。

懍：[宋]2061，[宋][元]2061 年，
[元]1579 深窮性。

禁：[甲]1782 雅，[甲]1983 攀緣
四。

噤：[乙]2207 眞諦。

## 堇

槿：[甲]2300 花待日。

## 僅

謹：[明]2103 而後免，[宋]2103
而後舉。

僕：[甲][敦]1960 以爲下。

僮：[明]1442 得充軀。

## 緊

堅：[宮]579 密四十，[甲]950 握
作拳，[甲]2244 那羅女，[明]1551 叔
迦華，[元][明]2060 韌抽拔。

豎：[丙]1184 旨，[丁]2244 那羅
其，[甲]952 押左右，[宋][元][宮]、
豎[元]451 樹曬。

繫：[甲][乙]2223 合新繩。

## 槿

堇：[三]246 榮月也。

## 錦

儔：[宋][元]、艫[明][宮]2060 裳

便欣。

綿：[宮]2103 典況太，[甲]1804
繡等綺，[宋][元][宮]221 城上，[宋]
23，[元][明]5，[元][明]6 繾身體。

藥：[宋][宮]2103 諒非工。

飾：[三][宮]2053 地積名。

緹：[乙]2092。

稀：[三]2087 細褐毹。

繡：[宮][聖]514 綾衣此。

## 謹

保：[丙]2134 身。

讀：[甲]2266 者知之。

護：[三][宮]342 慎文殊。

僅：[原]2339 出三界。

蓮：[甲]1724 書。

謙：[三]220 敬伏憍。

輕：[甲]1828 是罪不。

慎：[甲]1969 言。

溪：[原]2411 師説。

## 饉

餓：[甲]2250 故盡復，[明]1435
時，[三][宮][聖]1463 諸比丘，[三]
[宮]402 疾病他，[三][宮]1428 乞食
難，[三][宮]2122 故盡佛，[三]989 惡，
[元][宮]664 多諸疾。

荒：[明]310 世人有。

飢：[宋][明]159 渴人遇。

## 近

初：[宮]2053 接金城。

處：[三][宮]1545 分爲加。

道：[甲]2425 分世道。

邇：[三]2087 學徒莫，[三][宮]
263 近甫四，[三][宮]2053 至於因。

附：[三]210 香熏進。

及：[明]278 善知識。

極：[原]1829 相隣近。

迹：[三][宮]342 無所授，[三]
2059 經抱後。

迦：[原]2409 羅云白。

江：[甲]1201 海河口。

匠：[甲]2193 無道，[甲]1906 物
性蚊。

今：[聖]222 般若波。

進：[甲]1816，[甲][乙]1816 入
初，[甲]2250 事得受，[三]1537 觀智
者，[乙]2261 字恐謬，[乙]2263 波
羅，[原]2410 處也少。

觀：[燉]262 供養禮，[甲][乙]
1736 七十九，[三][宮]410，[三][宮]
449 供養，[三]212 善知識，[三]264
大通智，[三]264 而供養，[三]410 世
尊者，[三]1082 課法能，[聖]375 供
養無，[宋][宮]223 禪。

就：[三][宮][另]285 得。

連：[乙]2393 門向壇。

六：[三]近在[宮]2040 世祖始。

迷：[宋]、摧[元]945 自銷殞。

匹：[三][宮]2034 初始之。

片：[三][宮]2103 同。

迫：[甲]2075 道場逃，[甲]2128
也從犬，[乙]1834 名無合。

起：[三][宮]1433 不得略，[三]
189 心。

勤：[三]220 諸佛是。

丘：[甲]1965 墟滿野，[三]1300 聚此，[聖]189 於此見。

人：[三]2063。

如：[甲]1735 四彰法。

入：[三][宮]477 佛境界。

是：[甲]2262 應得。

逝：[元]26 邊新生。

四：[三][宮]2034 遠必集。

速：[三]220。

通：[宋][宮]657。

退：[甲]1512，[甲]2249 淨定也，[明]291 諸限亦，[乙]2249 作第六。

欣：[甲][乙]2249 有歡。

延：[甲]893 遲，[甲]1007 前作商，[甲]2081 一千餘，[甲]2266 時至觸，[明]1450 岸三名，[明]2060，[三][宮][聖]288 菩薩，[三][宮]1443 請麨餅，[三][宮]2040 書猶，[三][宮]2060 居輦轂，[三][宮]2103，[三]950 曩，[三]2060 數過五，[三]2110 承修靜，[三]2125 也，[三]2145 致乃貽，[聖]425 致車乘，[乙]867 那，[元]2122 百圍下，[原]1782 客故使。

一：[乙]1821 者或。

亦：[甲][乙]1822 山生故，[三][宮]2122 曾射。

迎：[和]293 歡喜愛，[三][宮]721 天王於，[三][宮]721 復有餘，[三][宮]1509 菩薩欲，[三][宮]2045 臣數萬，[三][宮]2122 之見有，[三][宮]2123 雖見歡。

應：[明]1428 敷高座。

遊：[三][宮]2102 方未，[元][明]2151 靈迹是。

遠：[甲]2263 此解即，[乙]2263 所除空，[原]1832。

在：[三][宮]683 大道邊。

正：[聖]2157。

之：[三][宮]383 死地人，[三]71 父母懷。

逐：[甲]2337 機。

追：[甲]2290 念，[三][宮][聖][另]790。

## 勁

到：[敦]1957 走。

動：[三]201 勇有力。

## 晉

此：[明]、漢[宮]810 言帝樹，[明]330 言威施，[明]513，[明]744 言才明，[明]1435 言諦見，[明]1435 言清淨，[明]1435 言助身，[明]2028 言，[明]2122 言解衆，[明]2123 言聖及，[明]2149 言，[明]2151 云法，[明]下同 1336 言慈悲，[明]下同 1336 言最上，[明]下同 1352 言華積。

哥：[聖]2157 世。

漢：[宋][宮]2122 永嘉年。

進：[三][宮]2122 州屠兒，[三]2122 州刺史。

劉：[宋][元]2085 家聞已。

普：[三]2153 義經。

秦：[三]2149 竺法護。

宋：[聖]2157 智嚴譯。

魏：[三][宮]2034 三武帝。

西：[明]2154 三藏竺。

言：[宋]2102。

永：[明]2122 和中作。

智：[宋][宮]2059 者必取。

竺：[宮]817。

撰：[三]2110 塔寺記。

## 晉

比：[明]202 言堅誓。

此：[明]、晉言善温作本文[宋]196 言善温，[明]、固[宋][元]22 言固活，[明]154 名攝聲，[明]196 言寶稱，[明]196 音美言，[明]202 言，[明]202 言安隱，[明]202 言寶髻，[明]202 言月光，[明]635 言辯辭。

## 浸

蔽：[三]1340 亦無遺。

漫：[甲]2261，[甲]2266 多也。

沒：[宮]2123 灌有三，[甲][乙]1822 身而洗，[三]25 入地皆，[聖]1509 浸日曝，[宋][明]1272 過復用，[乙]2087 遠。

侵：[宮]2121 末信樂，[甲][乙][丙][丁][戊]2187 斷少習，[三]2149 末信重，[宋][元][宮]376 壞此大。

自：[三][宮]2122。

## 進

邊：[原]1112 密語三。

長：[宮]263 神足專，[三]100 善業更。

道：[甲]2263，[明]425 力強欲，[三][宮][聖]425 念，[聖]1579 開化安。

得：[宋][元]208 金銀數。

定：[三]100 了知生。

逗：[甲][乙]1723 令修學。

遁：[三]2060 度江家。

會：[甲]2195 云玄贊。

或：[甲]、戒[乙]908 度即成。

集：[宮]1548 正，[宮]1647 趣爲行，[宮]2122 云昨見，[甲][乙]2391 會業金，[甲]1112 之塵勞，[甲]2087 餘十三，[甲]2223 故故以，[甲]2396 趣者無，[三][宮]462 諸善法，[三][宮]1509 故爲煩，[三][宮]2042 諸善，[三][宮]2123 其，[三]186 道義亦，[三]2154 度中罪，[聖]99 得涅槃，[聖]397 善，[宋]2103 亦實如，[乙]2397 諸賢，[知]1579 修無。

跡：[甲]1925 乘。

建：[甲]2035 梵。

健：[三][宮]410 力超過，[元][明][宮]374 者示人。

解：[聖]1579 於爾所。

戒：[甲]909 度即成。

近：[甲]、進智[乙]1816 習今説，[甲][乙]1822 縛遠，[甲]1733 而常歎，[甲]1736 無往來，[甲]1782 尊聖，[甲]2250 行，[甲]2386 身先印，[甲]2400 侍奉，[三]212 勿懷中，[原]2339 緣故入。

盡：[聖]1425 欲使精。

精：[宮]397 行入道，[宮]1579。

淨：[明]1435 非時漿。

離：[甲]1997 得許多。

立：[三]193。

猛：[甲]864 金剛，[甲]957 不怯弱。

逆：[甲]1736 修後位。

念：[乙]921 惠輔於。

迫：[甲]1782 譬諸牢。

其：[三][宮]749 路未遠。

氣：[三][宮]425 靜定不，[乙]2228 害有情。

勤：[明]663 擁護四，[明]293 恒，[三]212 意勇猛，[三][宮]325 爲最上，[三][宮]374 勇，[三][宮]618 不可動，[三][宮]1507 經行不，[三][宮]1521 求禪定，[三][宮]1581 方便不，[三][宮]2034 四念處，[三][宮]2042，[三][甲][乙]950 作窣覩，[三][聖]26 晝夜無，[三][聖]99 方便不，[三]1 滅不善，[三]100，[三]125 於禪定，[三]153 勇猛而，[三]192 無利而，[三]1340 修行此，[三]1340 勇，[三]2063 有。

懃：[聖]1582 苦七者，[石]1509 而得如。

請：[甲]2035 如來莫。

勸：[甲]1929，[三]100 所求必。

身：[甲]2035。

神：[明]100 捨五事，[聖]225 無所，[乙]2207 五者具。

是：[宋]375 得而不。

熟：[甲]1929 轉復增。

送：[乙]1736 其美水。

通：[甲]1735 二義故。

退：[甲]1709 猶如輕，[甲]2328 上位不，[三][宮]310 不，[三]26 進亦復，[三]100。

往：[三][宮]1421 佛所道。

爲：[宮]397 戒忍力，[乙]2350 三司使。

違：[甲]2281 三相，[甲][乙]2219 菩提心。

習：[三][宮]、集[聖]625 多聞是。

遍：[甲][乙][丙]2173。

信：[原]2208 要行一。

行：[三]202 見一金。

修：[三][宮][聖]425，[三][宮][聖]425 是持戒。

養：[三][宮]585 飲食饌。

逸：[甲]2128 也説文。

勇：[三][宮]416。

遊：[聖]2157 上國宣。

至：[明]222 前至護，[三][宮][甲]2053 知法師。

重：[甲]2195 趣大。

專：[聖]1017。

追：[甲]1733 友二德，[甲]2290 求心不，[三][宮]2122 陵太守，[原]2219 所馳送。

准：[明]2145 者之鴻，[元][明]1227 鼠狼薰。

## 搢

縉：[三]、榗[宮]2060 紳學者，[三][宮]2122 紳之，[宋][宮]2102 紳跽，[宋][宮]2102 紳難言，[宋][宮]2102 紳之士，[宋][宮]2108 紳，[宋]

[元][宮]2102 紳之表。

## 斳

斳：[甲]2207 反周禮。

硬：[甲]1778 而能方。

斬：[三][宮]2087 石通谷。

## 禁

不：[三][宮]2112 婚娶之。

持：[三][宮][聖]425 戒報所。

道：[三]2063。

梵：[甲]1182 呪或由，[明]2131 語鬼，[聖]278 戒清淨，[宋][宮]399 八不念，[宋][宮]2121 寐王爲，[宋][元][宮]2121 寐王爲。

佛：[宋][宮]267 戒。

忌：[三][宮][聖]292 者皆建。

祭：[原]1309 之。

戒：[甲]1736 我語謂。

襟：[三][宮]2103 帶餘辭。

林：[三][宮]2060 中。

捺：[元][明]2123 咽不得。

抒：[三][宮]2102 暴豈。

藥：[乙]2092 日取之。

業：[宮]226 若復他，[甲][乙]1822 等無涅，[三][宮][聖]318 因此輒，[三][宮][石]1509 止也用，[三][宮]403，[三][宮]2109 行清高，[聖][另]342 非爲邪，[元][明]309 而不。

阻：[三][宮]2122 也宿昔。

尊：[元][明]2103 經天文。

## 寖

浸：[三][宮]2053 將湮落。

## 盡

礙：[三]1345 辯時文。

報：[甲][乙]1822 故能。

邊：[甲]1734 世界乃，[三][宮]443 行步如，[三]1485 功德藏，[宋]279 如實讚。

遍：[三][宮]1425 覆極大。

並：[元][明]1458 已方持。

暢：[宮]810 刹土之。

塵：[三][宮]385 誰能究。

嗇：[宮]2121 又如方。

除：[甲]2337 云云。

此：[三]186。

道：[三]1543。

得：[三][宮]1520 對治降。

定：[原]2262 依非想。

斷：[原]、斷[甲]2006 一切情。

伏：[甲]2263 之。

蓋：[甲]1873 觀無所。

蓋：[宮]2040 哀奉無，[宮]614 得初禪，[甲]952 思共度，[甲]1731 既明因，[甲]1735 一二乘，[三]、一[宮]760 善本是，[三]26 心有能，[三][宮][聖]285 哀所入，[三][宮]407 娑婆世，[三][宮]425 哀具四，[三][聖]、盈[宮]397，[三]2103 闕，[聖]626 故用阿，[宋][宮]、逆[元][明]2121 試求其，[乙]895 還復，[原]2248 是法，[原]853。

過：[原]2262 常。

寒：[甲][乙]1822 俱說斷。

合：[甲]2006。

畫：[敦]262 持以供，[宮]721 已

彼人，[宮]2103 一信重，[甲]952 知
諸佛，[甲]2067 裙垂半，[甲][乙]1072
著牙形，[甲][乙]2394 形相或，[甲]
893 置於前，[甲]951 法亦准，[甲]
1239 其，[甲]1717 邊無非，[甲]1717
智爲解，[甲]1778 運念動，[甲]2039
地而爲，[甲]2128 象臼有，[甲]2135
只恒，[甲]2230 是實，[甲]2266，[明]
2131 禽獸誰，[明][甲]1216 彼等形，
[明]263 於虛空，[三]1 圖度東，[三]
[宮]1545 微細難，[三][宮]2121 樂園
中，[三][宮]2122 梵迹傳，[三][宮]
2123 形供養，[三][甲]1227 梵羅刹，
[三][聖][宮]639 無盡，[三]682 有高
下，[三]1006 作龍一，[三]1202，[三]
2122 觀巉巖，[聖]1199 者，[聖]1435
聽，[聖]2157 經一卷，[東][元][宮]721
彼地，[宋][元][宮]244 諸業障，[宋]
[元]1101 心供養，[乙]848 其所有，
[元][明][宮]721 所作有，[元][明]187
虛空或，[元][明]2059 然猛香，[元]
[明]2154 然猛香，[原]1856 見於色，
[原]1088 作欝金，[原]1089 説。

畫：[甲]2401 辨事眞。

恚：[明]316 心精進。

即：[博]262 除，[三][宮][聖]
1509 相與婆。

疾：[宮]402 無餘夫。

寂：[宮]761 滅法非。

建：[三][宮]309 意如空，[三]125
心意無，[三]186 誓立威。

皆：[明]2076 是挽怪。

進：[甲]2217 以下面，[三][宮]
743。

盪：[明]1464 段段異。

爐：[三][宮]2034 唯留心，[三]
2060 其年授。

竟：[甲]1918 實相而，[三][宮]
309 唯佛世，[三][宮]585 曉了衆，
[三][宮]2122 如虛空。

淨：[甲]1736 此，[明]223 三昧
威，[明]821 辯見佛，[明]1014 宣説
善，[明]1552 若生遍，[明]1602 諸
漏，[明]2154 經一卷，[三][宮]376 想
受言，[三]202，[元][明]99 相修習。

空：[甲]1929 諸戲論。

來：[甲]1736 故。

離：[元][明]626 亦不導。

量：[丙]1132 生死界，[宮]263 又
復嗅，[宮]657 所以者，[宮]1509，
[甲]1700 福此初，[甲]2214 義是則，
[甲]866 意次辯，[甲]1709 藏也瑜，
[甲]1929 迴，[明][甲]1177 聖，[明]
1595，[三][宮][知]414 若，[三][宮]
384 非有亦，[三][宮]638 無以，[三]
[宮]656，[三][宮]1521 福德故，[三]
418，[聖]278 智慧海，[宋][宮][聖]
385，[乙]957，[乙]2391 燈，[原]1816
福偈，[原]2339 如。

靈：[甲]2036 通三藏，[聖]1859
極數者。

漏：[三][宮]1611 法。

孟：[甲]2196 法用太。

滅：[三][宮]223 相若，[三][宮]
616 諦道諦，[三][宮]1462 也答曰，
[三][宮]1509 無餘熱，[三][宮]1647 是

眞滅，[聖]1509，[原]1851 名心生。

名：[甲][乙]1822。

氣：[三][宮]2122 温暖氣。

遣：[原]974 已收歛。

窮：[宮]278 諸方便，[甲]1736 未來故。

善：[三][宮]345 見，[三][宮]2122 當來集，[三]1 能分，[三]99 攝其心，[乙]2092。

設：[甲]1775 敬致供。

神：[甲]1333 力至，[甲]2412。

生：[宋]99 無，[宋]310 邊故於。

盛：[宮]1425 得越。

事：[宮]1432 同尼。

是：[三][宮]657 心相。

釋：[甲]、盡[甲]1851 毘曇所。

壽：[三][宮]1484 取證者。

書：[丁]2092 勅，[宮][聖]224 者以盡，[宮]1483 犯捨墮，[宮]2121 之，[甲]1804 故攝他，[甲]2067 答，[甲][丙]2286 乎彼所，[甲][乙]1822 謝過并，[甲][乙]2394 字記一，[甲]1724 倒有云，[甲]2255 云曰不，[明]2102 耳此書，[聖]1509 相故知，[聖]1733 第十地。

述：[甲]2195 諸機。

數：[甲]2195 說之，[聖][乙]1199 穀。

說：[元][明]1545 無生智。

漸：[三]100 此阿浮。

巳：[甲]2792 是無餘。

隨：[元][明]220 彼壽量。

碎：[三][知]418 如一佛。

所：[三]100 獲得。

索：[原]1205。

特：[三][宮][甲]2087 盛去城。

爲：[甲]1717 字，[三][宮]638 喻阿難。

無：[甲]2266 者即違，[明]310 邊利益，[元][明]657 際故以，[元][明]2122 客作傭。

悉：[甲][乙]2215 皆有心，[甲]1763 釋也，[甲]1929 有經，[甲]2207 有之白，[甲]2313 絕亡，[甲]2434 流入，[三]2122 去。

喜：[聖]425。

點：[三][宮]461 觀四大。

現：[甲]1828 安處已。

想：[甲]2262 定二説。

心：[三]、進[宮]544 心不犯。

虛：[明]293 空，[石]1509 必得涅，[宋][宮]381 無不造。

宣：[明]1153 關閉地。

言：[宮]1425 不作衣。

妖：[三]193 媚巧。

亦：[原]2408 蒙其益。

益：[甲]1828 已捨而，[三][宮]1522 故於染，[三]186 致神仙，[宋][宮]403 其餘衆。

異：[甲]1795 故以有。

盈：[宮]703 力共挽。

於：[甲]2434 螢火之。

愚：[甲]2195 也或可。

緣：[宮]1552 縛者見。

遠：[甲]2052 學達無。

云：[甲]1802 塔有二。

者：[宮]2121 與鴿始，[甲]1027 皆馳散，[聖][另]1543 智。

眞：[甲]2261 故有生，[三]26 覺時作，[聖]26 覺，[乙]2263 理故今，[乙]2296 性理也。

諍：[聖]221。

之：[三][聖]125 法彼盡。

至：[三][宮]590 誠無欺，[元][明][宮]616。

終：[三][宮]2123 生兜率，[三]196。

重：[宮]310 業。

晝：[宮]2122 是日，[甲]893 日夜亦，[甲]1227 夜彼，[甲]1828 增減位，[甲]1960 夜常光，[甲]2261，[明]244 夜持誦，[三][宮]721 如是受，[宋][元][宮]1425 入聚落，[宋][元]99 正受時，[元][明][宮]225 闍士捷，[原]、晝[甲]1782 色類朱，[原]、晝[甲]2006 夜無虛，[原]1852 冥智與，[原]1992 樣所以，[原]1771 度，[原]2196 如實說。

住：[甲]、盡[甲]1782 涅槃之。

追：[聖]1421 道業於。

足：[三]2149 香象之。

益：[甲]2266 法生必。

## 澟

禁：[甲]2128 瑟飲反。

## 喋

禁：[三][宮]2060 惡，[三]99 呪，[三]1336 持令彼，[宋]643 不語心，

[乙]1238 持令彼，[元][明]1237 持令彼。

唎：[甲]1238 碎自遇。

## 繕

晋：[三]、指[宮]2104 雲山婆。

摺：[宮]2060 雲眷昤，[甲]2036 紳之推，[三]2110 紳此華，[宋][元]2061。

潛：[甲][乙]、[丙]2120 眞斂量。

## 覲

覿：[三][宮]263 如來，[三][宮]263 諸佛天，[三][宮]822 見無量，[三][宮]2060 靈相，[三]291，[三]291 如來身，[戊][己]2089 尊顏嗟。

觀：[甲]2035 商賈往，[明]125 世尊遙，[三][宮]2060 爲山北，[聖]279 一切諸，[聖]125 侍人報，[元][明]、勤[宮]239 不能當。

見：[三][宮]1425 世尊彼。

近：[博]262，[宮]754 明師，[三][宮]371 供養至，[三][宮]638 安住遇，[三]264 供養，[聖]278 一切佛。

敬：[三][宮]657 釋迦文。

勤：[甲]853 南二合，[甲]2035 大僧今，[明]293 歡喜，[明]725 於賢聖，[乙]1723 三百萬。

親：[三][宮][聖]292 經典之。

侍：[聖]211 佛。

現：[敦]262 三百萬，[三]1 諸女聞，[三][宮]1545 王令喚，[三][宮][聖]481 今欲請，[三][聖]1 而此比，

[聖]158 恭敬親，[元][明][宮]310 世尊稽。

## 爐

盡：[甲]1733 然無法，[明]2087 收骸傷，[三][宮]2122 道士衆，[三][乙]1092，[宋][元][宮]310 復爲業，[元][明]670 修行者，[原]1098 爲白灰。

燒：[甲][乙]2394 者謂初，[乙]2394 已彼壽。

## 贐

賣：[甲]2087 歡闕庭。

## 麟

噤：[三][宮]2122 凍至曉，[三][宮]2122 無言。

## 京

東：[三][宮]2059 留一萬。

都：[原]1966 東京及。

房：[聖]2157 錄。

高：[宋][元]2122 之東南。

華：[三]2145 肇敏德。

經：[乙]1723 十京。

裏：[甲]2299 書也大。

涼：[乙]2157 州來，[乙]2157 州沙門。

武：[宮]2059 師瓦官。

形：[三][宮]309 兆法無。

州：[明]2076 白馬遁，[明]2076 憩鶴山。

宗：[甲]2266 北來問。

## 荆

并：[三][宮]2060 州時漢。

刺：[三][宮]1494 棘離諸，[三][宮]1546 刺於。

荊：[原]2001 棘林倒。

京：[三][宮]2059 土士庶。

刑：[甲][乙]2328 獄而何。

## 秔

稻：[三]66 米當生。

粳：[宮]279 米自然。

## 莖

柢：[丁]2089 並。

竿：[三][宮]357。

根：[三][宮]1425 種。

果：[三][宮]2042 及枝葉。

衡：[三]152 以爲車。

華：[甲]2404 次十字，[三]189 皆住空，[知]598 節華實。

基：[丙]2164 中天竺。

掬：[宮]657 五色蓮。

藍：[宮]657 五色衆。

藥：[甲][乙]2231，[乙]2228 爲持金，[乙]2391 運和上。

味：[三][宮]374 藥此是，[三]375 藥此是。

茲：[三][甲]1227 草揩洗。

行：[三]245 華於虛。

芽：[甲]1921 葉，[甲]2274 等用也。

葉：[乙]2408 蓮花。

桎：[三][宮]1463 香筒。

坐：[宋][元]1101 瞻仰而。

## 湮

經：[甲]、注[甲]2173 陽，[聖]2157 陽，[宋][元]2149 渭。

徑：[宮]2121 二強得。

流：[丙]848 川洲岸。

注：[聖]2157 渭殊流。

## 菁

精：[明]2060 華音韻，[三]2110 華聿修，[三][宮]1425 根亦如。

青：[三]、著[宮][聖]1425 助發色，[三][宮]2121 草柔滑。

奢：[元][明]2102 華棄名。

## 殑

恒：[三][宮]2122 伽河從。

弶：[宋][元][甲]982 伽河王。

兢：[甲]2087 伽河周，[明]312 羯羅，[明]1092 伽沙俱，[明]1635 伽沙數，[明]2087 伽，[明]2087 伽河北，[明]2087 伽河南，[明]2087 祇深閑，[明]下同 2087 伽河長，[明]下同 2087 伽河南，[明]下同 2087 伽河其。

競：[明]316 伽沙等，[明]316 伽沙世，[明]400 伽沙數。

強：[三][宮][聖]823 伽大河。

施：[原]1249 伽薩婆。

## 旌

矜：[宋][宮]2059 其遺德。

旗：[宋]2060 善寺行。

於：[甲]1775 其爲不。

族：[宋][宮]2087。

## 旀

旌：[三][宮]2102 爲素麾，[三][宮]2103 羅漢之，[三][宮]2122 其遺德，[三]2145，[三]2145 其深大。

## 経

音：[知]741 聲不絕。

終：[三][宮]736。

## 睛

或：[甲]2035 如蒲萄。

睫：[甲]1988 相似。

精：[宮]672 或示微，[宮]1559 由此生，[宮]1562 心肝爭，[宮]901 綠色狗，[宮]1558 緣極生，[宮]1562 上爲損，[甲]、晴[乙]2087 大如，[甲][乙]2087，[三][宮][聖]606 目中黑，[三][宮]263 內外通，[三][宮]1425 不淚出，[三][宮]1579 咀沫彼，[三][宮]2060 狀如，[三][宮]2122 光明，[三][宮]2122 吞之部，[三][宮]2122 已赤，[三]152 亂乎二，[三]1341 眼睍，[聖]190 瞳，[聖]1549 若擊大，[宋]、晴睞精膝[聖]190 睞視眇，[宋][宮]、明註曰睛宋南藏作精 2122 脫但，[宋][元][宮]402 墮落頭，[宋][元][宮]1591，[宋][元][聖]190 深遠，[宋][元]2110 若青蓮，[宋]156 及其人，[宋]190 舉，[宋]1341 聚視上，[宋]2122，[乙][丙]2092 迷自建。

青：[三][宮]1521 二色分。

清：[三][宮]2122 朗如其。

晴：[另]1451 致使流，[宋][元]1257 老烏眼，[宋]725，[乙]1736 上視若，[元]2122，[原]2004 巢月鶴。

## 粳

敖：[三][宮][聖]1425 米滿口。

秔：[明]26 米王之，[明][三]1 米無有，[明]26 米，[明]187 米煮以，[明]639，[宋]23 米其亦。

粘：[甲][乙]2393 米飯酪，[三]152，[三]152 米肥肉，[三]152 米馬王，[三]190 糧之飯。

糠：[宮]1546 糧酒竊，[甲]1222 米飯和，[三]、秔[宮]1442 米劫貝，[三][宮]1546 糧如是，[宋][元]、秔[宮]1462 米爲初。

## 經

班：[宋]2103 金竈罕。

本：[甲][乙]2223 云，[甲]1736 二十七。

並：[三][宮]2060 是奕之。

部：[三][宮]2034 合二卷，[三][宮]2034 合七卷，[三][宮]2034 合一百，[三]2145，[三]2149 合四卷，[三]2149 合五卷。

纏：[甲]2219 説此祕。

曾：[三]2154 有尼那。

纏：[三]2149 六聚齊。

纏：[甲]1822，[甲]1828 此中明，[甲]2217 著或時，[三][宮]1562 言汝今，[聖]2157 行寺譯，[宋]1562 言，[乙]1822 故至是，[元][明][宮]1558

法正現。

常：[甲]2254。

稱：[宮]1545 答示説。

乘：[已]1958 奉讚云。

程：[原]2208 一。

持：[三]1335 眞器持。

此：[甲]2337 即是，[三][宮]342 典。

從：[甲]2270 師學後，[乙]1796 何得也。

答：[乙]2309。

但：[甲]1722。

德：[甲]1771 大彌勒，[明]2149 一名比。

地：[宋][元]、地經[明]2145。

等：[甲]2317 者菩提，[乙]1736 中但加。

典：[三][宮]263，[三][宮]425 至要去，[三]1018，[三]1331 人所敬，[聖]663 是經能。

頂：[原]2408 云可。

定：[宮]2034 四卷大。

法：[宮]263 業致最，[甲]2393 及教王，[甲][乙][丙]2163 者莫不，[甲][乙]1929 之人採，[甲][乙]2408 也故，[甲]1260，[甲]2053 印度觀，[甲]2157 六紙，[甲]2217 中爲破，[甲]2394 中所説，[三]2145 一卷異，[三][宮]401 者悉是，[三][宮][另]1442，[三][宮]263 未曾休，[三][宮]263 誼，[三][宮]263 誘進泥，[三][宮]268 不作留，[三][宮]274 毀諸聖，[三][宮]276，[三][宮]397 時蓮華，

[三][宮]397 者當知，[三][宮]482 信解而，[三][宮]527 時四十，[三][宮]638，[三][宮]688 阿難，[三][宮]1562 主所説，[三][宮]1689 師重設，[三][宮]2034，[三][甲][乙]1261，[三][甲]1181，[三]125 爾時世，[三]1331 百魅皆，[三]1331 時不擇，[三]1339 獲大善，[三]2149，[三]2149 二卷五，[三]2149 一卷，[三]2153 一卷第，[三]2153 一卷或，[聖]120 故，[聖]425，[聖]425 七十萬，[聖]663 者摩尼，[聖]663 中淨心，[宋]2034，[乙]1909，[乙]2261 體有二，[原]1851 本偈經。

方：[三][宮]2060 十卷用。

分：[明]2154 二卷，[宋][元]2154 一卷亦。

佛：[宮]2123 像在下，[甲]1973 淨土此，[原][甲]1825 説下第。

縛：[甲]1718 傳益非，[甲]2255 也。

紺：[原]1149 青地内。

綱：[三]2149 庶知由。

更：[三][宮]402 爾所時，[三][宮]2108 君人之，[乙]、俱[原]2263 生，[原][甲]1851 起上地。

功：[三][宮]325 不生畏。

供：[三][宮]2121 給所須。

絓：[三][宮]2122 是阿須，[宋][元][宮]、繼[明]1559 南中翻，[乙]、結[丙]2394 是羅刹，[乙]2376 七方便。

觀：[甲]1736 文先出。

軌：[乙]2228。

國：[明]2154 圖。

紅：[甲]2227，[乙]2408 蓮花。

後：[聖][甲]1763 莫問其。

化：[三]2108 治之典。

或：[宮]1509 名爲，[甲]1816 有二何。

及：[三][宮]2060 一旬奄。

集：[三]2145，[三]2149，[三]2153，[三]2154。

記：[三]2145 一卷或。

偈：[三]2149 一紙。

繼：[甲][乙]2227 心是禪。

佳：[甲][乙]1822 所説，[原]1851。

教：[甲]2038 論，[甲]2195 説彼世，[甲]2339 已經開，[甲][乙]2404 但其意，[甲]1731 者欲釋，[甲]1931 也從部，[甲]2035 蔣念摩，[甲]2044 説，[甲]2081 又名金，[甲]2230 行例此，[甲]2263 有異説，[甲]2266，[甲]2266 皆名了，[甲]2266 是第，[甲]2299 云云二，[甲]2339 明無三，[甲]2339 中説□，[甲]2339 中雖有，[三][宮]657，[乙]2263 非至教，[乙]2263 文皆是，[原]1744 分齊。

結：[甲]1512 文也是，[甲][乙]2192 妙法，[甲]931 行往，[甲]1007 於，[甲]1816 云第一，[明]1336 佛告諸，[明]1547 説舍利，[明]1547 者亦如，[三][宮]1546 説有三，[三][聖]190 義，[三]602 也，[三]956 一日光，[三]1202 恐怖來，[三]2154，[三]2154

出增壹，[聖]292 威德光，[聖]1458 七夜若，[聖]1562 依此立，[聖]1763 云於解，[宋]2154 一卷與，[乙]2228 中亦同，[乙]2391 金剛拳，[元][明][宮]1546 如經説，[元][明]2103 形然後，[原][甲]1851 火滅名，[知]384 典卿未。

解：[乙]1744 正明捨。

戒：[三]68 道便得。

今：[甲]1717 文，[明]2154 録一卷。

涇：[丙]2231 川者常，[三][宮]2104 公宇文。

俓：[宮]263 過在於，[宮]529 劇道無，[宋]、[宮]384 過王宮，[宋][宮]310 遊行不，[宋]186 行其地，[乙]2254 四俱盧，[乙]1816 多劫住。

逕：[東]643，[宮]721 心，[宮][另]1428 六年以，[宮]221 歷或，[宮]221 諸佛皆，[宮]309 歷苦行，[宮]310 億劫，[宮]374 由恒，[宮]657 爾所，[宮]694 爾，[宮]721 二千世，[宮]721 無量時，[宮]721 一千世，[宮]1425 俱睒彌，[宮]2034 一百年，[甲][乙]1866 劫乃起，[甲]1715 年歷歲，[甲]2281 多生難，[甲]2339 六十劫，[久]485 日夜半，[三]202 至城邊，[三][宮]1435 入僧坊，[三][宮]1462 行王見，[三][宮]2053 八十餘，[三]202 蹈其上，[三]212 達曉思，[三]2145 夏，[聖]、[甲]1733 受生顯，[聖]278 百，[聖]278 不可説，[聖]278 十二年，[聖]380 於久遠，[聖]639 無

量諸，[聖][甲]1733 諸國下，[聖][另]1552 生不壞，[聖]99 惡道苦，[聖]99 陀婆闍，[聖]125 百千，[聖]125 歷彼河，[聖]157，[聖]157 時節於，[聖]190，[聖]190 十二年，[聖]190 於八萬，[聖]190 於少時，[聖]200 二萬歲，[聖]200 十二年，[聖]200 十六大，[聖]211 由樹神，[聖]268 百劫中，[聖]268 耳能信，[聖]278，[聖]278 惡道來，[聖]278 佛刹微，[聖]278 歷處皆，[聖]278 七日，[聖]278 由，[聖]305 五十世，[聖]310 處皆悉，[聖]310 豪富自，[聖]376，[聖]480 今幾時，[聖]613 五年今，[聖]639 七日棄，[聖]639 時久求，[聖]639 億那由，[聖]643 多時，[聖]643 往五道，[聖]1425 布薩自，[聖]1425 爾所時，[聖]1425 幾時已，[聖]1435 五六日，[聖]1440 久即言，[聖]1440 日若今，[聖]1459 八日，[聖]1460 十日，[聖]1464 歷，[聖]1464 時日已，[聖]1549，[聖]1549 劫者或，[聖]1549 歷皆不，[聖]1552 劫住，[聖]2034 三度譯，[聖][下同] 1441 四月受，[另]1435 過餘處，[石]1509，[石]1509 耳者是，[石]1509 九十，[石]1509 諸國雨，[宋]26 過店肆，[宋][宮][聖]421 於耳得，[宋][宮]221 過處飢，[宋][宮]657 流地獄，[宋][元]、俓[明]190 七由旬，[宋][元][聖]200 數日，[宋][元]1435 五百，[宋]190 差梨尼，[宋]190 三匝已，[宋]1982 七日三，[宋]2040 年不迴，[乙][下同] 1866 時皆到，

[元]徑[明]190 行思念。

徑：[宮]266 本無，[宮]425 名稱玄，[宮]425 業子曰，[宮]1421 聚，[甲]2038 山原叟，[甲]1960 捨第一，[甲]2087 途所亘，[甲]2219 路如象，[三][宮]、徑[聖]285 還天上，[三][宮][聖]224 所入慧，[三][宮]2060 趣南岳，[三][宮]2121 到恒水，[三][宮]2121 傷，[三][宮]2122 來年尋，[三]186 行，[三]212，[三]2088 明年尋，[三]2121 趣師門，[聖][另]342 過不畏，[聖]481，[宋][元]198 過諸釋，[宋]152 諸釋死，[元][明]26 便還去，[元][明]384 向地獄，[元][明]403，[原]2409 二水端。

卷：[三]2146，[三]2153 出生經，[宋][元]2147，[宋][元]2149 同帙，[知]418 於當來。

謳：[明]1441 皆。

匪：[甲]2250 中有有。

離：[原]、[甲]1744。

理：[明]264 非已智，[三][宮]1610 成佛得。

連：[三][宮]500 五百世。

流：[甲]1733。

錄：[甲]2183 疏一卷，[明]2154 菩薩戒，[三]2149，[三]2149 從大阿，[三]2149 法上錄，[三]2153 出長房，[三]2154 第三六，[聖]2157，[宋]2149 三本五。

論：[宮]1522 曰爾時，[甲]2217 住法，[甲][乙]2194 十號外，[甲]1821 主述自，[甲]2183 小乘諸，[甲]2195 云雖恒，[甲]2195 衆，[甲]2219 梵，[甲]2362 等麤食，[明]1463 卷第八，[三][宮]1463 卷第一，[三][宮]1509 中廣說，[三][宮]2034，[三]2149，[三]2149 共法業，[聖][知]1581 卷，[聖][知]1581 卷第九，[宋][元]2155，[乙]2249 主自論，[乙]2263，[乙]2263 也況破，[原]2306 諸文法，[原]1818 已釋故，[原]2290 四相通，[知]1581 卷第六。

縷：[三][宮]1558 合應亦。

律：[甲]1733 中不得，[三][宮]2034。

明：[明]310。

銘：[三]2034 傳。

難：[甲]、種[甲]1782 言我諸，[甲]2261 意云，[原]、[甲]、經[甲]1744 意。

品：[宮]2121 第一卷，[三][宮]624 時三千，[宋][元]1039。

強：[甲]1821 糞團過。

清：[三][宮]2034 信士聶。

輕：[甲][乙]2259 苦之所，[甲]1805，[甲]2399 妙乃至，[明]222 典不，[明]1331，[明]1435 宿衣作，[三][宮]1579 構如是，[三][宮][聖]1562 述己情，[三]2123 人畜喘，[聖]1562 於此處，[聖]2157 所未能，[宋][宮]895 行耶爲，[原]1159 重校量。

全：[甲][乙]2250 盡理若，[甲]1512 但偏論，[甲]1736 明一少。

詮：[甲]2266 即以不。

然：[甲]2339 乃至天。

人：[宮]322 之所施。

任：[甲]2262 等皆初。

如：[原]2271 經云不。

若：[聖]2157 無紀述。

薩：[三]2154。

僧：[三][宮]2034 傳。

紹：[元]12 三藏朝。

捨：[三][宮]1435 聚落中。

深：[甲][乙]1736 被何根，[甲]2068 典甚太。

生：[明]2146 一卷出，[原]2339 之者如。

時：[甲]2195 未化聲，[明]2103 是第二，[宋]2146 出正法。

識：[明]1555 如契經。

受：[乙]1736 艱危礙。

疏：[甲]2183 疏一卷，[原]1890 云百劫。

數：[明][宮]2034。

說：[甲][乙]1822 於中有，[甲]2129 文作濕，[甲]2299 藏，[甲]2434 也而人，[三][宮]384 十二因，[原]、說[甲]1782 自性清。

斯：[三][宮]585 法者。

頌：[聖][另][甲]1733 云雖由。

誦：[三]264，[元][明][聖]397 具足寂。

雖：[甲][乙]1822 爲，[甲][乙]1822 於無色，[甲][乙]2328 無量劫，[甲]1929 入第一。

所：[三]2121 不通王。

體：[甲]1708 故名不，[原]1774 義名爲。

通：[甲]1736 三菩提，[甲]2196。

徒：[三][宮]1433 衆悔行。

王：[甲]2081 逾數萬，[原]1863 云如來。

往：[甲]1816 何故須，[甲]1816 論據一，[三][宮]2060 還講肆，[三]2125 嶮途其，[乙]2263，[乙]2263 説見二，[乙]2263 餘界生，[原]2248 也文妙。

望：[甲]2339 其菩薩。

維：[三]116 義除去。

位：[甲]1816 後釋意，[甲]2299 云初一，[聖]2157 中舍。

文：[甲]1736 正引依，[三][宮]2060 是實餘，[三]2149 二紙。

誣：[三][宮]1425 擯同止。

無：[甲]1969 由，[宋][宮][另]1585 所印持。

細：[甲]1512 中有人。

下：[元][明]152。

線：[三][宮]1596 莊嚴論。

行：[甲]2087 行遺迹，[宋][元]、經修行[甲]、經行[乙]950 行品第，[原]2208 將如是。

性：[宮]1592 中説謂，[甲][乙]1821 文，[甲][乙]1822 論，[甲]1816 文有，[甲]1816 文有三，[甲]1821 中二義，[甲]2339 始終所，[甲]下同1816 文有三，[乙]1821 多時住。

姓：[宮]2034 一名馬。

續：[甲]2250 生於聖。

巡：[甲]1718 歷二叙。

言：[三][宮]268 返更生，[聖]1509 說菩薩。

遥：[三]212 憶塚間，[宋]1582 無。

耶：[乙]2309 又思衆，[乙]2408 即說。

也：[宮]1435 摩訶。

業：[甲]2339 仁王始。

疑：[聖]2157 與乳光，[原]、疑[聖]1818，[原]1818。

以：[甲]2261 約體一。

義：[甲]1715 疏，[聖]586 精進大，[乙]1736，[乙]2370 云何答。

譯：[甲]2130 曰覺也，[宋][元]2155 後漢安。

音：[三]125。

淫：[宮]263 鬼界值。

婬：[三]1506。

應：[甲][乙]2219 音二十。

有：[元][明]1070 十萬偈，[原]2263 四代一。

又：[甲]1929 云爲諸。

余：[甲]2217 境界句。

餘：[甲]1828 七是此，[三][宮]732 人有問，[乙]1822 廣如經。

語：[三][宮]638 時五千，[三]99 已波斯，[三]2146 始末義，[元][明]1071 已一切。

遇：[三][宮][聖]268 者皆於。

緣：[宮]1530 中説成，[宮]263 典故而，[宮]1546 説偈，[甲]2183 起序普，[甲]1821 簡，[甲]2362 有名無，[明]1559 經云依，[明]2149 録第

十，[三][宮][聖]1463 者諸經，[三][宮][西]665 故，[三][宮]1545 和合一，[三][宮]1562，[三][宮]1647 説觀味，[三]54 小苦耳，[三]1562，[聖]1547 緣起此，[聖]1562 有如是，[聖]2157 途所亘，[另]1721 要，[宋][元]21 深乃如，[宋][元]2121 數步墜，[宋]1563 異説故。

願：[甲]2299 云。

約：[甲]2219 其本源。

樂：[甲]1805 檀越常。

云：[甲][乙]1821 雖説有，[甲][乙]2207 因，[甲]1929 明無量，[甲]2814 心如幻，[乙]1821 言有頂。

哉：[原]1780 但爲出。

者：[三][宮]453 皆來至，[三]481，[宋]2153 七紙。

眞：[聖]2157 文來傳。

正：[甲]2217 體文又。

證：[甲]2299 更。

至：[甲]1512 明何等，[甲]2266 説五俱，[甲]2339 見道，[甲]2339 於此當，[三][宮][聖]425 要理聞，[三]203 一山中，[聖]397 一月日，[乙]2249 現在非，[乙]2250 那國。

中：[甲]2195 下文羅，[三]2154。

終：[甲]1238 之處山，[甲]1731 中有此，[甲]2244，[三][宮]1595 始檀越，[三][宮]2060 于皓，[三][聖]190 二商主，[聖]983 者，[宋][宮]225 法，[宋][明][宮]397 常，[原]、[甲]1744 二種不，[原]2299 不信故。

種：[甲]2339 性地悉，[甲]2339

言世界，[聖][另]1458 求方便，[原]1771 性。

呪：[三]2149，[聖]2157 字永徽。

諸：[甲][乙]2254 部有說。

主：[甲]2266 文易不。

住：[宮]2060 三夕誦，[甲]990 說，[甲]1781 正見者，[甲]2266 論無違，[甲]1182 三五年，[甲]1816，[甲]1816 前卷爲，[甲]1816 文下，[甲]1828 中立制，[甲]2196 持，[甲]2266 處而爲，[甲]2266 已前即，[甲]2299 云云，[甲]2837 是，[聖]2157 建立嚴，[聖]2157 象頭精，[乙]、－[甲]1816 文有三，[乙]1816 具有續，[原]2196 婆沙三，[原][甲]、性[原][甲]2196 淨心則，[原]1863 停豈不。

注：[甲][乙]2390 別，[甲]2299 中耳，[甲]2837 云此明，[聖]2157 是不合，[乙]、或注[乙]2396 云住廣。

祝：[聖]2157 一卷安。

著：[三]、遙[宮]310 香味而。

註：[甲]2183 可達之，[甲]2434 文二乘，[乙]2376 文。

總：[甲]2089 諸寺三。

作：[甲]2239 於無盡，[三]2153。

## 兢

殀：[三]1005 伽羅頻。

竟：[宮]2102。

競：[甲]1820。

剠：[聖]2157 驚瞻言。

趨：[原]2194 烈。

## 精

諝：[三]2154 練雖遵。

誠：[原]2722 於無二。

肻：[三][宮]317 咽喉項。

殿：[甲]950 室或。

洞：[三][宮]2123 明六通。

觀：[三]945 入三摩。

橫：[三]291 舉諸譬。

糒：[三]2110 丹。

積：[甲]2397 要之心，[三][宮]2060 業衆初，[三][宮]2121 思念佛，[聖][另]1458 學處第，[乙]2396 要云云，[元][明]309 行。

進：[明]346 進鎧即。

菁：[三][宮]2060 絶，[三][宮]2103 白薠。

晶：[甲][乙][丙][丁]2092 珍異饒，[明]1559 淨。

睛：[明]402，[明]1336 迴轉彌，[明]2121 耀射難，[三][宮]2122 四足入，[三][宮][聖][另]1453 轉瞼翻，[三][宮]1453 轉瞼翻，[三][宮]2042 脫，[三][宮]2060 上視不，[三][宮]2104 胡子剃，[三][宮]2121 光清徹，[三][宮]2122，[三]945 瞪發勞，[三]945 虛迴無，[三]1563，[三]2110 南度白，[三]2110 夷人之，[元][明]945 不瞬不，[原]1073 綠色狗。

淨：[三]26 藉以白，[三]211 外順而，[三]1056 室四時，[三]1341 之處作。

靖：[甲]2181 邁。

靜：[三]100 從禪出，[原]2196 故曰靜。

糠：[三]1336 毒扶殊。

勤：[宮]1672 進然後。

懃：[甲]2401 心造衆。

清：[甲][乙][丙][丁][戊][己]2092 淨美於，[明]1536 勤守護，[三][宮]304 摩尼是，[三][宮]2060 穆住并，[三]184，[三]489 潔光色，[三]2145 外，[聖]211 修人所，[宋][元]1644 進仙人，[元]220 進波羅。

情：[宮]2123 誠之致，[甲]2053 感託夢，[甲]2879 不寧爾，[三][宮]2060 爽逾健，[聖]425 進聖明，[宋][元]1539 進喜安，[乙][丙]2218 等者舉，[元][明]189 魄若喪。

晴：[明]317 耳鼻口，[明]2060 己赤叫，[三]1579 下視於，[三][宮]1562 少睡少，[宋]、睛[元]2145 黃時人，[宋][元]、睛[明]2149 黃時人，[乙]1772 青白分，[元][明]2034 黃時人，[元][明]2122 上。

請：[三]193 現説聖，[宋]2034 故有兩，[乙]2087 求救是。

勸：[三][宮]310 求正念。

善：[甲]1733 氣四中。

神：[宮]2112 靈或。

勝：[甲]2266 進道也，[甲]2266 進者文。

釋：[甲]2068 苦律行，[三]2125 之百遍，[三]2145 神心意，[三]2154 律部以，[宋]、修[元][明]1014 此經欲，[宋][元]2110 民羞，[宋]5 舍孤

獨，[元][明]152 明即日。

寺：[三]2063 舍在第。

損：[乙]1238 人資產，[原]1238 氣若。

微：[三]190 妙杖林。

向：[宮]1425 永無退。

修：[三][宮]395 行，[三][宮]585 無斷除，[聖]1548 進定心。

虛：[和]293 進力次。

糟：[三]2102 投誠於。

樣：[甲]2263 疑也。

一：[聖]125 我等勿。

則：[三][宮]、明[聖]288 勤修行。

擇：[宮]606 求諸法，[甲]2184 要議者。

增：[明][和]261 進寧於。

正：[甲]2250 彼云於，[明]2131 精進則。

## 鯨

龍：[三][宮]2060 遍嶺。

鯢：[甲]2128 雌曰。

勍：[三]、剠[宮]2103 若以御。

## 驚

抱：[石]1509 疑迷悶。

駕：[宋][宮]2121 言非世。

見：[明]2087 此異仍。

京：[聖][石]1509 城內外。

警：[宮]2060，[甲][乙][丙]1833 覺應起，[甲][乙]957 覺人天，[甲][乙]1796 覺義言，[甲][乙]2390 覺聖衆，[甲]997 怖毛竪，[甲]1246 怕，

[甲]1832 所餘更，[甲]1969 經史百，[甲]2324 覺也九，[甲]2425 覺告曰，[甲]2426 一道於，[甲]2427 覺，[三]220 覺無戲，[三][宮]1536 覺任運，[三][宮]389，[三][宮]1442 覺知，[三][宮]1443 覺廣説，[三][宮]2102 其所感，[三][宮]2103 去惑絶，[三][甲]1135 告，[三][聖][另]310 悟美音，[三]96 意知定，[三]2103 愚或激，[聖][甲]1733 機故九，[聖][甲]1733 起信心，[聖]1579 怪句又，[乙]2263 心爲性，[元][明]882 覺，[元][明]2060 睡三昧，[原]855，[原]904 告言善，[原]2270 心心所。

敬：[三][宮][甲][乙]2087 懼山，[三][宮]673 歡如來，[三]2087，[三]2102，[聖]190 未審曾。

懼：[甲]、－[乙]2207 貌也東。

恐：[明]2122 怖，[聖]643 怖馳走，[宋][宮][聖]1509 怖。

罵：[甲]2084。

啓：[原]1308 蟄春分。

擎：[聖]613，[原]1780，[原]1776 之不重。

謦：[三]、警[宮]1453 覺於屏。

説：[甲]2349 大十師。

鵞：[明]2060 謦兩河。

鶩：[元][明]2145。

曰：[甲]2035 見冥道。

諍：[三][宮]657 怖佛緣。

## 井

并：[明][宮]2122 水火刀，[明]1299 婁畢軫，[明]1451 現香，[明]2034 絡懷帝，[明]2109，[宋][元][宮]2122 池枯涸，[元]、林[明]1442 來云何，[元]1451 水淨，[元]2110 星。

非：[乙]2207。

吽：[宋]2121 水縱廣。

皇：[甲][丙]、泉[乙]2089 護塔魚。

廿：[原]1308 留留井。

升：[明]1332 水三粒。

繩：[宮]1425 汲水。

昔：[甲]、苷[乙]1069。

## 丼

丼：[甲]2128 絡上正。

## 剄

經：[三][聖]190 死我今。

取：[宋]、經[元][明]171 死耳婿。

## 穽

井：[三][宮]2103 之心哉，[三][宮]2112 之斃。

## 景

礙：[甲]2266。

暴：[甲]1828 師云此。

丙：[三]2152，[原]2347 申皇初。

崇：[甲]2037 玄曆。

大：[三]152 福譬如。

甲：[三]2152 午於。

京：[明]2076 欣禪師，[乙]2376 將軍宗。

憬：[甲]2317 法師抄。

警：[元]、[明][聖]125 寢於是。
竟：[丙]2134，[三][宮]318 則復云。
敬：[三][宮]2103 仰之至。
里：[甲][乙][丙][丁]2092 殷之頑。
量：[元][明]2034 衣裁願，[元][明]2149 衣裁願。
瀑：[元][明]2103 急東瀛。
申：[明]2110 寅之歲。
暑：[甲]2255 熱日於，[明]1463 盛熱佛，[元][明]329 熱合會。
星：[明]293 奪。
業：[聖]481 摸深妙。
影：[宮]701 福，[甲]1793 福，[明][宮]280 甚明自，[明]2131 其法，[三][宮]2121 如月世，[三][宮]281 甚明自，[三][宮]330 覆蔽一，[三][宮]544 至，[三][宮]623 甚明自，[三][宮]2060 柴門其，[三][宮]2060 靈迹勝，[三]76 則無量，[三]152 弈弈氣，[三]188 入水，[三]196 倍於帝，[三]196 神妙天，[三]291，[三]2060 塔每見，[三]2088 圭測之，[三]2103 眇岡玄，[三]2110 自可積，[三]2122 廟宇充，[三]2122 世人以，[三]2122 形鬱興，[三]2154 迹或言，[宋]152 德常悲，[宋]152 模拯濟，[宋]152 祐昌王，[宋]152 則聖趣，[宋]167 如月世，[宋]2063 福寺，[元][明]234 變化即。

## 徼

警：[明]2103 衛萬福，[三]99 策

不放。

## 憬

景：[甲][乙]2259 師釋云。
璟：[乙]2309 師作決。
憬：[甲]2317 法師云。
懌：[甲]2250 師云。

## 璟

憬：[甲]2181 興撰。
寅：[三][宮]2122 扶風好。

## 頸

頸：[乙]877 上二頰。
頂：[甲][乙]894 上拄便，[乙][丙]876 後。
頰：[甲]1174 次額及。
脛：[明]1442 而為羈。
類：[甲]2250 瘤。
領：[甲]1782 望衆生。
頃：[三]、項[宮]2122 往詣座，[宋]、項[宮]2058 上尊者。
頭：[宮]1428 入白衣，[宮]2087 是時即，[宮]2123 兩骨著，[甲]850，[甲]1821 滅般涅，[甲]2390 伽字在，[明][宮]2121，[明]2121 頸即落，[三][宮]2042 而哭視，[三][宮]2042 而作是，[三][宮]2060 無委曲，[三][宮]2121 黃眼赤，[三][宮]2121 我與汝，[三][聖]125 當心有，[三]192 額廣圓，[三]1087 後繞，[三]1810 等應偏，[三]2121 入足出，[三]2122 墮湯中，[聖]953 脫為供，[乙]2249 半名為，

[乙]2391 後次額，[乙]2391 乃，[元]2122 無委曲。

下：[三]1300 經歷五。

項：[甲]874 額又頂，[甲]2402 貫鐵鉤，[三][宮]724 細不能，[三][甲][乙]901 上呪師，[三][乙]1092 觀世音，[乙]897 及纓華。

雄：[宮]1673 服乘苦。

須：[元]2122 供養舍。

## 警

擊：[三][宮]2053 錫討本。

驚：[丙]1076 覺一切，[宮]889，[宮]1545 覺心義，[宮]2059 衆非辯，[宮]2103 彼上慢，[宮]2112 悟凡俗，[甲][丙]973 覺諸佛，[甲][乙]930，[甲][乙]1072 覺召集，[甲][乙]1098 覺，[甲][乙]2263 覺用爲，[甲][乙]2393 發地神，[甲][乙]2404 發地神，[甲]853 覺滿其，[甲]853 覺義也，[甲]930 覺佛部，[甲]1112，[甲]1709 動群情，[甲]1724 悟故二，[甲]1733，[甲]1782，[甲]1820 省也，[甲]2036 絕然文，[甲]2087 衞至世，[甲]2266 薩埵等，[明][宮]451 召一，[明][甲]1177 覺身心，[明]293 有情令，[明]608 意蓋起，[明]1005 覺大明，[明]1094 勅群物，[明]2110，[明]2122 覺合家，[三][宮][聖][另]1443 覺或有，[三][宮]244 覺，[三][宮]2103 室萬祇，[三][宮]2103 銀舟方，[三]2060 覺將發，[聖][另]1442 覺告言，[聖]347 方域福，[聖]953 覺我等，[聖]1199

覺召集，[聖]1562 覺信力，[聖]1579 悟語默，[聖]1733 悟此中，[另]1442 覺不用，[宋][元][宮]2102 待命勇，[乙]912 地神擇，[乙]2087 人心收，[乙]2232 覺本誓，[乙]2263 畏我斷，[乙]2391 覺一切，[乙]2394 發地神，[乙]2394 覺了今，[乙]2810 覺應起，[元][明]1442 覺王睡，[原]1796 覺諸佛，[原]1796 發之令，[原]1796 誡衆生，[原]2339 諸，[原]2425 一道於。

景：[聖][另]1428 備數日，[聖]125 寤習，[聖]1425 宿不得，[聖]1428 意修行，[另]1428 意思惟。

警：[丙]917 禪師先。

譬：[聖]211 如沙中。

益：[甲]1736 物如擊。

## 俓

經：[甲][乙][丙][丁][戊]2187。

## 净

精：[三][宮]721 妙。

靜：[三][宮]721 去水不。

清：[久]765 信所感，[明]721 潔色如。

染：[甲]2323 分依他。

姓：[宋]721 故如是。

有：[甲]2313 是爲眞。

污：[甲]2323 即。

諍：[甲][乙]2309 虛空絕。

## 逕

過：[甲]2262 一劫二。

經：[宮]2103 行能長，[甲]1828 多時修，[甲]1851 生者，[甲]1965 須臾間，[甲]1718 歷處下，[甲]1723 多生，[明]212 路直趣，[三]、遙[宮]2034 突厥遇，[三][宮]309 過其，[三][宮]647 恒沙劫，[三][宮][聖]1547 遊大海，[三][宮]221 一城大，[三][宮]309 歷無爲，[三][宮]510，[三][宮]639 大海諸，[三][宮]647 於七日，[三][宮]810 歷處常，[三][宮]831 迴面，[三][宮]1464 八月九，[三][宮]1488 世不絕，[三][宮]1505 至道法，[三][宮]1549，[三][宮]1644 半俱盧，[三][宮]1644 七百由，[三][宮]1650 常精勤，[三][甲]1332 耳者復，[三]125 過世尊，[三]125 幾日悉，[三]309 歷涉生，[三]643 五百，[三]643 一大，[三]833 劫起業，[三]1058 三，[三]1335 常日并，[三]1336 由數年，[三]1341 十五日，[三]1341 暫時過，[聖]211 入宮裏，[宋][宮]、－[明]、遙[宮]656 品第，[宋][元][宮]2121 到寶渚，[宋]125 詣三十，[乙]2376 長久時，[元][明]397 三惡，[元][明]1070 由，[元][明]1342 由嶮路，[元][明]下同 833 其。

徑：[三]189 不知所，[宋]、徑[元][明]158 路令汝。

匡：[原]2301 正像末。

迷：[三][宮]2102 之流不。

匹：[原]、正[甲]1775 獨絕群。

途：[三][宮]2060 之已迫。

迅：[三][宮]497 疾飛去。

遙：[三]190 往至於。

遙：[甲]1724 三不易，[甲]1909 說者理，[三]657 來到此，[三][宮]1442 看任其，[三][宮]2121 歷五百，[三][宮]2121 頭典，[三][宮]2122 絕巖室，[聖]2157 絕遠，[宋][元][宮]、還[明]2123 至師本。

住：[宮]2053 路行人。

# 徑

繮：[元][明]401 爲諸世。

但：[甲]1733 望總達。

道：[聖]200 路靡知。

勁：[宋][元][宮]2060 詣朝堂。

經：[宮]1509 至師本，[宮]2121 趣鹿園，[宮]2122 數寸周，[甲]2039 春深兩，[甲]2087 時引善，[甲]2339 唯是一，[明]1435 行處分，[三][宮]342，[三][宮]729 涉沸灰，[三][宮]1425 涉榛，[三][宮]2060 盤折高，[三][宮]2102 行於夷，[三][宮]2104 仁王辯，[三][宮]2121 至彼國，[三][宮]2122，[三]198 神得果，[三]401 路清淨，[三]606 可依怙，[聖]292 路離於，[宋]1545 十二億，[乙]1744 常以億，[乙]2207 反，[元][明]152 歷道士。

俓：[宮][久]765 路愛盡，[宋][宮]310 佛知其。

巡：[三]171 詣葉波。

境：[甲]2779 盈令。

往：[甲]2337 趣南岳，[三]202 至殿前，[三]1428 詣佛所，[聖]2157 迴遑委，[宋]554 入宮門，[宋]2122

至慈門，[原]1781 造其舍。

遙：[三][宮]2122 逼，[三][宮]2122 之樹下，[三][宮]2122 至鼓邊，[三][宮]2122 至師本，[宋][宮]2122 來舉鑪。

佺：[甲]1924 入依，[知]598 令諸官。

終：[三]2103。

住：[宮]2060，[宮]656，[甲]、俓[乙]1709 北，[三][甲]955 定誦或，[聖]224 無，[聖]1421 路摧折，[宋][宮]2121 入宮門。

## 脛

髀：[三][宮]721 爲麂多，[三]1075 其狀作，[宋][宮]617 骨上。

踜：[三][宮]2122 已上血。

腦：[明]1225 居。

## 竟

畢：[丙]1199，[甲][乙]1866 第三約，[甲]1718 也死時，[三]171 歡喜，[乙]1204，[乙]2396。

表：[宮]2112 無出家。

暢：[三][宮][聖]1541 無障礙，[三][宮]263 所獲，[三][宮]477 不可見。

成：[三][宮]2049 後不得。

得：[甲]1786 千從不。

帝：[明]1336 呪水奢。

定：[宮][聖]272 究竟能，[明]1450 無我復，[三][宮]462 調伏我，[元][明][聖][石]1509 至阿耨。

廣：[三]1187 通達諸。

後：[三][宮]453 善義理，[三]125 善義理。

晃：[三][宮]2122 一村父。

即：[原]1776 多不慮。

忌：[甲]2401 不然無。

既：[甲]2300 不受屈，[三][宮]1488 不。

見：[明][宮]1810 安居，[聖]1 不能至，[聖]1462，[宋]188 壽命欲，[元]2016 圓成如。

將：[三]209 何所及。

盡：[甲]1718 諸法實，[甲]2255 十二因，[三][宮]1435，[三][宮]1521 所行處，[三]360 我今爲。

淨：[乙]2394 亦。

敬：[三][宮]630 正住喜，[三][宮]1435 一面坐。

境：[甲]853 也娑嚩，[甲]1717 方以世，[甲]1735 大文第，[甲]1735 得益二，[甲]2266 是是三，[明]278 菩薩諸，[明]294 諸佛音，[明]681 如虛空，[明]2131 若依大，[三][宮][聖]1602 事究，[三][宮][另]1459 見謂見，[三][宮]425 域最上，[三][宮]672，[石]1509 處，[乙]2782，[乙]2192 住平等，[元]2122 虛空以。

競：[甲]1860 諍也無，[甲][乙][丁]2092 懷雅術，[甲]2296 茂岡羅，[甲]2304 共馳走，[甲]2425 劫諸婆，[明]200 共修治，[三][宮]、諍[聖]1428 便逃走，[三][宮]2059 轉八萬，[三][宮]2103 涌七等，[三][聖]125，

[乙]1821 作異釋，[乙]2296 覓圓珠。

究：[宮]1799 無成究，[甲]1909 不復墮，[甲]2434 果，[明]1596 無所有，[宋][宮]1635 涅槃若，[宋][元][宮]310 不可得，[乙]2218 竟義。

覺：[甲][乙]1822 亦得受，[甲]2217 爲言又，[甲]2266 諸法眞，[三][宮]483 自悔。

克：[明]2123 發願。

寬：[三][宮]1546 無住處，[三][宮]1660 大覆藏。

了：[甲]、－[乙]2404，[甲][乙]2404 即次受，[聖]1851 次明因，[乙]2404 欲。

理：[三]202 不從意。

覓：[甲]2290 其體。

莫：[三][宮]2059 詳焉夫。

訖：[三][宮]2122 擲鉢著。

僧：[三]1440 有客比。

似：[三]2104 無西邁。

事：[宋]、事竟[元][明][宮][聖][另]1435，[宋][宮]、事竟[元][明][聖][另]1435，[宋][宮]、事竟[元][明][聖]1435。

童：[宮]1425 是名爵。

無：[宮]481 善根悉。

堯：[宋][元]、澆[明]1336 已石。

也：[甲]1924 次明第，[三][宮][聖][另]1543 彼。

已：[甲][乙]1821 於三界，[三][宮][聖]1428 非法別，[三][宮]1435 得具滿，[三][宮]1435 爾，[三][宮]

1435 受迦絺，[三][宮]1435 語諸比，[三]125 輪。

亦：[明]374 不說之。

意：[德]1563 增，[宮]882，[宮]310 千佛也，[宮]603 是多聞，[宮]619 見自身，[宮]659 已以佛，[宮]1503 復作如，[宮]2102 不止於，[宮]2121 不能，[甲]2266 說種子，[甲][丙]2397 云如上，[甲]1512 以下半，[甲]1718 神名不，[甲]1736，[甲]1816 分別，[甲]1816 自下正，[甲]1828 竟顯了，[甲]1828 言我觀，[甲]2192，[甲]2192 於此章，[甲]2196 地，[甲]2266，[甲]2266 亂生解，[甲]2266 云彼言，[甲]2298 八道門，[甲]2298 六者部，[甲]2339 說三乘，[明]1428 懺悔如，[明]1579，[明]310 解心故，[明]1450 如，[明]1552 故二背，[明]1584 故，[三]39 不愛樂，[三]1342 樂法門，[三][宮]221 輪爾乃，[三][宮]481 必歸滅，[三][宮]656 清淨無，[三][宮]1455 復解解，[三][宮]1462 得去聲，[三][宮]1464 見諸比，[三][宮]2121 又不當，[三]14 我却不，[三]26 能爲筏，[三]99 無定，[三]144 已阿難，[三]193 以繞磨，[三]398 無中，[三]682 無有定，[三]1598 爲伏，[三]2102 未，[聖][另]1543 竟若成，[聖]375 不雨，[聖]613，[聖]1425 婆羅門，[聖]1440 突吉羅，[聖]1509 復次我，[聖]1733，[另]1459 日爲猶，[宋][明]100 爲實得，[宋][元]、竟謂

行家以止觀二劍斷十二因緣之脈截
流取道矣一處者泥洹一時一意亦然
三十一字[宋][元]、作夾註[明]603 爲
成，[宋][元][宮]222 語亦善，[宋][元]
[宮]1549，[宋][元]1543，[宋]13 無爲
當，[宋]99 能度世，[宋]125 何足貪，
[乙]1723 處自利，[元][明]309 不染
著，[元][明]901 發遣一，[元][明]
1459 隨事釋，[元]99 何所得，[元]
2122 飛還山，[原]、[甲]1744 堪，
[原]、[甲]1744 然後方，[原]1887 在
於此，[知]418，[知]1441。

音：[宋][元]1548，[元]1435。

責：[三][宮]1435 語諸比。

章：[宮]1547，[甲]1828 第二依，
[聖]285 鮮潔口，[宋]1546 無神云。

彰：[原]1776 初義即。

者：[三][宮]1462 或十由，[聖]
1818 引勝。

之：[乙]2263 時也假。

終：[甲][乙]1866 恒。

# 諍

靜：[三][宮][聖]1464 室在堂。

# 淨

拔：[宮]271。

白：[三][宮]585 法多所。

常：[甲]1731 不知何，[甲]1928
用在刹，[甲]2217 四德也。

徹：[三][宮]2122 無穢七。

澄：[三][聖]26 佛弟子。

持：[甲]2214 地等如，[甲]2230

戒，[三][宮]1470 護諸學。

除：[乙]1821 心遍染。

得：[宮]618，[宮]1425 不淨，
[甲][乙]1822 定有由，[甲]1816 佛國，
[甲]1863 成故依，[三][宮]748 食者
一，[三][宮]1546 自在是，[三]100，
[三]291 逮聞平，[乙]1816 心地人，
[元][明][宮]374 見佛性，[元][明]375
見佛性。

滌：[三][宮]425 除一切。

定：[宮]1520 心故十，[甲]2408
也或。

觀：[宋][元]、生覩[明]220 史多
天。

端：[甲]1816 等雖此。

頓：[甲][乙][丙]、－[甲]1098 衣
服安。

發：[甲]1736 心行二。

法：[甲]1875 心而後，[甲]1781
門，[甲]2266 依，[三]26 眼生於，
[聖]397 法身淨，[原]1818 種子爲。

梵：[三][宮]342 行無家。

飯：[明]1450 王復將。

佛：[宮]1523 信空佛，[甲]1828，
[甲]2299 土故也，[三][宮]639，[三]
2154 土經，[聖]1509 佛世界，[乙]
2396 土他受。

浮：[宮]2060 土，[宮][甲]1805 萍
水草，[宮]619 因諸日，[宮]1681 修
梵行，[甲]1934 休氣林，[明]1450 衣
將，[明]440 王佛南，[明]1462 地得，
[明]2016，[明]2145 住子十，[三][宮]
2103 業共州，[三][宮]2123 綺都無，

[聖][知]1441 水瓶盛，[聖]1763 想訖第，[宋]157 光三昧，[宋]2155 譯，[元]2154 於東都，[元][宮]374 比丘尼，[元][明]278 慧通達，[元][明]1545，[元]1007 土和牛。

根：[宋][元][宮]1425 地生枝。

垢：[三]、－[宮][聖]397 得，[宋]、染[元][明]220 無。

海：[聖]279 水中四。

漢：[甲]1512 解脫據，[甲]1512 涅槃斷。

好：[宮][聖]278 餘金，[三][宮]683 常識宿。

寂：[聖]292 然慧明。

嘉：[甲]1781 名遁布。

見：[甲]1731 不見穢，[聖][另]1543 無因無。

將：[原]、淨軍軍衆[甲][乙]1269 軍。

降：[甲]1512，[甲]1512 炷及以，[甲]1821 又雜心。

竭：[宮]585 修平等。

潔：[丁]2244 了無，[明]186，[三][宮]742 沙門志，[三][宮][另]1459，[三]152 無欲志，[三]186 之行女，[三]211 今，[三]2125 身洗浴，[知]418 用是速。

解：[甲]1781 釋。

界：[明]220 無二無，[元][明]1424 等此二。

盡：[明][甲]1181 其身心，[明]1608 等說彼，[明]1655 垢污穢，[三]

[宮]647 故不異，[三][宮]286 知無，[三][宮]341 身肉臠，[三][宮]1464 想不忘。

精：[三][宮]2122 戒之皮。

敬：[三][宮]、爭[聖]1464 比丘僧。

靖：[三][宮]460 修道教。

静：[甲]2366。

靜：[宮]221 無縛無，[宮]310 行於諸，[宮]659 諸根清，[宮]1551 故問曰，[宮]1799 慧發，[和]261 戒莊嚴，[和]293，[和]293 妙國土，[甲]、淨[甲]1782 住處四，[甲]1795 妙離爲，[甲]1851 二出生，[甲][乙]2426 澄淨，[甲][乙][丙]865 清淨者，[甲][乙]894 心而作，[甲]864 金，[甲]893 慮或想，[甲]897 信正念，[甲]1008 面各十，[甲]1027 晴明乃，[甲]1709 深可厭，[甲]1717 譬無明，[甲]1735 之衆生，[甲]1736 故幻喻，[甲]1736 水故故，[甲]1775 場也生，[甲]1795 相離第，[甲]1796 義等字，[甲]1881 俱泯方，[甲]1921 安得就，[甲]2128 定也，[明]220 觀地乃，[明]220 戒安忍，[明]220 若不，[明]220 一切智，[明]1519 心故十，[明]1545 觀持，[明][宮]1551 者即是，[明]316 名，[明]660 得定生，[明]1096 房中以，[明]1191 句及佛，[明]1523 世界，[明]1542 居天蘊，[明]1545 觀持息，[明]1605 居，[明]1636 慮三摩，[明]2016 融大師，[三][宮]1545

慮心,[三][宮]1551 者即是,[三][宮]1681 門,[三][宮][聖]1579 蒙佛所,[三][宮]292 精修奉,[三][宮]425 天,[三][宮]477 心無所,[三][宮]585 樂于慈,[三][宮]588 如是者,[三][宮]618,[三][宮]630 心自思,[三][宮]656 聖慧道,[三][宮]722 離垢,[三][宮]1428 而無波,[三][宮]1435 我欲往,[三][宮]1464 已而後,[三][宮]1545 慮非昧,[三][宮]1545 天退住,[三][宮]1558 定起初,[三][宮]1562,[三][宮]1562 諸不淨,[三][宮]1563 慮,[三][宮]1563 喜樂定,[三][宮]1611 智解脱,[三][宮]2122 處佛堂,[三][甲]1332 室七日,[三][聖]125 室中常,[三][乙]1092 身心往,[三][乙]1261 處安置,[三]1 室起詣,[三]6 念生日,[三]184 意五無,[三]186 眠,[三]198 處無怨,[三]201 無雲翳,[三]201 想,[三]210 動非近,[三]212 法一爲,[三]220 心一趣,[三]842 相了知,[三]945 器靜深,[三]1056 之處或,[三]1314 處一心,[聖]288 人彼國,[聖]1421 佛與大,[聖]1549 無有亂,[聖]2157 汝,[宋][宮]278 日身充,[宋][元][宮]2103 近世已,[西]1496 諸塵垢,[乙][丙]2810 故悔非,[元][明]210 如是見,[元][明]210 者常當,[元][明]221 無所悕,[元][明]440 命佛南,[元][明]658 諸根清,[原]1112 法本不,[知]1581 處心八。

闊:[甲]2006 一輪明。

冷:[三]99 其手如,[另]1428 無諸塵。

涼:[三][宮]2121 及作,[三][宮][久]485 住戒中,[三][宮]397 名之爲,[三][乙][丙]1056 潔白滿,[宋][元]220 涅槃,[乙]2246 義一道,[乙]2397 彼月輪。

涼:[宮]1525 亦名菩,[甲][乙]1709,[甲][乙]1822 此,[甲]1828 如是菩,[甲]2777 法喜故,[明][甲]1177 之水沐,[明]310 池沼自,[三][宮][聖]381,[三][宮]286 四種風,[三][宮]516 而方醒,[三][宮]2123 三者常,[三][甲]1101 及尸利,[三][聖]189 具,[三]99 眞實是,[三]194,[三]203 心生歡,[三]310 永趣閣,[聖][知]1579 故由善,[乙]2192 池蓮華,[元][明]658 快樂而,[元][明]1052 猶若池。

流:[甲]2792,[三][宮]2122,[三]189 澄潔。

滿:[甲]2837 天下流,[乙]2408 月也。

美:[三]2123 酒以爲。

妙:[宮]310 莊嚴,[明]1336 妙行觀,[三][宮]564,[三][宮]1579 又復安,[三]158。

滅:[宮]1509 覺有生。

明:[三][聖]125 使人悦。

能:[甲]1775 持戒或。

弄:[三][宮]1462。

破:[宋][明][甲]971 一切穢。

器：[明][乙]994。

前：[甲]1973 定入畜。

青：[三][宮]1611 金精色。

清：[宮][聖]292 遊於此，[宮]414 妙法施，[宮]822 信唯願，[和]293 妙光明，[甲]897 潔及以，[甲]897 潔及與，[甲]1735 法界故，[甲]1775 不受死，[甲]2017 何須衆，[甲]2036 覺言滅，[甲]2120 聖躬萬，[甲]2195 顯，[甲]2196 潔皆，[甲]2362 乳緣覺，[明]220 若苦聖，[明]220 尚畢竟，[明]212 而無，[明]261 寂滅無，[明]1648 是伏解，[明]2110 業，[三]26 信得，[三][宮][石]1509 酒以，[三][宮]310 淨身三，[三][宮]683 潔累劫，[三][宮]1425 影現學，[三][宮]1462 無垢而，[三][宮]1488 潔亦名，[三][宮]1647 念即得，[三][宮]2028 某行禪，[三][宮]2121 信之心，[三][聖][另]281 復有，[三]1，[三]118 德所作，[三]202 戒之地，[三]1559 色故説，[聖][另]1435 見已往，[聖]158 以意淨，[聖]211 梵行焉，[聖]278 燈雲方，[聖]953 信讀於，[聖]1509 不相續，[聖]1548 行所作，[宋]、清淨[元][明]1559 故説無，[宋][元]26 光天生，[宋][元]220 何以故，[宋]374 醍醐云，[乙]1724 信勝解，[元][明]379，[原]1069 信心殷。

請：[三][宮]382 法亦不，[三][宮]2027 及餘尊，[三][聖]1523 故願世，[聖]292 諸群黎，[聖]1462 人炙食，[聖]1582。

染：[博]262 衣内外，[甲]1003 不爲垢，[甲]1361 心唯獨，[甲]1802 污之，[甲]1924 業雖與，[原]2205 爲淨之。

柔：[明]663 軟敬愛。

汝：[甲]1782 心高下。

潤：[明]310 無有畫。

若：[宋]、若淨[元]220 一切智。

善：[明]313 快諦聽。

商：[宮]1425 人一處。

上：[三][宮]1488 法淨心，[聖]2157 地品依。

深：[宮]1509 心從二，[甲]、法[乙]1709 妙旨未，[甲]1816 心地得，[三][宮]425 法不出。

神：[聖]222 梵行棄。

勝：[甲][乙]1822 身方能，[三][宮][聖][另]310 諸天并。

識：[甲]2305 阿摩羅。

氏：[宮]310 大國於。

事：[宮]1521 施中應，[宮]2122 地。

節：[甲]1225 天。

水：[宋]、爲[元][明]1451 掃除作。

所：[甲]1731 質得在。

體：[甲][乙]2263 説爲名。

爲：[三]682，[元][明]1598。

無：[原]2299 土之。

洗：[三][宮]1425 抍却。

鮮：[三][宮]585 潔無瑕。

信：[宮][聖]310 心，[乙]2263 勝解○，[原]2196 曉有二。

行：[宮]292，[甲]923 我今奉，[聖]210。

性：[三][宮][聖]1509。

須：[三][宮]1458 洗手受。

學：[三][宮]1546 修梵行。

洋：[甲]1724 五爲説，[甲]1863 豈慈氏，[三][宮]2060 銅何得。

業：[宮]385，[甲]1731 業故感。

異：[明]1549 三昧耶。

譯：[甲]1736 如孔雀，[甲]2168 彰寺北。

淫：[元]2110 名云所。

涌：[甲]1333 洗浴以。

污：[甲]2266 即，[明]1428 出污女，[三][宮]1606 事。

源：[甲]1921 也，[乙]2397 故云第。

樂：[宮]1505 淨覺樂，[三]277 波羅蜜。

雜：[宮]1611 淨時，[宮]1611 淨時不。

澤：[甲]2230 口鼻方，[明]231 四，[乙]912。

障：[甲][乙]1822 觀至念，[甲]2196 不生報，[原]2264 之善歟。

沼：[甲]2181。

眞：[三][宮]2058 守素無。

爭：[甲]1733 證會究，[明]192 稱淨歆。

正：[三]190 行是法。

諍：[宮]221 亦不不，[宮]221 亦無所，[甲]2167 三昧法，[甲][乙]2259 願智，[甲]1000 土集諸，[甲]1782 乃

可取，[甲]2217 法，[甲]2255 故稱爲，[甲]2261 故或以，[甲]2266，[明]220 戒布施，[明]397，[明]1547 問曰何，[明]2131 又宗鏡，[三][宮][聖]1549 當言因，[三][宮]1550 故及離，[三][宮]2031 作意所，[三]1 本若比，[聖][另]1459 當隨食，[聖]1462 畜若比，[宋][宮]、靜[元][明]322 之行又，[乙][丙]2777，[乙]2218 論所出，[乙]2261 不共許，[乙]2426 雖深未，[元][明]657 相是名，[原]、謟[甲]2230行，[原]1776 過盡即，[原]1780 智四願，[原]1854 事。

治：[三][宮]聖 1606 惑所緣，[三][宮]1606 惑所緣。

智：[三]1549。

中：[甲]1782 而得。

莊：[宋][宮]626 其佛號。

滓：[甲]、澤[乙]913 次想鑔。

## 敬

愛：[三]1033 之心如，[聖]639 重是比，[乙]1909 其下爲。

拜：[三]156 求哀懺。

變：[乙]2261 故非謂。

稱：[三][聖]211。

承：[甲][乙]1822 彼説意。

誠：[三]2106 蔬。

當：[三]20 佛言如。

等：[宋]1478。

發：[甲]2217 心文此。

梵：[宮]1452 禮爾時。

放：[甲]2036 有大志。

佛：[宮]263 最勝舍。

敢：[宮]2108 也禮乖。

攻：[明]、貴敬[甲][乙]1225。

供：[明]1579 養一年，[三][宮]657 養法師。

恭：[甲]1735 受雙離，[甲]2036 死事哀，[三][宮]403 寂靜其，[三]192。

故：[宮]2040 述釋迦，[甲]2068 炊頃方，[甲]2261 今此意，[三][宮]657 能持此，[元][明]153 而重伏，[元][明]397 禮如來，[元]2108 自從。

擊：[三]202。

極：[甲][乙]1822 禮通三。

駕：[三][宮]2103 微祛。

教：[丙]2231 主歡，[宮]2102 覽移日，[甲]1861 受得邊，[甲][乙]912 法，[甲][乙]1822 受八尊，[甲]1816 供養等，[甲]2337 念乃至，[甲]2792 歡喜奉，[明]1485 受四不，[三][宮]2121 令曰謝，[三][聖]210 不忘生，[三]143 使益明，[宋][宮]2060 若准，[乙]1816 略無言。

戒：[甲]1973 曰嚴謂。

驚：[甲][乙]2396 畏自相，[甲]2195 信嫌非，[三][宮]2042 悔語摩，[三][宮][乙]2087，[三][宮]414 大歡喜，[三][宮]2053 歎轉異，[三]196，[三]211，[三]2103 起自陳，[乙]2261 非借起，[原]、驚[聖]1818 怖者牒。

景：[三]1568 仰之至，[三]2145 仰之至。

警：[甲]893 見佛部。

徑：[三][宮]2060 當理伏。

救：[甲]1782。

恪：[三][宮]274，[三]203 禮拜。

理：[甲]2068 玄自少，[宋][宮]322 又理家。

禮：[甲]2195 多寶分，[甲][乙]1822 意此，[三]2145 每至閑。

啓：[原]855 謝言種。

契：[原]1315 每。

勸：[元][明]658 施自手。

散：[丁]2244 金布地，[三][宮]2059 營福業，[聖]2157 騎常，[原]1776 唯有心。

殺：[甲]2195，[甲]2195 一部經，[甲]2261 戒得波。

設：[三][宮]2122 已竟因。

事：[三]174 三尊恭，[乙]1909 師長如，[元][明]2103 王侯似。

授：[甲][乙]2263 自身故，[甲]2263 未來僧。

數：[甲]2255 聞迦葉，[久]1488 復有上。

俗：[宮]2103 宋武時。

歎：[甲]1735 諮問第。

唐：[明]2154 愛寺沙。

天：[三]186。

問：[三]125 無量興。

我：[甲][乙]1822 愛又二。

獻：[元]2110 奉上接。

心：[三]200 即便爲。

宣：[三][宮]2059 王時。

以：[三][宮]1509 其兄故。

意：[三][宮]313 歡喜意。

右：[三][宮]278 遶世尊。

與：[三][宮]1435 敷坐處。

欲：[甲]2400 説十六，[明]293
事益憍，[三][宮]461 見佛如，[三]
[宮]729 親屬靡，[三]186 學道可，
[聖]1451，[宋][宮]285。

御：[三]2088。

政：[元][明]2103 事。

致：[三][宮][聖]1451 禮作無。

重：[明]2104 無以加，[三][宮]
[石]1509 可爾父，[三]1340 心不自。

## 靖

地：[三]224 或時在，[元][明]、
精[宮]656 便能。

淨：[三]185 漠，[三]2122 無欲
慈，[三]靜[聖]26 信世。

靜：[德]26 坐定意，[明]2059，
[明]2059 離俗關，[明]2059 無欲慈，
[明]2059 夜朗月，[明]2059 業禪善，
[明]2059 有志，[明]下同 2059 服氣
不，[三]、淨[宮]1549 無垢濁，[三]
[德][聖]26 處山巖，[三][德][聖]26 一
心無，[三][德]26 甚奇甚，[三][宮]
1464 樹下露，[三][宮]1543 居無亂，
[三][宮][聖]318 心而聽，[三][宮][知]
384 處思惟，[三][宮]225 自念我，
[三][宮]263 聽次第，[三][宮]294 無
聲時，[三][宮]308 清徹自，[三][宮]
657 不放逸，[三][宮]1644 安樂無，
[三][宮]2034 加足五，[三][宮]2034
一部二，[三][宮]2034 轉身極，[三]

[宮]2059 志避誼，[三][宮]2060 玄姓
趙，[三][宮]2103 高宇閑，[三][聖]26
一心無，[三][聖]26 處，[三][聖]26 處
山巖，[三][乙]1092 默瞻仰，[三]22
恭畏愼，[三]26 處，[三]26 處心無，
[三]26 處宴坐，[三]26 處尊者，[三]
26 得喜若，[三]26 得喜於，[三]26 法
愛樂，[三]26 若有一，[三]26 無愛
法，[三]26 一，[三]26 一心無，[三]
26 足拘薩，[三]35 聽吾，[三]152 處
山澤，[三]152 明於往，[三]152 思視
諸，[三]152 思有似，[三]152 遂致
太，[三]152 心存義，[三]152 之行
不，[三]152 志菅衣，[三]192 默光
顏，[三]198 大喜足，[三]311 思謗
無，[三]2103 天之性，[三]2145 阿素
生，[三]2145 夜，[宋]、慧[元]26 因
此故，[宋]26 因此故。

請：[甲][乙]2219 邁解同，[三]
[宮][甲]901 自死身。

增：[元][明]2060 加五方。

## 靜

諍：[甲]1828 法二有。

## 境

邊：[甲]2263 也獨。

場：[聖]397 是爲菩。

塵：[甲]2217 六識制，[乙]2261
處也三，[乙]2263 雖異義。

城：[元][明]212 郭七業。

處：[甲][乙]1821。

此：[甲]2274 語即是。

道：[宮]279，[甲]2269 之釋隋。

德：[甲]1782 故願以。

地：[甲]1833 此即三，[三]1559
界有垢。

壻：[甲]2070 上三度，[知][甲]
2082 夜專誦。

根：[甲]2305 分別，[乙]2263 互
用釋。

故：[甲]2274 如遍計。

鬼：[明]2076 到來眼。

海：[明]2131 亦自寂。

壞：[原]1851 之中有。

壞：[甲][乙]1822 故述曰，[甲]
2253 流三世，[甲]2290 苦在心，[甲]
2313 歟非現，[三]682 常住無。

憢：[甲]1238 若不去。

教：[甲]2274 智名至。

界：[甲][乙]2259 爲神通，[三]
[宮]656，[三][宮]656 非汝狹，[三]
[宮]1618 凡夫不，[乙]1909 者。

堺：[甲]2195 也都無。

禁：[甲]1786 二。

警：[宋]1092 界常自。

竟：[和]293 界次有，[甲]、境
[甲]1781 無，[甲]1789 斷除七，[甲]
1912 所，[甲]1918 也，[甲]2837 無
違怨，[另]1721 即是無，[宋]1579 此
慧名，[元][明]2016 又經云，[原]、
[甲]1744 今第二，[原]1776 自下第，
[原]2196 是故今。

鏡：[丙]2397 識影現，[甲]1886
何有種，[甲][乙][丙]2087，[甲]1709
智，[甲]1795 喻但一，[甲]1960 中仍

現，[甲]2311 不住心，[甲]2397 心王
所，[甲]2399 爲所緣，[明]1584 無中
間，[三][宮][聖][另]675 像差別，[三]
[宮]672 現非有，[三][宮]2108 事如，
[三]1424 容虧若，[三]2145 圓照化，
[聖]675 彼三昧，[宋][宮]2060 西流
即，[乙]1822 五別釋，[乙]2261 此四
門，[元][明]2125 居外蛇，[原]1079
未曾用。

究：[宮]681 意和合。

覺：[宮]278 未曾起，[原]2254。

流：[甲]2362 趣入作。

普：[甲]1735 觀度無。

燒：[聖]1442 想句如，[原]923
如。

識：[甲]1736。

世：[甲]1795 界齊兼。

說：[乙]2263 何。

説：[甲][乙]2434 不通，[甲]1828
下明語，[乙]2263 謂約身，[乙]2263
契。

隨：[原]1744 乘得此。

體：[三][宮]1562 所執實。

位：[甲][乙]2263 故引爲。

我：[甲]2036 上請遊。

現：[宮]399 界并無，[三]682 離
相是，[元][明]1562 已離貪，[原][甲]
1829 義汝宗。

香：[宮]721 相應若。

裏：[原]1829 者即有。

心：[甲]1913。

耶：[甲]1936 破遍文。

也：[甲]2273 顯示此，[三][宮]

2053 從此西。

依：[甲][乙]1822 故。

意：[乙]1723 智起三。

憶：[甲][乙]1822 應成間，[甲]1822 心名之，[甲]2261 耳故二，[甲]2263 尚可有，[甲]2814 故何，[宋][元]1610 界同類。

緣：[甲]1823 者無色，[乙]2215 觀云也。

院：[甲]2371 第七重。

增：[宮]1562 性安住，[甲][乙]1822 味唯，[三][宮]1562 五不緣。

障：[甲]2266 界時三，[甲]2339 下正釋。

墇：[明]2053 揚。

之：[甲]2261 三。

執：[甲]2313 速應人，[原]1840 故今者。

智：[甲]2218 界不二。

種：[明]413 影像皆。

## 踁

脛：[宮]1421 已上下，[甲]2128 同胡定。

跓：[原]、拄[甲]1298 前方大。

## 獍

鏡：[甲]1736 負塊以。

## 頸

頂：[聖]1425 不直安。

頸：[甲]2128 腋隱，[原]1758 以慧。

倠：[博]262 衆寶珠。

頭：[三][宮]848 伽字在，[三]193，[宋][宮][聖][另]285 各演光，[宋]190 作如是。

項：[三][宮][聖]613 骨中從，[三][聖]99 前者攀，[三]125 骨一處，[三]194 短或金，[聖]613 至項至。

## 靜

諦：[明]2145。

寂：[博]262 然安不，[明]310 爾。

精：[甲][乙]2259 慮通二。

净：[三][宮]397 無垢無。

淨：[宮]221 者是也，[宮]278，[宮]309 室意欲，[宮]585，[和][内]1665 意，[甲]2814 門則無，[甲][丁]2092 鱗甲潛，[甲][乙]894 住一境，[甲][乙]1709 常自一，[甲]1003 慮義攝，[甲]1112，[甲]1227 草上首，[甲]1306 室中作，[甲]1736 慮謂得，[甲]1736 室念所，[甲]1736 下七菩，[甲]1781 發，[甲]1799 之室洗，[甲]1828 一分亦，[甲]1922 水無波，[甲]2266 義與眞，[甲]2348 律師次，[甲]2837 亂不二，[明]220 慮般若，[明]220 慮波羅，[明]220 慮不淨，[明]228 故所有，[明]261 三昧大，[明]312 法若見，[明][甲][乙]1260 室極，[明][甲]1177 入菩提，[明]187 極調柔，[明]191 天中生，[明]413 慮飾，[明]476 慮慈無，[明]625 行身口，[明]722 之物作，[明]1509 業，[明]1579 慮，[明]2016 散休息，[明]2076 者答曰，[明]2103 萬物可，[三]220 定勤修，

[三]1982 欲，[三][宮]414 心求菩，[三][宮]617 則見面，[三][宮][知]598 無塵埃，[三][宮][知]下同 598 法等靜，[三][宮]398 寂句逮，[三][宮]403 諸國有，[三][宮]451 處以諸，[三][宮]588 則知非，[三][宮]606 而爲五，[三][宮]656 觀前白，[三][宮]745 默無所，[三][宮]758 悟，[三][宮]847 處心，[三][宮]1545 耶答有，[三][宮]1563 身語名，[三][宮]1579 相即由，[三][宮]2034 身心外，[三][宮]2060，[三][宮]2060 守志不，[三][宮]2103 穆神思，[三][宮]2103 無爲有，[三][宮]2123 處喜居，[三][甲]1332 地淨潔，[三][聖]99 處攝受，[三][聖]99 者至竟，[三]76 十二，[三]99 梵行清，[三]99 亦復乖，[三]474 空無寂，[三]1485 居，[三]1485 天空住，[三]2154 坐誦出，[聖]1463 房中作，[聖]1562 慮遇緣，[聖][另]1459 日復非，[聖]211 清明慧，[宋][明][乙]921 虛空道，[宋][元][宮]837 涅槃在，[宋][元][宮]2053 無雲之，[宋][元]1562 慮入見，[宋][元]1562 慮正在，[宋][元]2147 經一卷，[宋]842 室，[乙]1929 一切得，[乙]2261 如是，[元][明]228 智慧勝，[元][明]1579 解脫於，[元][明]658 法微妙，[元][明]1161 次名，[元][明]1428 處思惟，[元][明]2122 寺處建。

靖：[宮]1549 身問若，[宮]1656 諸惡德，[甲]1775 無，[三]190 爾，

[三][宮]、清[聖]425 思禪定，[三][宮]397 默天，[三][宮]590 處數息，[三][宮]606 心而聽，[三][宮]810 然不求，[三][宮]1425 處坐佛，[三][宮]1425 想蘇河，[三][宮]1428 善塔，[三][宮]2059，[三][宮]2103 將軍領，[三][宮]2122 不，[三][宮]2122 聽，[三][聖]26 處，[三][聖]26 處敷尼，[三][聖]26 處山巖，[三][聖]26 寂無，[三][聖]26 寂無有，[三][聖]26 室鬢閑，[三][聖]26 一心無，[三]26，[三]26 處山巖，[三]26 處宴坐，[三]26 默波羅，[三]26 默無言，[三]26 一心無，[三]26 坐故也，[三]190 時優，[三]196 定身升，[三]205 處唯摩，[三]2154 邁，[三]2154 夜輒談，[宋][宮]783 處減一，[宋][元][宮]471 三昧正，[宋][元][聖]26 室坐於，[宋][元]26 處，[宋][元]26 處於是，[宋]186 意五。

就：[明]950 祕密主。

居：[元][明]125 穴處甚。

絕：[甲]2068 山地動。

空：[三][宮]477 彼行。

滅：[明]220 涅槃無，[明]1579 自性涅，[明]1450 涅槃究，[三]220 是故名，[三][宮][聖]476 而不畢，[三][宮]1581 功德之，[三]157 有不失，[三]192 因滅故，[聖]1595 行施如。

默：[甲]1736。

怕：[三][宮][聖]613 無爲出。

平：[甲]1969。

圊：[宋]、靖[元][明]2110 內養

兒，[宋][宮]、靖[元]2103 内養兒。

清：[宮]616 無有風，[三][宮]810 寞之，[聖]790 不。

情：[三][宮]1478 不念道，[元][明]202 使人踚。

善：[三]202 聽乃往。

聲：[甲]1816 以得禪，[宋][元][宮]1464 處樹下。

閑：[三]100 處未盡。

隠：[三][宮]657 豐樂人，[三][宮]657 人民充。

隱：[三]125 匿亦無，[聖]227 人民熾。

争：[三][宮]810 入無等。

諍：[宮]433 若有篤，[甲]1782 論永息，[甲]1821，[甲]1924 而以熏，[甲]2250，[明]1092 而殺害，[三][宮]2122 長，[元][明]310 無嬈濁，[元]2087 良殊隨，[知]1579 説有餘。

靖：[原]2323 加足五。

## 鏡

鈸：[三][宮]263 若干柔，[三][宮]263 應。

縛：[三][宮]、鑄[聖]481 覩夫面。

觀：[乙]2263 智遍縁。

及：[甲]2254。

劍：[乙]2396 等之時。

敬：[三]1982 像佛。

境：[和]293 及淨水，[甲]1861 智，[甲]2290 識體從，[甲][丁]866 令其觀，[甲][乙]1796，[甲][乙]1866 智合爲，[甲][乙]2263 識爲内，[甲]1830 等照物，[甲]2204 乎蓋爲，[甲]2266 面若有，[甲]2266 智相應，[明]665 智現前，[明]2016 而一味，[明]2076 和尚，[三][宮]620 還復通，[三][宮]1530 智等不，[乙]2263 誠證也。

獍：[甲]2036 之黨架，[明]2103 者惡其，[明]2103 之，[三][宮]2109 之兇於，[三]2110 之子，[三]2110 重將而，[元][明]2103 之黨搆，[元][明]2060 説甚深，[元][明]2103 競起翳，[元][明]2103 年長爭，[元][明]2103 重將而。

明：[石]1668 等義。

錢：[甲]1736 已含。

釋：[甲]1736 是定一。

銀：[三][宮]671 清淨諸。

摬：[甲]2036 惡鳥乎。

獐：[宋]、獐[元][明]2149 相及爾。

鍾：[明][丙]1075 及。

柱：[明]293 中一一。

## 競

並：[宮][三]703 陳絃歌。

殑：[宋][元]1092 伽沙俱。

兢：[明]581 來食之。

竟：[宮]279 心迴向，[宮]310 而和合，[宮]387 共求覓，[宮]1509 念僧，[宮]1509 是人雖，[宮]1546 尚不可，[宮]2122 來看之，[甲]1969 存於白，[甲]2296 捧土塊，[三][宮]2028，[三]2103 馳關塞，[三]2154 宗樹，[宋][明][宮]2122 來分裂，[宋]220，

[乙][丙]2089 上岸頭，[元]、意[明]2122 而身，[元]2122 來，[元][明]189 隨奉，[元][明]190 來集會，[元][明]1421 欲爲龍，[元][明]2103 像法而，[元][明]2122 來齧肉，[元][明]2122 投錢物。

境：[甲]1828。

覺：[甲]2299 捉瓦石，[聖]100。

貪：[明]293 構資生。

相：[三]202 射洞身。

意：[三]2154 者皆鎔。

## 坰

址：[明]2016 成九結。

## 扃

扃：[甲]1736 又但稱，[明]220 味其談。

## 屆

迴：[明]433 無限無。

## 回

同：[甲]2128 從，[甲]2128 聲也。

## 囧

固：[甲]1918 囧無滯。

囹：[甲]1728 三人乘。

商：[宮]2059。

同：[宮]2059 六。

瑩：[明]2053 然狀似。

## 炅

畟：[宋]152 然無復。

## 迥

固：[明]2151 諍論一。

還：[甲]1719 白大。

徊：[三][宮]2102 涉清衢。

回：[甲]2250 文說五。

迴：[元][明]2103 前筲清。

迵：[三]、向[宮]2103 張物表，[三]1568 悟大覺。

迫：[三][宮]2103 而自。

## 逈

過：[甲]1973 絶名言。

回：[三]2087 照樹影。

廻：[三][宮]2103 旛飛曙。

迴：[宮]1804 與尼僧，[宮]1804 轉相及，[宮]2060 出隻千，[甲]1709 出以彼，[甲]1804 顧不見，[甲]1969 抛空有，[明]279 帶，[明]1563 處四，[明]2060，[明]2105 無一言，[明]2110 樹，[明]2112 注瀉文，[三]2110 入乘奔，[三][宮]1425 處，[三]264 絶多毒，[三]2110，[聖][另]1458 處觀客，[宋][宮]2060，[宋][宮]2109 拔於三，[宋][元][宮]1558，[宋][元][宮]2103 張翠帷，[宋][元]2060 出雲端，[宋][元]2060 聞自到，[宋][元]2110 發蓋似，[宋][元]2110 周開府，[宋]2060 姓邊汴，[乙]1876 超言慮，[乙]2397 出如雲，[元][明]2060，[元]2060 憑高當。

迥：[三][宮]2103 兮望通，[三][宮]2103 煙飛霧。

迫：[三]2063 更起。

向：[甲][乙][丙][丁][戊]2187 者

大城，[三]263 在異方。

## 炯

洞：[三][宮][聖]1421 然時迦，
[三]190 燃熾盛。

炯：[甲]2128 音並同。

## 烱

洞：[三][宮]620 然諸鬼。

## 潁

潁：[宋][宮]2060 右衞將。

## 究

畢：[甲]1786 竟空豈，[甲]1736
竟不動，[明][聖]99 竟清淨。

竟：[甲]2337 更不新，[元][明]
1635 無生無。

鳩：[三]2145 摩羅耆，[三][宮]
227，[三][宮]394 槃荼衆，[三][宮]402
槃荼各，[三][宮]1509 摩羅耆，[三]
2145，[三]2145 摩羅法，[三]2145 摩
羅耆。

救：[三][宮]2122 聖意不。

空：[甲]2299 常境如。

窮：[甲]、叢[甲]2339 判斷成，
[甲][乙]2207 道儒之，[甲][乙]2207
決了諸，[甲][乙]2207 妙釋，[甲]2305
其實終，[甲]2339，[原][甲]1825 慮，
[原]1872 物性。

丸：[甲]2290 反叢也。

宛：[甲]2266 轉作，[原][甲]1781
現鏡內，[原]1780 然況諸。

穴：[宮][甲][乙][丁]848 及末

塗，[原]1987 盡是。

字：[聖]1602 竟名之。

## 紅

紀：[明]2103 忠貞以。

糾：[三]375 治當知，[三]375 治
善男。

斜：[明]、紛[宮]2103 皎皎毒。

約：[宋]125 詣。

紘：[甲]2266 紛皆趣。

## 糾

到：[乙]1239 頭指使。

## 啾

啾：[宋]、[元][明]1336 呿婆。

## 鳩

波：[明]1548 頭摩。

鷗：[三][宮]2122 等或有。

究：[三]212 槃，[聖]397 槃，[聖]
512 槃荼鬼，[宋][宮][石]1509 槃荼
鬼，[宋][元][宮]2040 槃。

拘：[宮][甲]2053 摩羅王，[明]
620 樓孫佛，[三][宮][甲]2053 摩羅
王，[三][宮]397 槃，[三][宮]2053 摩
羅亦，[三]1 勿頭華。

## 摎

絞：[宋]1336 項使病。

## 九

八：[宮]397 次第定，[宮]1648，
[甲]、一[乙]850 怛囉二，[甲][乙]1823

根非見，[甲][乙]1866 會中有，[甲]1119 曩牟曩，[甲]1709，[甲]1735 可知第，[甲]1736 依增一，[甲]1778 會譬如，[甲]2266 左等言，[甲]2337 十八者，[甲]2371 識也又，[甲]2395 十，[明]、－[宋][元][宮]402，[明]1537，[明]1596，[三][宮]1546 道支現，[三][宮]481，[三][宮]1521，[三][宮]1546 種結同，[三][宮]2059，[三][甲][乙]1092 地唎地，[三][甲]1227 頗吒梵，[三][聖]125，[三]656，[三]982，[三]2034 部四百，[三]2149 部一百，[三]2149 卷，[三]2154 卷見，[聖]125，[聖]1595，[聖]1595 義所，[宋][宮]1509 者心不，[宋][甲][乙][丙]、－[元][明]930，[宋][元][宮]2122，[宋][元]2155 紙驚，[乙]2215，[乙]2249 善業道，[元][明][乙]1092 摩訶，[元][明]212，[元][明]656，[原]1308 十七十，[原]1308 年，[原]2196 云滅有，[知]1785 行。

寶：[甲]1822。

長：[甲]、九[甲]1799 行。

二：[三]、一[宮]1545 善業道，[元][明]2146 卷。

凡：[甲]2039 五載告，[甲]2157 十二品，[甲]2284 論，[三][甲][乙]901 境界用，[聖]2157 十，[元][明]2149 初六。

非：[甲]2249 根有異，[甲]2339 無間九，[乙]1724 淨者顯。

光：[元]1 緣日。

鬼：[原]2871 子母天。

互：[原]1771 市易故。

几：[甲]2266，[乙]2215。

戒：[三]、－[宮]1548 結眠沒。

久：[宮]2059 有師子，[三][宮]2122 緘其口。

韭：[甲][乙]2092 一十八。

句：[三]1337 醯醯旛。

力：[宮]1646 種退相。

六：[宮]425 十六諸，[明][甲]1094 四方齊，[三][宮][聖]1425 故錢重，[三][宮]402 蘇彌，[三][宮]1551，[三][甲]1102 唵，[三]2153 卷五十，[乙][丙]2092 千。

明：[甲]1735 別顯。

匹：[明]1567。

七：[甲]、六[乙]2263 目次，[甲]2084 莖蓮花，[甲][乙]852 僧伽薩，[甲]1735，[甲]1821 有時雖，[甲]2039 年陵在，[甲]2399 咽上郝，[麗]、九之一[明]、八[聖]125，[明]2110 篇以駁，[三]2149 紙西晉，[三][宮]402 母陀囉，[三][宮]2060 十，[三]22 梵天譬，[三]2088 小劫釋，[三]2149 卷經論，[三]2153 卷五帙，[聖]125 眾生居，[宋][元]2061 十三法，[乙]1822 同類問，[元]2121 以四月，[原]1308 五三初。

千：[甲]1733 頭頭有。

人：[甲]1729 向位十。

入：[甲]2130 蘇摩者。

三：[宮]1912 人各釋，[甲]2128，[甲]2181 卷，[乙]972 薩嚩怛，[乙]2263 説見知，[原][甲]1962 云爾。

十：[宮]223，[和]293 福須彌，[甲]1735 及結一，[甲]1735 句初，[甲]1735 約能知，[甲]1735 中初，[甲]1828，[甲]1828 十根爲，[甲]2036，[明]1546 智應言，[明][甲]901，[明][甲]901 金剛，[明]13 十法自，[明]1463 事，[明]1552，[明]2145，[三][宮]、以上大般若第二會第三十四 223，[三][宮][聖]1429 礫手廣，[三][宮]278 者悉善，[三][宮]378，[三][宮]402 薩婆部，[三][宮]408 莎，[三][宮]721 名刀口，[三][宮]2034 月翻其，[三][宮]2059 釋曇，[三][宮]2060，[三][宮]2060 智，[三][甲]989 阿鼻，[三]982，[三]2153 卷同帙，[聖]278，[聖]1421，[宋][宮]2034 歲，[宋][元][宮]2122，[元]、十上[明]1425，[元]、十下[明]1425，[元][明][聖]157 善中爾，[元][明]158 善業已，[元][明]656。

是：[甲]、九界[甲]2396 曼荼羅。

疏：[乙]1736 深定用。

四：[宮]1509 卷第，[甲]1717 記身子，[甲]2410 十九章，[宋]278，[原]1308 應夕見。

丸：[甲]1735 之微因，[甲]1805 等通餘，[明]620 重金剛，[明]1636 劫當得，[三][宮]1464 百，[三]1092 香各。

萬：[元][明]643 億諸小。

爲：[甲]、九[甲]1851 無礙道。

無：[宮]397 次第是，[三]1546 問曰此，[三][宮]1546 次第三，[三]1547 根合聚，[聖][另]1543 斷智爲，[聖][另]1552 或復捨，[聖]1579 種行安，[另]1459 清淨，[石]1509 離諸欲，[宋][宮][聖]、自無心無[元][明]397 相分別，[宋][元][宮]1550 十生十。

五：[甲]2249 中云十，[甲]2339 類煩惱，[甲]2410 十一，[甲]1929，[甲]2249 文問一，[甲]2266 品修惑，[甲]2395 年二費，[甲]2395 日食後，[明]1669，[三]125 種之食，[三]2154 部，[乙]、以下記數至四十四乙本做之 972 尾惹也，[乙]2249 能發業，[原]1796 絲然後。

相：[甲]1881 度多行。

牙：[聖]1763 地所以。

也：[宋]2053 功包於，[元]1092。

一：[甲]2120 日，[三]2149 十二卷。

亦：[甲]2128 聲或從。

意：[乙]1821 根故言。

引：[明]1330 賀曩賀。

尤：[宋]2060 等皆所。

有：[乙]2092 龍吐水。

於：[宋]1595 智自在。

元：[丙]2081 載三藏，[宮]2034 年，[三][宮]2060 年春下，[三]2122 眞太守，[三]2145，[三]2153 年，[三]2153 年鄆州，[宋]2154 年六月，[原]1311。

云：[甲]2261 云正見。

允：[甲][乙]2391 唯前三，[甲]2083 折之賓。

衆：[三]384 苦爲關。

自：[明][乙]1092 俱胝那。

# 久

不：[宮]224 賢者他，[宋]212 停如彼。

才：[甲]2035。

又：[三]1336 至，[宋][元]1336 舍離四。

存：[三]202 驅馳五。

答：[原][甲]2297 必者必。

大：[聖]1509 發意故，[乙]2263 諍若依。

定：[宮]279 便見日。

冬：[三]2145 顯曰貧。

兌：[三][宮]383 斯。

多：[甲]2087 餘福未。

爾：[三][宮]2121 乃得脱。

反：[甲]2036 之以神，[甲]2128 反説文，[甲]2129 作麥也，[甲]2339 奪也不。

分：[宮]797，[甲]1816 住於世，[甲]2299 故云初。

父：[甲]1512 已，[三][宮]607 處令意，[宋]2040 樂欲暫，[乙]2244 之乃曰，[原]2167 處臺山。

何：[明]318 如。

火：[宮]1566。

及：[甲]1709 也假不。

即：[三][宮]1451 以長繩。

今：[三]201 應爲法，[聖]200 已聞。

究：[三]125 畢獲等。

九：[明]760 殃。

可：[甲]1863 對。

名：[宋][元]2031 住乃至。

欠：[甲]2128 矣，[甲]2787 別相見，[乙][丙]2777 欲令自。

染：[元][明]352 患而不。

人：[丙]2120 清泰臣，[宮]、久人[聖][石]1509，[宮]1598 遠所説，[宮]817 猶如，[宮]1425 在，[宮]1428 住欲説，[宮]1464 不敢獨，[宮]1562 住不滅，[宮]1604 遠方覺，[宮]2121 長，[宮]2121 而言曰，[宮]2121 後彌勒，[甲]2087 而彌，[甲]2130 城，[甲]2266 傳定不，[三]2040 後彌勒，[聖]425 衆生所，[宋][宮]1509 後皆當，[宋][元][宮]1579 住二復，[宋][元]23 久數千，[宋]2060，[宋]2122 不速來，[元]、－[聖]1435 不成過，[元]1809 得五事，[原]1201 持一切，[知]2082 安處於。

若：[元][明]374 久住於。

上：[三][宮]2103 可大穆。

失：[宋]657 留今此。

水：[宮]2121 失寶藏。

停：[甲]2882 留爾時。

王：[甲]1733 摧伏又。

文：[丁]2244 矣人之，[丁]2244 之，[甲][乙]2219 字得，[甲]1709 初中後，[甲]1816 修，[甲]1816 修三學，[甲]1816 學，[甲]1816 應彼道，[甲]2266 習又釋，[甲]2266 相續住，[甲]2299 歟或可，[三]2145 行未，[聖]1733 次二頌，[宋][元][宮]1521 住無量，[乙]、又[乙]1821 易時苦，

[乙]2207。

聞：[三]185 知其意，[三]2121 見。

已：[三]2060 終方悟。

以：[甲]2128 喻治政。

亦：[甲]2299 速疾義，[甲]2748 成，[三][宮]、－[聖]425，[三][宮]1521 修集或，[三][宮]2122 有大石，[聖][石]1509 皆磨滅，[原]1289 聞説諸。

永：[甲]2081 無盡苀。

尤：[三][宮]2059 自驕縱。

有：[甲][乙]1822 留即須。

又：[甲]1736 住於世，[甲]1512 供養諸，[甲]1816 修，[明]721 不放逸，[三]、又[宮]410 之，[三]、文[宮]2059 之齋竟，[三][宮]381 復將護，[三][宮]269 從幾佛，[三][宮]721 於此池，[三][宮]1488 於無量，[三][宮]1547 見菩薩，[三][宮]1646 隨習煩，[三][宮]1648 惓覺觀，[三][宮]2109 懷蠆毒，[三][宮]2121，[三][宮]2122 置鐵中，[三][聖]311 失沙門，[三]17，[聖]1509 必，[石]1509 則生苦，[宋][元][宮]、也[明]816 天子如，[宋][元]1562 住故修，[宋]1442 之間善，[宋]1694 矣，[宋]2121 復有象，[元]2122 住世間。

與：[三]125 住比丘。

元：[乙]2408 年中決。

云：[原]1863 修菩薩。

之：[甲][乙]1822 在身中，[甲]895 疑者遍，[甲]1287 聞天竺。

夂：[甲]2128 洗幺麼。

## 玖

玠：[元][明]2103 興撰明。

玫：[宋][元]2110 興撰明。

梅：[乙][丙]2081 三青龍。

## 灸

刺：[宮]2123。

灰：[聖]125 極。

炎：[甲]2130 南方經。

炙：[甲]1828 青葉令，[甲]2870 種種湯，[三]下同 2122 燈而婆，[宋][元]2122，[宋]172 不得差。

## 韭

韮：[三][宮][聖]1451 類食者。

## 酒

措：[三][宮]2122 一生分。

滴：[元][明]1476 糟隨咽。

狗：[三]1331 肉及噉。

酤：[宮]721 肆不爲。

淨：[甲]1973 法水於。

醴：[三]2105 泉公呂。

明：[甲][乙]1822。

栖：[三]2103。

灑：[甲]1969 定水於，[甲]1969 法雨而，[三][宮]2121 掃見。

習：[乙]2795 故命惵。

洗：[元][明]626 盛滿其。

須：[甲]1007 肉婬欲，[三][宮]847 者復作，[三][宮]1451 難足。

猶：[宮]1509 自，[三][宮]2122
非持戒。

糟：[明]2103 之客六，[三]1441
淨。

醉：[三][宮]1547 持空三。

酢：[宋][元][宮]1463 者不得。

## 韭

韭：[明][甲]1216，[明]1459 爲
令身，[三][宮]672 蒜及諸，[三]2110
山等並。

## 臼

臼：[甲]2035 幽王子，[甲]2128
水臨皿。

函：[三][宮]、因[聖]1425 木瓶
木。

囚：[宮]1505。

日：[宮]2040 中以杵。

田：[聖]1462 上有縱。

陷：[三]、舊[另]1428 孔食入。

由：[聖]1462 及縱容。

曰：[宮]1525 熟華熟，[宮]2034
四十八，[甲]2128 作，[明]1595 或説
如，[宋][宮]1451，[宋][元]2061 供億
服，[元][明]729 注鬼顏，[元]1644 中
鐵杵。

## 咎

恥：[甲]2087 僉曰允。

答：[明]374 即於我。

否：[甲]1775 累宜。

各：[宮]1507 佛便分，[宮]1509

業變化，[宮]2059 雲亦，[甲]1763 佛
何不，[明]1636 得二，[聖]361 引牽
當，[聖]1509 六波羅，[宋]411 於此
賢，[元][明][宮]2060 是非滋，[元]
1591 了境非，[元]2121 責合。

垢：[三][宮]1571 翻招重。

谷：[聖]1509 問曰若，[宋][元]
2108 慚懼實，[元]2034 不知。

過：[三][宮]1646 如經中。

會：[甲]2036 於道聽。

競：[三][宮]2104 故西窮。

苦：[聖]397 句無上。

吝：[明]1506。

名：[三][宮]2102 現齊公。

失：[三]1082 所誦課。

枉：[三]、染[聖]210 或縣官。

## 疢

疾：[三][宮]2066 于懷嗟，[元]
2060 心累日。

疼：[元][明]2060 痛鐘纏。

## 柾

枉：[甲]2266 剩焉故。

## 柩

船：[三][宮]2122 上有若。

紀：[宮]2060 之日。

## 救

哀：[三][宮]754 請除苦。

拔：[宮]1509 濟一切，[甲]1718
濟似譬，[甲][乙]1929 衆，[甲]1239

衆生苦，[甲]1782 我之少，[甲]2396 隨樂普，[三][宮]276 苦厚集，[三][宮]384 濟爲人，[三][乙]、除拔[甲]970，[三]1534 濟大衆，[原]1251 娑蘭二。

被：[乙]2192 無外是，[元][明]186 衆惱患。

勑：[甲]2035 上宮繡。

度：[乙]1909 衆。

放：[聖]224 解諸魔。

改：[甲]2266 易亦是，[甲]2271 即無過。

故：[丙]2163 作護，[宮]1435 無，[宮]2102，[明][宮]353 攝不捨，[明]1571 還同前，[三]1562 濟希望，[聖][另]1442 濟汝等，[聖][另]1459，[宋][元]2121 用貿易，[元]1571 頭。

教：[甲]1728 護以事，[甲]1863 不同彼，[甲]2339 得名所，[明][甲]1177 度一切，[三][宮]638 人博聞，[聖]1733，[元][明]221 化次以，[原]2339 故天台。

敬：[三][宮]2122 終成。

究：[明]1331 治，[三][宮]2034 僧。

抹：[宮]2059 一童而。

枚：[甲]1816 不化由。

沐：[三]125。

披：[甲][乙]2263 此更益。

破：[乙]1821 云言成。

求：[明]380 度諸苦，[三][宮]1559 財故妄，[三]157 心於持，[三]203 解終相，[聖]125 護念具，[聖]

324 護幻化，[另]1721 子。

忍：[元][明]1014 頭然。

殺：[宮]2121 八國王，[三][宮]2122，[三]2087 生之處，[元]1507。

贍：[三][宮]2121。

赦：[甲]1999 咸放，[明]1336 濟不能。

施：[聖]2157 菩薩造。

釋：[甲]2196。

收：[宮]310 養，[明]895，[三][宮]2103 捕浣之，[三][宮]2122。

守：[三][宮]657 護不貪，[三][宮]657 護佛法。

受：[三][宮]507 危代汝。

授：[三][宮]221 之有愚。

投：[宮]1650 濟者，[三][宮]2060 習昔。

昔：[原]1782 利樂此。

校：[原]1890 量十地。

叙：[甲][乙]1822 俱舍破。

醫：[甲]1811 無所希。

擁：[三]118 護佛告。

願：[宮]2123 願拔罪。

杖：[宮]785 頭然故。

賑：[宮]1478。

徵：[甲]2261。

拯：[明]2059 物自漢，[三][宮]1507 二神答。

治：[三][宮]309 靡不濟。

## 旣

癡：[宮]1509 象振。

# 就

辦：[宮]、辦[聖]1602，[三][宮]、辯[聖]1602 有分別。

辨：[甲]893 諸事眞，[甲]2219 皆言到，[甲]2339 此一是。

成：[甲]2196 勝者所。

初：[另]1721 文爲三。

此：[三]1 此五法。

得：[明][甲]1177 法身令。

對：[甲]1736 喩通有。

二：[甲]1828 正。

佛：[聖]440。

付：[甲][乙]2263，[甲][乙]2263 以七眞，[甲][乙]2263 中，[甲][乙]2263 中見西，[甲][乙]2263 中能化，[甲]2217 此，[甲]2217 中除心，[甲]2263，[甲]2263 初釋不，[甲]2263 多時立，[甲]2263 十八界，[甲]2263 中，[甲]2263 中見佛，[甲]2263 中今論，[甲]2263 中雖立，[甲]2291 教就，[乙]2263 初師無，[乙]2263 第二，[乙]2263 之意識，[乙]2263 中今，[乙]2263 中滅是，[乙]2263 中五識，[乙]2263 中演祕，[乙]2263 中於十。

負：[宋][元]603 斷脈是，[宋]1694。

歸：[聖]200 正值佛。

軌：[甲]2192。

果：[甲]850 常當於。

誨：[甲]2015 不捨忽。

既：[甲]2087 浴沈痾，[乙]2227 不可成。

金：[聖]1582 欲知法。

境：[三][宮][聖][另]285 界各在。

鷲：[三][宮]2121 鳥乞羽，[宋][元][宮]2121 鳥乞羽。

卷：[甲]1828 盡第三。

可：[乙]1736。

立：[三]291 色界天。

龍：[聖][甲]1733 現空，[原]2339 女之身。

滿：[三][宮]278 其心彌，[聖]278 如是等。

名：[原]1776 成前。

能：[甲]1238 帶此神，[三][宮]2121 定意八，[三][聖]157 雨三昧。

訖：[三]26 具足五。

勖：[甲]2036 敵從日。

取：[甲][乙][丙][丁][戊]2187 波羅捺，[甲]1928 尺去，[甲]2243 中古千。

然：[甲][乙]1821，[甲][乙]1821 長行中，[甲][乙]1822，[甲][乙]2328 此俱，[甲]1708 十心中，[甲]1736 此一義，[甲]2249，[甲]2434 常途説，[三][宮]2121 而死出，[三]1527 理無滿，[原]2339 今名三，[原]2339 上二章。

熱：[三][宮]1579 由是因。

任：[乙]2263 樞要文。

身：[甲]1040 誦洛叉。

勝：[明]885。

受：[三][宮]2103 五戒勤。

殊：[甲]2399 意同。

熟：[丙]1199 就，[和]293 圓滿如，[甲]、就[甲]1782 中文復，[甲]、

熟之[乙]2263 文也次，[甲]1732 爲梵
若，[甲]1828 等者以，[甲]1828 佛法
及，[甲]1828 就者是，[甲]1828 仍，
[甲]1828 未出離，[甲]2227 故十六，
[甲][乙]1772 是，[甲][乙]1816 無記
天，[甲][乙]1821 即成，[甲][乙]1821
擲，[甲][乙]1822 得涅槃，[甲][乙]
2263 道，[甲][乙]2263 色雖非，[甲]
[乙]2263 生天後，[甲][乙]2263 之文
今，[甲][乙]2309 十離惱，[甲][乙]下
同 1821 已説有，[甲]1125 有情令，
[甲]1304 法者即，[甲]1361 自彼之，
[甲]1710 有空境，[甲]1733 以是則，
[甲]1733 義饒益，[甲]1736 第六依，
[甲]1782，[甲]1782 佛悲廣，[甲]1782
有情至，[甲]1782 者令得，[甲]1816
果忍行，[甲]1816 十，[甲]1816 有六
一，[甲]1816 者名爲，[甲]1828 斷膿
血，[甲]1828 故者成，[甲]1828 有情
利，[甲]1829 此後二，[甲]1847 唯是，
[甲]1924 但彼由，[甲]2195 大種性，
[甲]2217 故雖得，[甲]2217 時出也，
[甲]2232 有情淨，[甲]2263 因緣論，
[甲]2266 後解爲，[甲]2266 依種即，
[甲]2266 者遍義，[甲]2400 又於臺，
[久]485 住於菩，[明]310 一切佛，[明]
[和]261 諸有，[明]261 一切復，[明]
261 有情住，[明]293 一切智，[明]405
衆生一，[明]1450 善根所，[明]1450
已成，[三]159 不壞信，[三]310 一，
[三][宮]415 一切衆，[三][宮]564，
[三][宮][聖][知] 1581 ，[三][宮][聖]
411 無量所，[三][宮][聖]416 助道

法，[三][宮][聖]1579 故，[三][宮][聖]
1579 故此復，[三][宮][聖]1579 解脫
妙，[三][宮]402 故一切，[三][宮]
1536 生熟二，[三][宮]1579 善名言，
[三][宮]1579 智故修，[三][宮]1581，
[三][宮]1581 一切佛，[三][宮]1601，
[三][宮]2122 衆生淨，[三][甲]951 一
切有，[三][甲]951 名，[三][聖]1579
時能障，[三][乙]1092 觀世音，[三]
[乙]1092 相應，[三]159 一切智，[三]
159 證獲如，[三]220 深心歡，[三]
220 有情嚴，[三]642，[三]1202 放光
隱，[三]1340 無畏菩，[三]1341 眼事
及，[聖]1763 能以解，[聖][甲]1733
蜜專意，[聖][另]303 衆生隨，[聖]
[知]1581 有聲聞，[聖]1581 住中成，
[聖]1733 其，[宋][明]、埶[元]873 衆
生已，[宋][明][宮]421 衆生雖，[乙]
2263 無境界，[乙]1724 道，[乙]1822
界明爲，[乙]2232 衆生已，[乙]2263
不，[乙]2263 此意汝，[乙]2263 論文
譯，[乙]2391 之時自，[元][明][甲]951
衆生乃，[原]、然[原]2339 未，[原]
2196 解脫之，[原]2196 時三解，[原]
2425 相續專，[原]1700 衆生又，[原]
1756 易調穢，[原]1780 者當知，[原]
1818 一乘法，[原]1851 故名爲，[原]
2196，[原]2196 令至究，[原]2393 而
論之，[知]1581 衆生當。

説：[丙]2381 極，[宮]1443 言談
議，[宮]754 正捨惡，[宮]1522 法故
一，[宮]1559 故，[甲]2396 行法儀，
[甲][乙]1822，[甲]1512 斷滅相，[甲]

1512 體無色，[甲]2255 因果判，[甲]2261 一理永，[甲]2270 勝義，[甲]2299 小乘説，[明]1463 其前羯，[明]1562 此因説，[明]1562 滅定不，[三][宮]1461 二，[三][宮]1562 近障，[三][聖]1441 戒不答，[三]212 世間義，[聖]1425 衣架上，[原][甲]1721 滅惡門，[原][甲]1851 理性以，[原][甲]1851 性所以，[原]1818 大法竝，[原]1818 法輪不。

頌：[甲][乙]1822 前文中。

爲：[三][宮]285 世尊子。

無：[原][甲]1851 量並具。

襲：[三][宮]820 善二曰。

相：[乙]1796 即於此。

想：[乙]1796 中復有。

詣：[宮]2045 坐，[甲]、就託[乙][丙]2089，[三][宮]2121。

訛：[三]152 分衞麻。

祐：[明]2154 合大集。

欲：[三][宮][聖]1563 一切初。

願：[乙]2391。

雜：[宮]2034 翻譯並。

葬：[三]2110 槐里始。

證：[甲]2263 非一切。

執：[甲]2223 金剛身，[三]882 金剛尊，[聖]200 懃加役。

晝：[甲]1736 神故云。

諸：[三]、如[別]、－[宮]397 功德入，[三][宮]633 度，[三][宮]882 神通事，[三][乙]1092 法聖者。

住：[甲]2250 五蘊及。

卒：[三][宮]2059 而匠人。

坐：[聖]211 王位王。

座：[宋][元]、濟[明][宮][聖]1421 豈可。

# 舅

勇：[甲]2035 氏曰欲。

# 俄

就：[聖]1425 賃。

# 舊

奪：[甲]1811 但犯，[聖]1421 住聞佛。

翻：[甲]2249 譯之謬。

奮：[甲]1007 者兩枝，[三][宮]397 身而猶，[三][宮]1459 打成光，[三][宮]2060 拏達多，[三][宮]2102 崇華尚，[三][宮]2122，[三]397 體懊惱，[三]1335 唎摩摩，[三]2122 吳宅性，[元]、奪[明]2121。

古：[乙]2263 種俱。

故：[三]2154 壞乃。

慧：[甲]2255 影云初。

焦：[宮]1425 文汝本。

廬：[三]186 舍水邊。

内：[甲]2035。

齊：[甲]、舊[甲]1782 經少者。

失：[聖]2157 譯。

書：[三][宮]2122 乃是周。

昔：[另]1721 疑即謂。

習：[甲]2196 氣未得。

細：[原]2254 別。

顯：[乙]2218 除。

熏：[甲]2263 種子隨。

業：[三][甲]2125 習報師。

遺：[明]2087 迹指告。

應：[聖]1421 比丘應。

友：[聖]1428 知識彼。

餘：[宮][丙]2087。

曰：[甲]1731 舉首天，[甲]2250 俱舍。

## 鷟

鏡：[宋][宮]、獍[元][明]2104。

鳥：[甲][乙]2194 或不，[三][敦]361 山中與，[聖]211 山中時。

鵞：[甲]2337 子向會。

## 拘

阿：[明]、句[丙]1209 嚕二。

抝：[三][宮]2122 之。

柏：[甲]2400 令有聲。

并：[明]312 那羅吉。

初：[聖]2157 四品。

弓：[宮][聖]1509。

鉤：[甲]1733 後令，[三][宮]2122 鞞致使。

鈎：[宮][聖]272 羅華，[宮]670 那含牟，[甲]2193 鎖骨者，[明]1425，[明]1425 觸彼身，[明]1425 語淨人，[三][宮]1435 鉢多羅，[三][宮]2121，[三][宮]2122 牙上出，[三]375 十住菩，[聖]1425 鉢受，[聖]1437 樓孫佛，[元][明]99 鈎頸時，[元][明]721 欄如穿，[元][明]2122 牽後令。

狗：[甲][乙]2207 類樹經，[甲]1723 盧洲餘，[甲]1736，[甲]1820 利

今但，[甲]1821 橻華塗，[甲]2129 那含牟，[甲]2130 絺羅池，[三][宮]2122 牟頭有，[三][宮]1421 尸草婆，[三][宮]1435 手曳，[聖]26 樓羅拘，[宋][元]、枸[明]1039 杞代攝，[宋]1545，[乙]、[丙]2381 留孫佛。

枸：[甲]1134 傾蘇於，[甲]2128 音俱溝，[甲]2130 施應云，[三]1609 橻花彼。

憍：[石]1509 陳若等。

鳩：[宮]397 樓孫如，[三]2053 摩羅王。

居：[明]1450 苦惱中。

跔：[三][宮]1425 聚然後。

駒：[宮]2058 那羅長，[三][宮]1463 執衣。

句：[明][甲]1227 左小指，[三]1336 多吒呪，[三][宮]585 懷除穢，[三][甲][丙]1202 取二無，[三]203 樓舍遠，[聖]221，[另]1435 盧，[宋][宮]2121 提。

俱：[宮]673 勿頭，[和]293 蘇摩華，[甲][乙]1239 元帥，[甲]1735 榮國有，[明][甲]997 胝那由，[明]24 盧奢五，[明]676，[明]1341 致説，[三][流]366 絺，[三][宮]、[聖]1425 律常，[三][宮]1605 礙又此，[三][宮][聖]376 夷城住，[三][宮]568 那含牟，[三][宮]1425，[三][宮]1425 律精舍，[三][宮]1425 律樹釋，[三][宮]1425 物頭分，[三][宮]1611 樹王，[三][宮]2121 物頭華，[三]152 獵其國，[三]1331 留周，[三]1435 舍彌法，[宋]

[明]212 絺羅曰,[宋][元]25 物頭分,[宋][元]747 類,[乙]1239。

倨:[宋][聖]100 靮念爲。

均:[甲]、拘[甲]1782,[甲]1816,[甲]2261 融於是,[三][宮]2103 恒準所。

劬:[元][明]309 復現聲,[原]2196 勞無用。

瞿:[宮]2122,[明]196 耶,[明]2123 耶尼用,[三][宮]272 耶尼,[三][宮]385 耶尼兒,[三]1 耶尼人。

世:[三]125 樓孫如。

松:[甲]2299 梨柯多。

勿:[三]2060,[聖]310 迦梨提。

物:[甲]、拘[甲]1782 留祈,[甲]1030 蘇摩等,[甲]1709 故云相,[甲]1718 羅漢言,[甲]1816 梨如是。

相:[甲]2339 不得自。

新:[宮]1425。

拘:[明]1341 嚧安遮。

絢:[甲]852 絺羅阿。

猗:[宋][宮][聖]、倚[元][明]425 而無所。

折:[三][宮]724 不能操。

指:[三]2110 分段還。

## 居

屠:[原]1778 然同有。

處:[和]293 士衆會,[三][宮]1459 欲行向,[三][宮]2121 淨修爲。

厝:[乙]2376 語言也。

店:[乙]2092 邑。

房:[三][宮]2059 請爲法,[宋]

[元]1458 宿夜安,[元][明]152 貧乎無。

奉:[甲]2408 之。

復:[甲][乙]2261 下上地。

號:[甲]1742 初初安,[宋]26 行者從。

活:[元]769 家修。

基:[三][宮]397 離反丁,[宋][元][宮]、－[明]397 離反十。

屆:[三][宮]1593 建,[聖]2157 此寺精。

靜:[三]125 之處諸。

局:[甲][乙]1866 此界故,[原]1776 在涅槃。

俱:[甲]1736 然有異,[甲]2035 聽命乃,[三][宮]1548 陀樹毘。

踞:[明][乙]1225,[三][宮]1442 合掌作,[乙]1724 床,[元][明]310 而坐兩。

君:[宮]2121 民一哀,[甲][乙]2397 長第,[甲]2068 何點招,[明][宮]565,[三][宮]2102,[聖]1,[宋][元]2154 建業魏,[元][明]984 多。

看:[三][宮][聖]2042 優波毱。

立:[乙][丙]2092 也民間。

摩:[甲]2255 洗其身。

內:[宋][元]593 宮殿種。

尼:[三][宮]397 羅婆,[三]2063,[宋][宮]411 家泥積,[宋][元]、第[明]、屋[宮]2122 爲興聖,[元][明]1336 羅摩思。

起:[三][宮]622 輕利道,[乙]2249 歟加之。

屈：[三][宮]2108 洗耳辭，[三]1007 其。

去：[明]1538 處。

若：[甲]1828 在佛位，[甲]1828 諸菩薩，[甲]2250 無標契，[甲]2266 不住正，[甲]2266 例云我，[三][宮]1571 現在現，[三][宮]1471 有所市，[三][宮]1546 好憙淨，[三][宮]1549 喜覺意，[宋][元][宮]、明註曰居南藏作若 342 不梵行。

尸：[三]2145 丹楊尹。

士：[甲]1805 自知不。

屬：[甲][乙]1822 異生餘。

天：[明]622 天子梵。

往：[三]202 其夫往。

小：[丙]2092 隱修道。

已：[宋][元][宮][聖]、－[明]1549 進反叔。

於：[三]2154 先此土，[聖]100 其中我，[聖]475 前而慰。

載：[三][宮]2102 慈悲之。

在：[三][宮]2087 興中心，[三]982，[三]982 村巷處。

柽：[甲]2128。

住：[明][乙][丙]870 本位以，[乙]2218 自心之，[原]1960 穢土不。

坐：[三][宮]2053 不動視，[三][宮]2121 三月以。

## 屁

居：[宮]2025 同堂合。

## 捄

撮：[三][宮]2121 衣寶去。

救：[三][宮]、求[聖]292 形體四。

## 罡

胃：[三]、置[宮]746 網殺諸。

冐：[明]2104 罔網。

罩：[元][明]671 羅。

置：[甲]2123 於岸上，[宋][元]2145 網于八。

## 疽

敗：[宋][宮][石]、[聖]1509。

蛆：[三][宮]720 蟲臭穢，[三]2042，[元][明]187 蟲穴，[元][明]397 毒虫死，[元][明]643 蟲唼其。

痛：[宋][宮]1505 內潰流。

## 掬

把：[甲]2082 月餘。

鞠：[宮]221 持散，[明][和]293，[三][宮][聖]279，[乙]、[丙]2396 多得之，[原]1286 養亦無。

菊：[三][宮]325 光佛南。

毱：[三]157 多在於。

探：[三]202 欲用施，[三]1425 噉已以，[宋]1 漸成，[元][聖]294 反翅曼。

握：[三][聖][宮]234。

種：[三]721。

總：[明]893 合手內。

## 娵

諏：[三][宮]1566 觜。

## 椐

据：[三]1336 路摩嬭。

據：[三][宮]2104 梧閉口。

## 裾

錦：[甲]2409 以羅錦。

据：[三][宮]2102 以不覩。

裙：[三][宮]1442 裹豆瓶，[三][甲]2125 蹙在左，[三]2125 既，[宋]190 舞袖又。

## 駒

拘：[三][宮]2042 那羅左，[三]2058 那羅受。

俱：[三][宮]1521 樓。

軀：[三][宮]606 還自危，[三][宮]606 而傷胎。

胸：[三][宮]2122 衍有獻。

## 踘

踏：[原][甲]2199 蓮池身。

## 鞠

採：[三][甲]1332 育菩提。

救：[三][宮]396 育窮厄。

掬：[丙]2396 多達磨，[宋]1336 育我成，[原]851 多阿闍。

鞠：[宮]2008 問云姓，[宮]2034 養乘羊，[宋][元]2112 理。

深：[三][宮]2103 生禾。

育：[三][宮]2108 罔極。

## 斛

拘：[宋][宮]309。

## 鞠

鞠：[宮]2122 問甚急。

頭：[元][明]、鞠[宮]2123 頰俱堆。

## 局

差：[乙]2309 別此等。

而：[宮]1522 言靡測。

茍：[元][明]2016 執。

弓：[三]2103 追敗。

假：[乙]2261 佛。

屆：[明]2110 在域中。

拘：[甲]1736，[三][宮]2123 出家相。

居：[甲]1733 不足何，[甲]1733 二種十。

離：[甲]2323 自可知。

明：[乙]1821。

屬：[甲][乙]1929 於苦於，[甲]1782 乃爲空，[甲]2290 假身爲。

望：[甲]2217 得二身。

爲：[甲]2036 厓甲皐，[甲]2305 別於此，[甲]2339，[乙]1821 因，[原][甲]1851 後因望，[原]2248 濫若依。

限：[三][宮]1458 應問施。

因：[乙]1821 以明若。

志：[三]2045 褊狹不。

## 桔

梏：[三]2122 然俱，[宋]1333 皮結呪。

枯：[宮]2060 或停，[宋]1092 特衹。

## 毱

掬：[三][宮]2123 擲若故。

鞠：[宮]508 時有一，[宮]508 從彼命，[宋][元][宮]508 從。

掘：[甲]2301 多如是。

毬：[元][明]443 多如來。

## 蓺

藝：[明]2131 略六經。

## 錮

錮：[三][乙]、銅[甲]2087 多有。

## 橘

樹：[元][明]2016 得屍果。

## 鵻

鳩：[甲]2128 鳩爾雅。

## 攫

攫：[三][宮]2121 面傷體。

## 弆

舉：[宮]539，[三][宮]2060 大隋開，[三]2122 或非時。

## 咀

咀：[明]1451 嚼濕以，[明]2122 茶盧四，[明]2131 麗衍尼，[三]2122，[乙]1796，[元][明]、迴[宮]848 麼二合。

怚：[甲]2087 蜜國赤，[三]2088，[宋][元]220 姪。

咀：[明][甲]964 囉二合。

詛：[明]1094 或被毒，[三][宮]480 言說者，[三][甲]1135 惡形羅，[三][乙]1092 諸天鬼，[三]264 諸毒藥，[宋]945，[元][明]186 常奉行，[元][明]294 兩舌惡，[元][明]664 一切惡，[元][明]1070，[元][明]1093 作其人。

## 沮

殂：[三]、殂[宮]2122 壞有大，[宋]345 廢福意。

但：[聖][石]1509。

恒：[三]68 欲死父。

姐：[聖]1582 壞三者。

勵：[宋]2145 不亦大。

惱：[元][明]340 令其退。

涅：[宮]2121 致大難，[甲]1112，[聖]2157 渠，[聖]2157 渠氏傳。

濕：[甲]2120 實冀妖。

阻：[宮]397 能，[宮]1912 壞是故，[甲]1225 壞之，[甲]1705 壞山王，[甲]1733 故云不，[甲]1733 故云眞，[甲]1733 四深崇，[甲]2087 渠，[三][宮]2103 都，[三]220，[聖]、殂[石]1509，[聖]272，[聖]1595，[知]384，[知]384 壞佛出。

殂：[聖]278 壞，[聖]278 壞是，[聖]278 壞欲生，[聖]278 壞直心，[聖]278 壞，[聖]278 壞降伏，[聖]278 壞具足，[聖]278 壞令一，[聖]278 壞妙智，[聖]278 壞如說，[聖]278 壞如無，[聖]278 壞善財，[聖]278 壞攝取，[聖]278 壞是力，[聖]278 壞是菩，[聖]278 壞遠離，[聖]278 若見王，[聖]1522，[聖]下同 278 堅固如，[知]384，[知]384 壞，[知]384 壞諸佛。

　　俎：[甲][乙]1796 壞故異，[甲]975 壞如來，[三][宮]、阻[聖]627 敗令，[聖]、[另]1509 壞不，[聖]278，[聖][另]1509，[聖][另]1509 壞菩薩，[聖]125 壞復次，[聖]223 壞須菩，[聖]278，[聖]278 壞譬如，[聖]278 壞善根，[聖]1509 壞我今，[聖]1549 壞或作，[聖]1582，[聖]1582 壞其心，[聖]1582 壞終，[宋][宮][聖]1509 壞則失，[宋][宮]656 壞何以，[宋][聖]1509 壞，[宋]366 佛日生，[宋]374 壞善，[宋]1509 壞當知，[乙]1069 壞五。

## 茝

　　呂：[三][宮]2122 縣白頸。

## 矩

　　短：[丙]1076，[甲]923 二，[甲]1007 醢，[甲]1112 吒十二，[甲]1717 方次若，[甲]2087 奢揭，[明]1254 摩羅菩，[三][丙]865，[三][宮][聖]395，[元]2016 或直來，[原]2001 鶴長落。

　　基：[甲]1828 師云梵。

　　榘：[明][甲]989 素銘娜。

　　句：[甲]1209 嚕，[明][甲]1175 嚕，[明][甲]1175 嚕，[明][甲]1175 嚕十一。

　　炬：[甲]2035 至晉朝，[明][乙]

1092，[三][宮]2060 吉藏慧，[三]1173 嚧二合，[三]2149 所撰，[三]2151 等筆受，[乙]901 智九，[乙]2244 反雨液，[元][明]2060 傳二。

　　俱：[三]1058 吒軍，[乙]1211 蘭駄。

　　舍：[乙]1220 唱提噁。

　　姫：[甲]952。

　　知：[甲]1796 矩反二。

## 挙

　　惓：[甲]1718。

## 筥

　　莒：[三][宮]2121。

## 擧

　　以：[甲]1735 要下雙。

## 擧

　　悲：[甲]1782 心凡所。

　　本：[甲][乙]2263，[甲]2217 耶若二。

　　辨：[甲][乙]1822 無般涅。

　　表：[聖]1733 前初十。

　　答：[甲]2254 此義置，[乙]2263 之者可。

　　大：[三][宮]534 眾降德。

　　等：[甲]2261 法至不。

　　凡：[乙]2261 本疏。

　　峯：[乙]1796 爲性乃。

　　奉：[宮]2040，[甲]911 身如師，[甲]1781 施然後，[甲]2036 得見馬，[甲]2217 之以立，[甲]2250 此中間，

[甲]2266 一例餘，[三][宮]、普超三昧經舉[宋][元][宮] 627 鉢品第，[乙]1822 文釋歸，[乙]2408 之是天，[原]1819 反修行。

告：[三][宮]1458 事女人。

故：[三]、學[宮]263 見我歡。

乖：[原]2339。

華：[甲]2250 七有經。

寄：[乙]2397 餘教四。

教：[聖][甲]1763 物離著。

界：[宮]1428 事爲根。

具：[甲]1736 今宗。

據：[乙][丙]2810。

鋸：[三][宮]1428 齒或虫。

覺：[甲]2814 喻水相，[三][宮]1602 證淨等，[宋]413，[乙]2397 枳攘二。

軍：[宮]263。

看：[乙][丙]2003。

了：[甲][乙]2263 今案本。

明：[原]2196 能弘之。

輦：[原]1149 多羅耶。

攀：[丙]2381 足，[宮]263 喻億千，[甲][乙]2194 比丘出，[甲]1828 無住指，[三][宮]2122 仰無厭，[三]2122 刀輪時，[三]2122 手絕足。

破：[原]2208 非其人。

氣：[甲]1709 一，[原]1849 無始以。

棄：[明]1428 其有。

襄：[甲]2204 諸教之。

擎：[聖]211 金。

取：[甲][乙]1816 無自他，[聖]

1428 他波。

拳：[甲][丙]1145 右手然，[甲][乙]2390 振，[甲][乙]2385 風輪杖，[甲][乙]2387 三指從，[甲]2255，[乙]2390 手印是。

攝：[三]26 姓子欲。

審：[甲]1863 斯文聲。

聲：[三][宮]378，[聖]1464 鼻馬鳴。

事：[甲]1828 境隨多，[原]2339 喻釋殿。

順：[三]1425 八波羅。

隨：[甲][乙][丙]1866 一全收。

泰：[甲]2266 備釋雖。

舞：[三][宮]2102 於指掌。

興：[甲]951 月，[甲]2293 有三或，[元][明]425 足妄蹈。

敘：[甲]2266 別用不。

學：[宮]649 取，[宮]1506 方俗，[甲]1912 佛遺囑，[甲][乙]2309 也，[甲]2269 二譬明，[三][宮]263 諸法曉，[三][宮]2060 如周者，[聖]419 聲稱怨，[原]1764 三若佛。

以：[三][宮]1425 物覆火。

用：[三]2110 檀那。

有：[聖]1421 著露地。

舁：[三][宮]1421 如此安，[三]186 之出城，[宋][明][宮]、與[元]1451 大世，[元][明]、輿[宮]1425。

輿：[宮]1912 類證釋，[甲]2073 往哲所，[三][宮][聖]1421 須非時，[三][宮]2040 大愛道，[三][宮]2060 登座因，[三][宮]2085 著，[三][宮]

2121 置堂上，[三]125 大愛道，[三]2060 而下既，[三]2063 著山中，[三]2106，[聖]341 身上，[聖]1421 著生草，[聖]1763 床詣佛，[宋][聖]、[元][明]375 我床往。

與：[宮]1428 若滅擯，[宮]1542 故輕，[甲]2129 反説文，[明]1425 堪事人，[三]、以[聖]125 身作證，[三][宮]619，[三][宮]1435 宿故不，[三][宮]1435 我犯惡，[三][宮]1562 方隅顯，[三][宮]1562 生顯識，[三][宮]2122 四餅欲，[三]1546 無慚無，[三]1562 等流異，[聖]26 即舉應，[聖]1421 本言治，[聖]1435 持來還，[聖]1443 離處是，[另]613 身光，[宋]2121 一餘皆，[元][明][宮]461 本際一，[元][明]1435 宿不淨，[元][明]1441 前不犯，[元][明]1550 癡名所，[元][明]2121 衆超，[元]1435 身如白。

舉：[三][宮]1509 出，[三][聖]190 從迦毘，[宋]、昇[元][明]2149 尸歸葬。

譽：[宮]2105 寺禮拜，[甲]2730 口筆委，[甲]1828 第八有，[甲]2307 於當時，[明]310 歎曰，[明]1537 便不爲，[三][宮]266 於無著，[三][宮]410 輕他不，[三][宮]461 爲，[三][宮]1428 佛法僧，[三][宮]2060 繼乎魏，[三][宮]2060 通古罕，[三]292 一切諸，[三]375 讚，[三]2060 事梁，[石]1509 須菩提，[元][明]108 梵行所，[元][明]222 梵行所，[元][明]626 亦無所，[元][明]821 不輕於。

衆：[另]1431 或休道。

準：[甲]2250 寶解已。

## 齟

咀：[元][明]263 齚。

## 欅

襌：[三]1451 時極理。

## 巨

伯：[三]2145 源問摰。

臣：[宮]310，[宮]2034 等筆受，[宮]2059 嚴佛調，[宮]2059 衆星之，[宮]2103 難帝，[甲]901，[甲]1709 唐前後，[甲]1709 細相容，[甲]1709 細一切，[甲]2128 衣反廣，[甲]2129 乙反，[甲]2266 故復應，[明]5 細慈愛，[三][宮]1425 帝喚歲，[三][宮]2108 責，[三]1 陀羅高，[三]2150 一部一，[三]2151 西域人，[三]2154 譯，[聖]2157 源右，[石]1558 富長者，[宋][宮]2059 害熹遂，[宋][宮]2122 樹大者，[宋][元][宮]、用[明]2103 萬金檀，[宋]2154 等筆受，[乙]1306 門祿存，[元]2060，[元]2061 獸無以，[元]2122 細得以。

豆：[三][宮]2103 火所焚。

過：[三][宮]2104 患增長。

回：[元][明]815 不可稱。

極：[元][明]1013。

經：[甲]、臣[甲]1816 委初文，[甲]1816 委。

拒：[宮]383 時拘尸，[三]196 命如何。

苴：[三]2110 膡實是，[元][明]
2123 摩草末。

具：[三][宮]613 身丈。

炬：[三]2145。

訑：[三][宮]313 能計數。

駈：[三][宮]下同 2102 相資廢。

貌：[三]76 容丈六。

片：[三][宮]2103 同菩薩。

叵：[三][宮]1425 舍羅聞，[宋]
2121 億常奉。

頗：[明][宮]2122 甚至藏。

其：[明]204 身至尊，[三][宮]
2121 身。

渠：[三][宮]587 言反大。

人：[三]5 民終當。

維：[三]2149 唐世變。

于：[三][宮]606 海。

# 句

白：[宮]2060 皆合韻，[甲]1512
釋初句，[明]651 佛言曼，[三]2149
喻集四，[聖]2157 神呪經。

半：[甲]2196 舉上聞。

初：[甲]1512 也顯彼。

處：[甲]2006。

答：[三][宮]1428 即是時。

德：[甲][乙]2219 即四河。

等：[甲]2281 上不無，[乙]1736
問曰聲。

多：[乙]1822 伽外。

而：[甲][乙]1822 德依。

二：[宋][元]、－[明]882 訶娑訶。

法：[甲]2434 門。

翻：[甲]1922 觀欲念。

福：[甲]2036 之長溪。

供：[乙]2397 如次現。

勾：[甲]1875 當，[原]1112 鎖印
能。

鉤：[明]1288，[明]891 牽一切，
[明]1288 召如是，[明]2016 牽後令，
[明]下同 1288 召一切，[三][宮][甲]
876 結是名，[乙]921，[原]1238 即以
中。

合：[三]、－[甲]972，[元][明]
1682。

何：[甲]2274 爲因喻。

和：[元][明]598 合義也。

花：[甲]2068 或歡佛。

偈：[甲]1816 云二智，[甲]2269
至說勝，[三][宮]397 乃至一。

加：[原]2362。

經：[甲][乙]1736 餘。

拘：[甲]2337 也連也，[明]302
盧舍或，[三][宮]384 樓天中，[三]
[宮]785 之使兩，[三]1485。

局：[宮][甲]1805 制教慈，[甲]
2274 後通者。

矩：[乙]867 句捨。

俱：[乙]867 句胝。

空：[原]2271 他不許。

口：[甲]2274 聲名二。

劣：[甲]2261 中妙三。

論：[甲]2250 已遮此。

曲：[明]2076 師曰獵。

闕：[甲]2274 三種四。

勺：[三]1358 婆摩一。

事：[宮]848。

四：[甲][乙]1866 義思之。

頌：[乙]2263。

所：[甲][乙][宮]1799 聞之境。

同：[宋]、－[元]1092 囉惹。

爲：[甲]2299 縛法及，[原]2271。

問：[甲]2299 者謂眞，[甲]1733
餘偈次，[甲]2006 或蓋覆，[甲]2227
意正問，[原]1771。

勿：[甲]1816 説，[甲]1816 説者
謂。

物：[乙]2263 乎次。

夕：[甲]2250。

向：[宮][甲]1912 法性無，[宮]
2112 令問河，[甲]1736 是無漏，[甲]
1724 堪受人，[甲]1733 下第二，[甲]
1736 爲，[甲]1763 明四佛，[甲]1912
攝九想，[甲]2255 故今案，[甲]2274
離故者，[甲]2339 後即入，[聖][另]
285 以月明，[聖][另]1442 字無有，
[聖]279，[聖]1763 執定耶，[元][明]
1523 常益持，[原]2196 不作惡。

行：[乙]2263 不同有。

凶：[三][宮]2122。

匂：[甲]1816。

旬：[宮]1804 行若無，[宮]2034
麗國問，[宮]2122 授之，[甲][乙]
2194 乃，[甲]1736 求生不，[甲]2129
聲歹午，[明][宮]1442 日數多，[明]
1341，[三][宮]2121 羅九伽，[宋]
2122 喻經云，[乙]2244，[元][明][聖]
626 四事總。

要：[三][宮]425 不冀衣。

也：[宮]402 是時阿。

一：[明]312 句賀虎。

義：[三]125，[原]2196 一得天。

引：[宮]244。

應：[原]1818 云應如。

有：[宋][明][宮]223 義是菩。

緣：[元][明]1564 中生不。

曰：[甲]1123，[明]1336。

約：[甲][乙]2390 易見故，[甲]
1805 有，[甲]1828 依處辨。

匂：[元]1428 亦如是。

之：[甲][乙]2391 終分。

種：[甲]2301 中一名。

重：[明]1520 再說應。

轉：[三][宮][聖]1579 中推求，
[原]、轉[甲]2006 語供養。

自：[甲]1733 別有十，[甲]1733
深廣難，[聖]2157 在釋見。

字：[甲]2195 而，[明]1665 了了
分。

## 拒

臣：[聖]223。

抵：[三][宮]2060 實時二，[三]
203 言我不，[三]209。

短：[原]1780 即何有。

非：[甲][乙]1822 誰言此。

柜：[三][宮]1566 不能生。

矩：[元]310 而輕賤。

亘：[三][宮]2103 海五，[宋]125
逆比丘。

岠：[宋]2106 搆隙以。

具：[明]2104 豈得無。

距：[宮][聖]278 逆賢聖，[明]2103 投石，[三]2145 拒而不，[三]2145 之堅軍，[三][宮]221 逆，[宋][宮]2040 塞者豈，[宋][宮]2121 逆即便，[宋][元]211 陽未訖，[宋]375 逆鬼，[元][明]310 木身形。

詎：[三]2110 可信，[宋][宮]2040 勝我等，[元][宮]2122 逆唯知。

懅：[三][宮]2123 當知是。

排：[原]、排[聖]1818。

以：[三][宮]2045 逆聖教。

指：[元]2122 抗智感。

## 苣

荳：[宮]1442。

巨：[宋][宮]1545。

## 岠

拒：[三][宮]2060 違預在，[元][明]2106 六萬之。

距：[明]2122，[元][明]2060，[元][明]2060 梁之初。

## 姖

姖：[三]1644 山又。

## 具

敗：[元][明]2123 爛。

貝：[宮]1799 云，[宮][甲]1805 玉彼論，[宮]1598 表勝義，[甲]2128 也亦云，[甲]1007 牟，[甲]2039 莢痛矣，[甲]2039 葉何得，[甲]2119，[甲]2128 曰鉆蒼，[甲]2274 止云文，[甲]2412 破時黃，[明]316 諸樂器，[明]2131 即木綿，[三][宮]1435 衣突吉，[三][宮]2121 持輪御，[三][聖]397 毛次名，[三]202 琴瑟琵，[三]202 也彼時，[三]1335 婁香與，[聖]1456 衣愚癡，[宋][元][宮]1598，[乙]2244，[元][明][宮]721 思彌，[元][明]984 多羅龍，[元][明]984 婆多大。

備：[甲][乙]1866 德故或，[甲]2207 也防也，[三][宮]2122 非。

唄：[甲]2434 或。

必：[乙]1822 有不此。

變：[甲]2263 無漏種，[乙]2408 法門。

財：[三][宮]1606 恒與怖。

草：[宮]1435 飲食衣。

長：[甲]2266 足可。

常：[三][宮]1581 修梵行。

成：[三][宮]1647 何者正。

持：[三]60 此戒猶。

充：[三]26 足爲內。

粗：[宋][元]、麤[明]196 熟。

大：[三]、－[宮]1431 戒人共，[聖]1435 戒不應，[聖]1435 戒來未。

旦：[甲][乙]2309 那國等，[三][宮]1563 四種得。

但：[甲]1924 是障性。

道：[明]1550 故問何。

得：[原]2339。

調：[宋][元][宮]310 又與五。

定：[甲]2263 所立以。

各：[甲]1733 二種嚴。

共：[甲][乙]2288 行萬行，[甲]1823 生等五，[甲]2217 戒是色，[甲]

2217 體而生，[甲]2218 戒者，[甲]2250 云世間，[甲]2269 學處有，[甲]2339 六者種，[明]2103 嚴枯濯，[三][宮][另]1428 說此事，[三][宮]2045 白，[乙]2218 陳斯，[元][明]1451 申供，[元][明]1472 知給眾，[原]1851。

故：[三][宮]1435，[三]193 無有斷，[宋][元][宮]1653 十二支。

廣：[三][宮]1543 演說，[元][明]891 大神通。

果：[乙]2249 故唯從。

壞：[和]293 此十義。

見：[敦]1957 無所乏，[宮][聖]310 慈悲及，[宮]2121 說往古，[宮]2121 足皆得，[甲]、知[甲]2428 自心本，[甲]1828 定勝德，[甲]2219 第十普，[甲]2290 光明覺，[甲]893 善相者，[甲]1705 翻，[甲]1721 幾種身，[甲]1733 無礙藏，[甲]1828 彼有無，[甲]2231 正報依，[甲]2266，[甲]2299 本土，[甲]2309 分滿教，[明][宮]397，[明]2059 問罪福，[三][宮]1559 色無色，[三][宮]1647 是名正，[三][宮][聖]278 如來智，[三][宮]286 有三惡，[三][宮]416 已於一，[三][宮]1563 五蘊以，[三][宮]1646 足又眼，[三][宮]2121 語白狗，[三][宮]2123 白佛言，[三][甲]955 光明則，[三][聖]291 矣其，[三]32，[三]100 有如是，[三]434 此於諸，[三]613 足，[三]682 真，[三]2060 唐貞觀，[聖]26 如是受，[聖]1 啓人尊，[聖]1421 者是比，[聖]1509 湯藥於，[石]1509

足故不，[宋][宮]、具足[元][明]585 六度無，[宋][宮][聖]397 已得是，[宋][元][宮]269 爲現眾，[宋][元]192 隨大仙，[宋][元]1428 白佛佛，[宋]193 施善何，[宋]721 聲行言，[元]834 悉以供，[元][明]100 眼者宣，[元][明]224 諸菩薩，[元][明]310 天妙身，[元]639 一，[元]1579 不具所，[元]1808 並受持，[原]1782 而出五。

俱：[宮]1595 滅離三，[甲]、一[丙]2397 等，[甲]1706 如止觀，[甲]1828 分，[甲]1841 得二名，[甲][乙]1822 那契經，[甲][乙]1822 有七，[甲][乙]2328 三種性，[甲]1736 十以，[甲]1736 知根三，[甲]1775 行六度，[甲]1823 此兩，[甲]1841 三相闕，[甲]1924 有二義，[甲]2006 在唐會，[甲]2266 不障三，[甲]2274 聲如人，[明][乙]1092 造五逆，[明]64 淨行分，[明]173 大威德，[明]201 功德者，[明]354 有心不，[明]1020 雲海奉，[明]1545 三現觀，[明]2153 存私密，[三][宮]310 各起是，[三][宮]397 捨種種，[三][宮][聖]223 云何善，[三][宮]374 終不捨，[三][宮]1421 以白佛，[三][宮]1562 是有唯，[三][宮]2059，[三][宮]2108 開，[三][宮]下同1421 白佛，[三]98 淨并淨，[三]159 修三聚，[三]185 有三毒，[三]375 終不，[三]1341 如來曾，[三]1559 有十八，[三]2154 探而，[聖]1421 以白佛，[聖]211 白所論，[聖]272 足功德，[聖]397 致二十，[另]1509 有瓶，

[乙]1736 然隱顯，[乙]2263 是非實，[乙]2778 論爲四，[乙]2782 足謂降，[元][明]627 菩薩首，[元][明]1562 身愛念，[元][明]1594 纘所纘，[元]1425 白世尊，[原]2408。

　口：[宮]279 四十齒。

　糧：[三][宮]1579。

　令：[甲][乙]1822 順樂受，[甲]1816 修行後，[原]2271 了所立。

　六：[宋][元]882 德持金。

　螺：[元][明]657 擊大法。

　略：[乙]1724 不引問。

　滿：[甲]950 心亦不，[三][宮]1488 足善男，[三][乙]1092 足爲後。

　皃：[聖]613 者見地。

　滅：[甲]2801。

　名：[乙]2263 時同依，[乙]2263 爲十王。

　目：[宮][聖]292 見，[甲][乙]1709 多法故，[三][宮]、見[聖]425，[三]2149 所詳。

　普：[三]982 嚕三十。

　其：[丁]2244 種種寶，[敦]1957，[宮]411 足世路，[宮][聖]310 六神，[宮]244 聖財自，[宮]635 戒行專，[宮]1435，[宮]1451 以王教，[宮]1558 身心遠，[宮]1648 足二十，[甲]1735 業惑苦，[甲]1851 廣分別，[甲][乙]1733 遍一切，[甲][乙]2408，[甲]1512 三種德，[甲]1512 引所釋，[甲]1512 足四種，[甲]1709 前二義，[甲]1709 悉詞微，[甲]1724 六釋者，[甲]1728 載菩薩，[甲]1731 明行因，[甲]1733

下文，[甲]1735 六初二，[甲]1782 戒四支，[甲]1816 身大身，[甲]1820 遺教故，[甲]1851 義不定，[甲]2128 糟歡其，[甲]2186 方丈，[甲]2219 果德故，[甲]2227，[甲]2250 出四分，[甲]2250 勝衣服，[甲]2261 舉本文，[甲]2261 有四聲，[甲]2266 標三義，[甲]2266 如彼，[甲]2266 如笠，[甲]2266 如下述，[甲]2266 五蘊，[甲]2270 量方成，[甲]2270 眼等識，[明]316 勝，[明]204，[明]220 大威力，[明]310 三十二，[明]411 足四輪，[明]848 諦信當，[明]1482 身，[明]1545 有未離，[明]1552 非分故，[明]1559 十見，[明]2043 心解脫，[三]193 惡心，[三][宮][石]1509 說一，[三][宮]226 心住於，[三][宮]263 餘之眾，[三][宮]376 聞者甚，[三][宮]837 數名增，[三][宮]896 執種，[三][宮]1442 嚴喪禮，[三][宮]1506 差別有，[三][宮]1571 如先，[三][宮]1579 中證得，[三][宮]1591 義由於，[三][宮]2043 慧則爲，[三][宮]2059 語意故，[三][宮]2060 身長七，[三][宮]2121 說如前，[三][宮]2122 道舍客，[三][宮]2122 如下第，[三][宮]2122 薪炭溫，[三][宮]2122 足者即，[三][宮]2123，[三][聖][石]、一[宮]1509，[三]152 寶帛娉，[三]632 人供養，[三]2088 諸傳錄，[三]2145 語意故，[三]2154 語意故，[聖]1537 及，[聖]292 足等願，[聖]425 夙夜敬，[聖]765，[聖]1425 若竹木，[聖]1425 時風，[聖]1733 德難

思，[石][高]1668 能入門，[宋][宮]421 境界以，[宋][明]220 修行菩，[宋][元]、傃[宮]2122 受爲得，[宋][元]26 足已身，[宋]100 信故能，[宋]375 大功德，[宋]450 恭敬，[宋]1103 楊枝，[宋]1545 足住如，[乙]2261 有三分，[乙]2408 奧所，[乙]2408 供作，[元]1582 足淨，[元][明]2108 如蕭子，[元][明]187 中化出，[元][明]201 鞍韀誰，[元][明]721 光，[元][明]721 聲聞已，[元][明]848 緣衆支，[元][明]1341 五種相，[元][明]1459，[元][明]1513 相由彼，[元]263 足當爲，[元]549 白王復，[元]1428 白世尊，[元]1466 犯二事，[元]1536 慧安住，[原]、其具[甲]1960 斷彼人，[原]1851 斷二縛。

器：[三][丙][丁]、冥[宮][乙]866 置其臺，[乙]2393 置臺上。

且：[宮]397，[宮]2060 見伊羅，[宮][聖]627 供養正，[宮]2122 以言慶，[甲]974 東西去，[甲]1709 陳三寶，[甲]1735 初意者，[甲]1816 三學者，[甲]1912 五集滅，[甲]2266 如餘釋，[甲]2266 無一位，[甲]2266 一往而，[甲]2300 就未至，[甲]2397 如十法，[甲]2434 說文相，[明][宮][聖]790 問，[明][乙]994 如十字，[明]1450 諸方遠，[明]2154 題云蹬，[三][宮][聖][另]285 聽若有，[三][宮][知]598 當聽過，[三][宮][知]598 觀如來，[三][宮]1443 當收取，[三][宮]1545 於十，[三][宮]1562 顯如前，[三][宮]2122 兼

將此，[三]125 論聖，[三]192 崇王者，[三]1056 滿足眞，[三]2088 覿遺跡，[三]2154 題云除，[宋][宮]1562 止傍論，[宋][元]、其[明]212 得果報，[宋][元]2061 諱者周，[乙]2218，[乙]2263 可知之，[元][明]1451 揩，[元][明]1521 說諸地，[原]、[甲]1744 叙之第，[原]2270 九似宗，[原]920 以微心，[原]1764 就涅槃，[原]1776 列五十，[原]1936 如止觀，[原]2339 義苑云，[知]598 聽今爲。

褥：[聖]1428 波逸提。

身：[丙][丁]866，[甲]2255 答曰色。

甚：[甲]2087，[明][宮]398 清淨是。

愼：[三][宮]1462 諸根。

生：[乙]2393 如是等。

屍：[宮]1428 以上事。

食：[聖]1428 已晨朝，[宋][宮]2123 一切珍。

事：[三]190 復倍增。

是：[宮]279 佛功德，[宮]1453 裙二帔，[宮]1577 足，[宮]2121 以啓聞，[甲][乙]1821 有前，[甲][乙]1866 第二住，[甲][乙]2250 緣，[甲]1736 故爲願，[甲]1816 足體非，[甲]1863 足故能，[甲]2250 釋瑜伽，[甲]2261 足上下，[甲]2266 明四，[甲]2266 聲也爲，[甲]2299 得申如，[甲]2339 有三，[明]1559 二謂緣，[明]722 大安樂，[明]1547 彼行者，[明]2076 行脚眼，[三][宮]、諸[聖][另]285 一切佛，

[三][宮][聖][另]285 宣布法，[三][宮]224 經正，[三][宮]638 藥多，[三]1424 問已若，[聖]285 足，[聖]1425 白世尊，[另]1721 明三乘，[元][明]643 男子身，[元][明]1547 故念及。

說：[甲]1736 云善男。

所：[三]489 有神通，[聖]790 見宜退。

通：[乙]1822 二謂業。

同：[甲]2195 約言於。

土：[明]1450 皆悉棄。

完：[三][宮]221 牢強所。

往：[三][宮]1425 白世尊。

畏：[原]1776。

臥：[明]1428 針筒，[明]1430 當取故。

無：[甲]2396 依金剛，[乙]1736 之。

五：[三][宮]376 戒而學。

向：[甲]1735 如下諸。

興：[宮]278 正法故，[甲]2219。

養：[明][乙]1086 行人面，[三][宮]2121 來詣拘，[三][宮]2121 種種餚，[聖]278 從眞實，[聖]278 無量寶。

宜：[甲]1736 云室利。

亦：[甲]1851 修問，[甲]2195 解此，[乙]2263 本智以。

異：[宮]1585 染著爲，[甲]2250 等醜陋，[甲]2196 此八難，[甲]2266，[甲]2266 若捨生，[甲]2274 此無似，[三][丙]、豐[乙]2087 繁，[三][宮]414 塔。

因：[甲]1736 一切法。

有：[甲][乙]1736 多教者，[甲][乙]1822 成善，[甲]952 大威德，[甲]1924 六道，[甲]1924 染，[甲]1924 染淨，[甲]1924 又復體，[甲]2006 如是三，[甲]2263 二，[甲]2276 二等方，[甲]2296 五性者，[甲]2396 諸名，[三][宮]606 一者口，[三]196 唯乏薪，[乙]2393 方便慧，[原]2362 生滅故。

與：[宮]1428 白世尊。

雲：[三][宮]304 踰勝於。

則：[元][明]1808 有三五。

昃：[甲]2128 如前說。

眞：[宮]681 嚴飾不，[宮]1672 知生死，[宮]2060 如別傳，[甲]2219 理出體，[甲][乙]1736 下二義，[甲][乙]2328 本覺性，[甲]1816 資糧由，[甲]1884 故第十，[甲]2270 異缺減，[甲]2299 四諦故，[明]1571 故未來，[三][宮]403 成而觀，[三]109，[三]190 正行故，[三]198 持戒莫，[三]201 一切智，[三]682 實，[三]2108，[三]2110 相，[宋]1579 縛，[乙]2174，[元][明][宮][聖]397 一切法，[元][明]649 非欲非，[元][明]895 有戒慧，[原]1849 智遍知。

直：[宮]1810 應語云，[宮]2123 說子意，[三][宮]398 啓前問。

至：[聖]125 得甘露。

住：[明]883 淨信財。

自：[甲]2250 言自性。

足：[甲]、是[乙]2261，[明]1539 諸快樂，[聖]1 可知何，[宋][明][甲]1077 滿七遍。

# 炬

燈：[甲][知]1785 能自照，[三][宮]397 善男子，[聖]606 明冥室，[知]1785 者。

焦：[三][宮]1505 柱慳。

矩：[甲]1092 嚕炬嚕，[明][甲]1094 盧炬，[三][宮][甲]901 智八儞，[三][甲][乙]1056 羅遜娜，[三][甲]1007，[三][甲]1227 瑟吒，[三][甲]2087 吒國有，[三][乙]2087 吒國商，[三]1092 嚕炬，[宋][元]、榘[明][甲]989 攞遇引，[元][明]992 魯炬，[原]1760 袍每居。

巨：[三]193 明現晦。

明：[明]279 佛蓮華。

煙：[三][宮]2103 遐照禪。

燿：[甲]2087 繼日競。

耀：[三][宮]1548 慧眼慧。

燭：[甲]1929 何益無。

# 怚

怚：[三][甲][乙]915 波二合，[三][乙][丙]903。

恒：[甲]1805 情者明。

# 俱

但：[甲]2299 多百論，[甲]2266 空世俗，[甲]2266 是法執，[甲]2297 不信佛，[乙]2263 是莊嚴。

共：[乙]2263 有。

空：[乙]2263 有等八。

若：[甲]、若俱[乙]2263 任運者。

# 俱

備：[敦]1957 造諸行。

彼：[三][宮]2103 含識而。

便：[宮]1488 死若有，[甲][乙]1822 起謂有，[甲]876 入金剛，[明][宮]374 共相將。

並：[乙]1821 生雖唯。

成：[三][宮]2102 失所謂。

徂：[三][宮]2034 來僧會，[三]2145 東於是。

怛：[聖]1199 散開。

但：[宮]1506 得成以，[宮]1545 依五因，[宮]1884 鹹濕故，[宮]2060 發道心，[甲]1763 迷於理，[甲]1828 與三十，[甲]1833 二十二，[甲]1926 名為聲，[甲]2196 應是佛，[甲]2255 空等者，[甲]2255 輪王得，[甲]2263 破說，[甲]2266 時而轉，[甲]2270 說正因，[甲]2290 時假立，[甲][宮]、俱[甲]1799 得聞之，[甲][乙][宮]1799 見瀑，[甲][乙]1822，[甲][乙]1822 不決定，[甲][乙]1822 為因各，[甲][乙]2192 約月輪，[甲][乙]2254 一具大，[甲][乙]2261 言一，[甲][乙]2263 七十二，[甲][乙]2263 述初釋，[甲][乙]2263 約聚論，[甲][乙]2394 經中所，[甲]901 上音，[甲]974 三，[甲]1709 除其蕎，[甲]1728 起輪轉，[甲]1733 諸佛於，[甲]1763 麁鎮頭，[甲]1780 撫臆論，[甲]1780 明不二，[甲]1805 隨人物，[甲]1813 供養有，[甲]1813 說彼，[甲]1816 妙大亦，[甲]1816 名

爲菩，[甲]1816 時，[甲]1816 五百年，
[甲]1821 有色故，[甲]1828 可義説，
[甲]1830，[甲]1841 言因緣，[甲]1851
解聞第，[甲]1913 須二十，[甲]1928
在能應，[甲]2217 觀貪實，[甲]2219
是爲實，[甲]2249 唯雜緣，[甲]2262
言遊，[甲]2263 能有彼，[甲]2266，
[甲]2266 名別性，[甲]2266 名果下，
[甲]2266 稍異，[甲]2266 無而發，[甲]
2266 於善染，[甲]2270 言眞，[甲]
2274 此，[甲]2274 非於有，[甲]2274
可分，[甲]2274 同品非，[甲]2274 欲
以因，[甲]2281 辨差別，[甲]2281 名
闕過，[甲]2293 許終所，[甲]2299 是
凡夫，[甲]2299 是四識，[甲]2299 是
照境，[甲]2299 約煩惱，[明]1 説遮
道，[明]1521 出世間，[明]1547 滅，
[三][宮][聖]1547 以軼，[三][宮][聖]
1563 爲識境，[三][宮][聖]1581 是言
説，[三][宮]1521 從他聞，[三][宮]
1617 客不異，[三][宮]2027 共結集，
[三][宮]2103，[三]125 觀如來，[三]
375 言王來，[三]1331 龍王，[三]1683
賀，[三]2122 是二帝，[三]2125 以成
就，[聖][甲]1733 爲自利，[聖]1509 求
一解，[聖]1509 有過故，[聖]1733 是
妄想，[聖]1763 名隨時，[另]1585 以，
[宋][元]2121 昇遊觀，[乙]1871 可准，
[乙]2218 可有也，[乙]2254 名士用，
[乙]2391 有難若，[乙]2394 想有白，
[乙][丙]2231 能修此，[乙][丙]2396 是
如來，[乙]1822 明色界，[乙]1929 興

而，[乙]2263 不，[乙]2263 解脫羅，
[乙]2263 小乘宗，[乙]2296 立於二，
[乙]2296 爲破汝，[乙]2362 名無，[乙]
2391 右拳投，[乙]2394 布純白，[乙]
2795 是重境，[乙]2795 應如法，[乙]
2878 病或，[元]1441，[原]1829 由此，
[原]2262 依第八，[原]1840 名義隨，
[原]2270 言極成，[原]2339 其佛果，
[原]2339 有。

得：[甲][乙]1822 勝，[甲]1816
出，[三]1581 戒，[聖]1462 到洲，[宋]
2102 乎而恒，[元][明]20 惡外學。

等：[甲]1792。

都：[聖]1721 傾今謂。

而：[明]220 白佛言。

符：[甲]2274 者意云。

復：[甲]1816 名畢竟，[甲]2068
如是云，[三]192 勝佛得，[宋][元]
[宮]1558 漸離前。

縛：[三][宮]618 修行正。

供：[甲]1816 七財敬，[甲]904
申，[甲]2270 不生解，[甲]2271 不許
德，[三][聖]627 具已達。

共：[甲]2263 具之爲，[甲]2274
不，[三][宮]、其[聖]397，[三][宮]523
作地大，[三][宮]1435 去即便，[三]
202 生因，[聖]1428 詣池欲，[乙]2263
取雖三。

鬼：[三][乙]1092 神等難。

好：[三][聖]223 解脫。

恒：[三][宮][聖]639 侍從往，[乙]
1821 起。

後：[甲]2068 來人中。

集：[甲][乙]1822 起依前。

迦：[丙]866。

皆：[明]2060 平，[三][宮]848 作金剛，[三]374 不可是，[森]286 通達疾，[元][明]228 不可得，[原]、須[甲]1842 成爲隨。

敬：[宋][元]1191 摩香水。

鳩：[三][宮]1425。

拘：[宮]455 舍花果，[甲]1775 律陀拘，[甲]1733 陳那，[明]1005 勿頭蓮，[明]1128 尸那城，[明]1462 尸那，[明]1682 留孫佛，[明]2076 尸入滅，[明]2122 盧舍依，[明]2122 睒彌，[三]125 樓孫至，[三][宮]397 毘遮羅，[三][宮]1435 修羅著，[三][宮]1462 尸那國，[三][甲]1313 律那僧，[三]1 物頭華，[三]100 陀園林，[三]375 羅尊者，[聖][石]1509 絺羅，[聖]411 胝佛所，[聖]411 胝那庾，[聖]440 那含，[聖]1451 尸宣略，[聖]下同 411 胝南贍，[另]1721 舍論明，[石]1509 盧樹上，[元][明][宮]374 羅尊者。

居：[三]、流布本亦 360 貧窮下，[宋]374 汝若，[原]1764 六慈。

矩：[甲]1000 哩，[三][乙]1092 嚕，[三]220 羅鄔波。

句：[乙]867 俱捨。

具：[高]1668 不修行，[宮][聖]1435 羅漿樓，[宮]891，[甲]、俱智俱知[乙]2192 智，[甲]1829 有，[甲][乙]2223 調伏麁，[甲][乙]2397 密之教，[甲]1736 表無表，[甲]1736 全若一，[甲]1736 同異下，[甲]1828，[甲]1863 作二説，[甲]2266 有二分，[明]549 白王言，[明]721 翅羅名，[明]721 走往赴，[明]1451 禮雙足，[明]1545 成就若，[明]1552 離者作，[明]1554 時而有，[明]1562 解脱既，[明]1610 解脱阿，[明]1669 轉不待，[明]2154 載，[三][宮]273 離空寂，[三][宮]598 供養海，[三][宮]1545 成就四，[三][宮]1563 而增減，[三][宮]1610 有性義，[三][宮]2102 曰，[聖]1763 有十，[聖]26 作衆事，[聖]1428 遮行婬，[聖]1763 無常者，[乙]1736 上二義，[元]676 隨行。

俱：[原]1203 威儀。

空：[甲][乙]2263 非。

禮：[元]276 稽首歸。

臨：[宮]1435 入其舍。

領：[甲]2130 頭沙譯。

尼：[元][明]443 俱陀如。

僻：[甲]1727 用從容。

起：[甲]2263 定心所。

前：[甲]、先[甲]2195 時未迴。

裘：[三]152 夷，[三]152 夷是，[三]152 夷是長。

但：[甲]1731 現即既，[三]203 須衆僧，[另]1585 有所依。

然：[甲]2230 彼稱説。

如：[三][宮]1488 有二人，[原]852 眉浪文。

僧：[甲][乙]1822。

雙：[甲]2230 運之文。

唯：[甲]、但[乙]1816 説三千。

謂：[甲][乙]1822 無間道，[甲]2823 爲所依。

無：[元][明]384 空者此。

悉：[宮]374 無是故，[另]1721 名造作。

相：[宋][宮]588 至，[宋]1571 名轉變。

想：[甲]2266 是宗，[三][宮]618 作住想，[乙]1723 非各八。

像：[宮]1530 不俱可。

信：[三][宮][聖][另]1543 解脫人。

修：[甲]1709 標問故，[甲]1830 生九品。

一：[明]1669 行。

依：[甲]2274 所。

亦：[三]374 重四作。

俁：[甲]1512。

與：[明]2041 存故道，[宋][元]1421 遊行人。

閱：[甲]1969 謹記。

則：[三]1564 不然。

值：[三][聖]200 行見是。

諸：[明]651 致劫受。

自：[乙]2397 受用三。

## 倨

倍：[宋]489 若沈下。

居：[三][宮]1472 坐上戲。

踞：[甲]1786 慢乎儒，[三]、據[宮]2102 傲之夫，[三][宮][另]1585 傲恃所，[三][宮]1478 床而吟，[三][宮]2121 母床果。

據：[三][宮]2122 傲床坐。

## 粔

巨：[宋]162。

## 距

矩：[三]2030 羅第六，[乙]850 二肘量。

巨：[宋]474 眾人而。

拒：[明]2145 有拔本，[三]、岠[宮]2060 二百有，[三]202 逆寧復，[三][宮]263 大邦雄，[三][宮]286 逆賢聖，[三][宮]513 懼被摧，[三][宮]2122 逆即便，[三]152 之矣仁，[三]161 之，[三]201 捍彼威，[三]202 汝速，[三]212 微細今，[三]2059 而不受，[三]2110 海五萬，[元][明]384 逆，[元][明]1509 逆，[元][明]2145 爲異，[元][明]2145 問率五，[元][明]巨[宋]212 微。

岠：[宋][元][宮]2103 于三月，[宋][元]2061 十五父。

詎：[三]、岠[乙]2087 或，[三]2154 突厥七。

蹑：[元][明]1509 一。

## 詎

臣：[甲]2087 有何心。

巨：[三][宮]2111 棄文而。

拒：[明]2122 逆便勅。

詀：[甲]1724 可不。

誰：[甲]1861 有三種，[甲]1709 可測乎，[甲]1744 可然耶，[甲]1988 免榮枯，[甲]2087 得歡，[甲]2223 以

此教，[甲]2300 至者謂，[三][宮]2112 肯依信。

詐：[甲]2125 可棄易。

# 鉅

神：[甲]1698 鐘雖朗。

# 聚

敗：[另]1721 落者明。

藏：[三][宮]1581 得菩提。

長：[宮]1425 落。

叢：[宮]384，[甲]2130 林精舍，[三][宮]277 從下方，[三]201 中有黑，[三]212 亦如谿，[元][明]、[宮]374 即作是。

村：[三][宮]813 落，[三]154 落。

德：[甲]1816 聚福。

法：[明]1566 又無因。

服：[三]1441 毘尼爲。

根：[甲]2266 也別聚。

光：[甲]850。

果：[三][宮]1559。

亟：[三][宮]2123 之則其。

極：[宋]197 弓射之。

集：[宮][知]598 求慧爲，[宮]1602 無上丈，[甲]2317 謂，[明][宮][森]286 道法寶，[石]1509 會。

家：[甲]1806 戒佛在。

舉：[原]1840 中言先。

坑：[元][明]397 世尊即。

累：[三][宮]585 無。

量：[三][宮]660 以彼如。

卵：[三][宮]2122 卒爲水。

取：[宮]1462 性成懺，[甲]1512 前境於，[甲]1821 後別蘊，[甲]2266 時故既，[三]1534 已然後，[三][宮]671 於外色，[三][宮][聖]268 覺了清，[三][宮][聖]397 陰而生，[三][宮]325 無礙空，[三][宮]422 果如來，[三][宮]1425 洗脚板，[三][宮]1425 一切河，[三][宮]1425 亦如是，[三][宮]1545 穀乃至，[三][宮]1558 諸法名，[三][宮]1559 有六何，[三][宮]1611 體因果，[三][聖]1579 是名知，[三]1340 威花，[三]1549 彼於衆，[三]2121 之以著，[聖]379 時或出，[聖]1421 集欲與，[聖]1425 著板上，[聖]1509 弟子，[聖]1509 三昧妙，[聖]1579 由宿串，[萬]26 集作齋，[乙]1816 答理有，[元][明]375，[原]1821，[知]598 由此行。

娶：[三][宮]397 之事，[三][宮]397，[三]24 三摩提，[乙]2087 難以。

趣：[明]220 諸菩薩，[宋][宮]294 佛第八。

攝：[三]2031 即無餘。

聲：[乙]2249。

聖：[元][明]1509 道無漏。

壽：[丙]1076 迴向自。

數：[甲]1816 如重擔。

樹：[元][明]658 如須彌。

聽：[明]1545 從不淨，[聖]1421 落不繫。

閑：[甲]1840。

懸：[三]1 虛空電。

依：[甲][乙]2317 義雖通。

邑：[聖]224 落會。

與：[元][明]675 成就第。

造：[三][宮][聖]1585 集長時。

者：[聖]1441 犯波羅。

置：[三][乙]1092 諸色相。

衆：[甲]、取[乙]1816 第一義，[甲][乙]1821，[甲]1816 第一義，[甲]1816 故者謂，[甲]1823 集，[甲]2036 集牛動，[明]1341 三昧聚，[明]1551 及不相，[明]2029 會相慶，[三][宮]1546 生一心，[三][宮][聖]397，[三][宮]1428 集，[三][宮]1513 故即是，[三]193 五十，[聖][石]1509 已來無，[聖]26 會坐或，[宋][宮]1509 各各隨，[宋][元][宮]603 不解苦，[宋]1694 者聚，[元]516 須以方。

## 窶

窶：[甲]2128 且貧傳，[三][宮]451 莫窶，[三][宮]1458 末底河，[三][宮]1545 拉摩風，[宋][宮]665。

## 劇

別：[原]1776 此通。

處：[三]193 賊，[三][宮]585 其佛境，[三][宮]1421 若有福，[三][宮]1509，[宋][元]、遽[明]1582 務世事，[元][明]621 坐座中。

據：[甲][乙]2194 疾象有。

遽：[三][宮]1509 務忽忽。

懅：[宮]、遽[聖]627 不閑，[宋][宮]、遽[元][明]374 務明當。

辣：[三][宮]1644 乃至惡。

痛：[三][宮]1435 是事白。

則：[明]1421 當過是。

## 踞

處：[三]、據[宮]310 卑床座。

跪：[三]2087 七。

居：[宮]1451 而住時，[宮]1453 合，[宮]1453 合掌作，[三][宮][聖][另]1458 合掌憶，[三][宮][聖]1458 告曰具，[三][宮][聖]1458 或處卑，[三][宮][聖]下同 1458 詳審受，[三][宮][另]1458 合掌在，[三][宮]1451 白言聖，[三][宮]1451 而住作，[三][宮]1451 而坐兩，[三][宮]1451 其上父，[三][宮]1458 合掌作，[三]2125 雙足履，[聖][另]1442 合掌作，[聖]1442 而住作，[宋][宮]1453 合掌作，[宋][宮]下同 1453 合掌作，[宋][元][宮][聖]1459 對苾芻，[宋][元][宮][聖][另]1459 踞對苾，[宋][元][宮]1452 作如是，[宋][元][宮]1453 而坐老，[宋][元][宮]下同 1453 合掌受，[宋][元][宮]下同 1453 合掌作，[宋]1453 合掌作。

拒：[三]2110 金波夜。

倨：[明]1540 傲性是，[三][宮]1478，[宋][宮]309 生死岸，[宋][元]185 前畫地。

距：[甲]1973 師子高。

據：[宮]2102 食，[三][宮]374 地安住，[三][宮]2103 欲天梟，[宋][宮]2102 也坐禪。

## 據

按：[甲]2266 彼論而，[聖]2157。

拔：[甲]2434 更明第。

彼：[甲][乙]1822。

摽：[甲]1736 佛力能。

標：[甲][乙]1822 前後，[甲][乙]1822 隨增名，[甲]2273 名舉宗，[聖][甲]1733 據智二，[乙]2249 次第也，[原]2270 同品也。

稱：[甲]2249 之任愚，[甲]2270 因明之。

持：[甲]、據[甲]1821 極微相，[甲]1828 戒大過。

處：[宮]2060，[甲][乙]2391 須彌頂，[甲]1724 顯相身，[三][宮][聖][另]342 微翳，[三][宮]2121，[三][宮]2122 從多而，[三][宮]2122 事務故。

撮：[甲]2255 者玉篇。

德：[甲]1828 次明受。

獨：[甲]1828 標天名。

換：[乙]2390 此儀軌。

機：[宋]、踞[元][明]2102 食近亦。

捷：[甲]2339 陶。

就：[聖]、據四方[另]1721 化。

舉：[甲][丙]2810 二空一。

倨：[甲]2128 傲侮慢。

距：[甲]2035 今十三。

劇：[三]186 矣生當。

踞：[宮]1545 多處所，[明][甲]1177 千世界，[明][甲]1177 師子座，[三]、濾[宮]2122 床而坐，[三]下同2102 外，[宋][宮]2121 地安住，[宋][宮]2121 其處行，[宋][元]2102 食，[元]2102 未盡何。

遽：[三][宮]2085 不知那。

懅：[三][宮]381 厄難之，[三][宮]381 之難，[三][宮]398 如來方，[三][宮]1452 怖時暫，[三][宮]2026 學之喜。

懼：[三][宮]618 生惑亂，[三][宮][聖]318 興，[三]185 共白師。

決：[三]、守[宮]2103 津。

論：[乙]1821。

明：[甲]2273 正因義。

擬：[甲][乙]2397 諸教地。

披：[原]1833 教尋名。

捨：[甲]1821 説故又。

攝：[甲]2266 文疏，[三][宮]2122 化指祇，[聖]1763 此總歡。

實：[甲]1828。

恃：[甲]1733 七緣成。

受：[甲]1828。

授：[丁]2244 知喜命，[甲]1709 生起從，[甲]1710 實三性，[三][宮]1453 其有心，[聖][另]1459 俗人衣，[另]1721 因時爲。

所：[乙]2263 界。

依：[甲]2362 初了相，[乙]1821 顯説亦。

用：[甲][乙]2263 但道證。

於：[甲]2223 色究竟，[乙]1821 造作或。

緣：[甲]1724 不受變，[聖][甲]1733 初。

云：[甲]2281 勝論但。

諸：[甲]2826 經論重。

總：[甲]1830 增強所。

## 遽

處：[聖]2157 駕暨天。

遞：[三]2060 發有尼。

據：[宋][宮]286 欲行渡。

懅：[三][宮]2122 當知是。

懼：[三][宮]1435 樂著作，[三]185 令五百。

襦：[甲]2035 斥之曰。

## 鋸

銛：[三][宮]2122 利不可。

稚：[宋][宮]、錘[元][明]606 或上或。

## 懅

遍：[石]1509 匆匆念。

處：[三][宮]606 叫喚獄。

劇：[宮]606 到大龍。

據：[三][宮]2102 有腐。

遽：[三][宮]1435 不得作，[三][宮]1435 居士言，[聖]1509，[宋][宮]402，[宋][宮]626 隨，[元][明]、務[聖]1509 故得，[元][明]211 不，[元][明]263 務時族，[元][明]588 不文殊，[元][明]1340 若忽迫，[元][明]2110 而應曰。

懼：[明]401 是謂極，[明]606 而馳散，[三][宮]、據[知]266 當令衆，[三][宮]263 爲憍慢，[三][宮]378 悲喚，[三][宮]403 爲應精，[三][宮]403 無貪行，[三][宮]461 衣毛不，[三][宮]606 於是頌，[三][宮]617 善，[三][宮]619 善心不，[三][宮]627 無，[三][宮]817 不安欲，[三][宮]1487 菩薩持，[三][宮]2121，[三][宮]2121 不安欲，[三][宮]2121 還之至，[三][宮]2121 疾走暨，[三][宮]2121 迷悶不，[三][宮]2121 面色不，[三][宮]2121 速疾往，[三][宮]2121 無，[三][宮]2121 勿以爲，[三][宮]2121 以佛，[三][宮]2121 以善權，[三][宮]2121 者佛能，[三][乙]1092 應常隨，[三]22 住止不，[三]202 無所歸，[三]374 了了通，[三]374 讚彼良，[三]375 羅刹語，[三]627 勿以爲，[聖][石]1509 我能過。

## 寠

寠：[甲]2128 下衢縷，[三][宮]665 嚕。

窶：[乙]2087 訶山唐。

## 颶

具：[甲]2036 風。

## 屨

屢：[甲]2128 也論文。

履：[三][宮][甲]2053 重裘不。

屣：[三][宮]2060 持衣恭。

## 嘍

劇：[明]1636 語。

## 懼

怖：[宮]901 六道一，[明]479，

[三]125 不敢，[三]125 但入陣，[三]154 計求人。

墮：[甲]1920 三途。

懷：[元]2053 願乞平。

擢：[宋][元]2104 發言而。

霍：[宋]2087 然謂曰。

見：[三][宮]2123 當來果。

具：[丙]2810 問失名。

俱：[三][宮]310 出家。

遽：[宋][宮]、懅[元][明]2122 或蹢。

懅：[三][宮]664，[三][宮]2121 不覺抱，[三][宮]2122 於是林。

矍：[三]2059 然不覺，[三]2059 然答云。

戄：[三][宮]2103 然不覺。

慢：[三][宮]630 者補完。

難：[三]154 王又問。

瞿：[明]626 和那羅，[三][宮]693 國有諸，[元][明]624 或謂釋。

性：[甲]1238 而去。

悦：[原]、[甲]1238。

## 捐

猒：[三][宮]1464 者亦爾。

悁：[聖]425 捨一切。

棄：[三][宮]1471 水不得。

稍：[聖]222 施。

捨：[三][宮]425 所處是，[三]23 著疾病，[三]190 眷屬馳，[知]1579 身業語。

損：[宮]761 於睡眠，[宮]2123 愁憂婦，[甲][乙]1822 此施敬，[甲]1911 棄塚間，[甲]2087 此鄙形，[甲]2087 流轉未，[明]1421 羹，[明]2076 己利他，[明]2122 替者翻，[三]、[聖]643 諸事，[三][宮]1478 除，[三][宮]2029 佛所説，[三][宮]345 五百馬，[三][宮]425 蓮華藏，[三][宮]497 以施賢，[三][宮]1558 食者身，[三][宮]1650 鄙穢形，[三][宮]2060，[三][宮]2103 撤以奉，[三][宮]2121 愁憂婦，[三][宮]2121 身濟物，[三]152 己濟，[三]152 無益於，[三]154，[三]474，[三]2087 廢俗務，[三]2123 減不增，[三]2145 米彌，[聖]1 除，[聖]1 除睡眠，[聖]1 棄彼自，[聖]1 親族服，[聖]189 國故爾，[聖]1670 妻子剃，[宋][宮]338 身，[宋][宮]396 身濟物，[宋][宮]468 於睡眠，[宋][元]2122 當念欲，[宋]152 食可，[宋]345，[宋]2125 生之侶，[元][明]152 賦除役，[元][明]152 食，[元][明]152 食體，[元][明]361 忠良不，[元][明]2122 愁憂婦。

懸：[三]1331 置三道。

殞：[三]2103 哀慟之。

旃：[三][宮]556 珠踊躍。

止：[宮]2121 重思保。

指：[甲]1781 三。

## 涓

絹：[甲]2120。

清：[三]1537 波分斯。

消：[甲]2307 露之微，[明]618 流勢不，[聖]2157 渧等。

鞊

　靏：[三][宮]2121 處鹿。

鑴

　壞：[三]2122。
　携：[宮]2059 造十丈。

蠾

　觸：[明]657 除疑悔，[明]1687 除障惱，[元][明]187 壞諸愛。

吰

　呿：[宋]1336 婆。

卷

　八：[三][宮]2121 譬喻經。
　本：[甲]2176 仁，[甲]2174，[甲]2176 仁，[三][宮]2060，[三]2153，[三]2154 一本無，[乙]2174，[原]1821 第。
　部：[三][宮]2034，[聖]2157，[宋][元]2146 卷。
　藏：[乙]2174 不空。
　處：[甲][乙]2263 希望即，[甲][乙]2263 論文五，[甲]2195 如執化。
　答：[甲][乙]2263 可會之，[甲]2214 云此，[甲]2273 第一難，[原]2271 中今非。
　分：[宮]2121，[三][宮]2121 第三僧，[三][宮]2121。
　觀：[甲]1766 今，[甲]2299 經説以。
　即：[宮]、養[聖]1509 勝若不。
　經：[明]2034 安録，[明]2151 門禪要，[明]2153，[明]2154，[三]2153 長房録，[乙]2157 尊者薄。
　局：[原]1776 狹如似。
　句：[宮]263 者則爲。
　捲：[甲]1735 霧等，[甲]1736 霧然經，[三][宮]1425 疊安著，[三][宮]1425 疊院中，[三][宮]2123 頭黃目，[三]26 床，[三]193 地而來，[三]2110 髮緑，[三]2110 以還舒，[三]2110 狀鴻爐，[宋][宮][聖]、[元][明]347 縮好相。
　倦：[甲]2207 勞也或，[明]261 之如舊。
　眷：[三]2151 印度人。
　睠：[三]220 睼擬。
　決：[甲]2183。
　録：[聖]2157。
　論：[乙]2263 云，[乙]2263 云一。
　七：[宋]2155 元魏涼。
　篋：[甲]2167 兩部。
　秦：[乙]2157 録陳朝。
　拳：[甲]1112。
　惓：[三]156。
　鬈：[三][宮]1428 佛言。
　權：[甲]2130 經下卷，[宋]、顴[宮]2045 眉腫頰。
　勸：[三][宮]585 受持諷。
　卻：[甲]2195 席之期。
　遣：[三][聖]643。
　釋：[甲]2196 今。
　書：[甲]2168 爲一策，[乙]2249 之問答。

泰：[三]1331 驅魔之。

文：[乙]2263 云。

問：[乙]2261 新熏種。

行：[甲]1733 下合地，[三][宮]278 地如來。

養：[知]266 者禁戒。

義：[乙]2173。

譯：[三]2154。

紙：[宋]2122 一萬一。

帙：[明]2153，[三][宮]2121 第四十。

## 卷

本：[三]2145 自有別。

經：[明][甲]901 總有五。

捲：[明]1450 取蓮華，[三][宮][聖]765 而不舒。

論：[聖]1595 第。

律：[聖]1464 第五，[聖]1464 第七。

若：[三][宮]741 海水。

手：[明]2103 不釋。

## 捲

把：[宋][宮]2121 父母驚。

蓋：[三][東]643 其色正。

卷：[明]2076 簾師曰，[三]、拳[宮]1547 起身行，[三][宮]、繾[另]1428 繫著衣，[三][宮]1562 樺皮鼻，[元]、券[明]192 身待杖，[元][明]、拳[宮]1646。

卷：[三][宮]790 而。

倦：[甲]、捲[甲]1782 捲謂，[甲]1579 不於彼，[三]1441 眠看病，[三]46 上中後。

率：[聖]1421 水極令。

棬：[明]2125 用陰陽，[三]2125 可容三，[宋][元][宮]1428 若竹筒。

拳：[宮]263 捉，[甲]1828 等此論，[三]、權[聖]125 相加刀，[三][宮]2123 年滿五，[三][宮][甲]、惓[乙]901 以右腕，[三][宮][甲][乙]901 入掌，[三][宮][甲]901 臂腕有，[三][宮][甲]901 以，[三][宮]272，[三][宮]314 等治或，[三][宮]317 腕諸百，[三][宮]383 而打其，[三][宮]414，[三][宮]478 把於空，[三][宮]606 用以誘，[三][宮]817 手屈即，[三][宮]1425 肘令作，[三][宮]1443 打尼頭，[三][宮]1463 一肘廣，[三][宮]1552 等譬亦，[三][宮]1646，[三][宮]2121 而已何，[三][宮]2121 加之尋，[三][宮]2121 日月增，[三][宮]2123，[三][宮]2123 扠之，[三][甲][乙]901 兩手俱，[三][甲][乙]901 又屈頭，[三][甲]901 大指，[三][乙]1028 不展，[三]212 相加逶，[三]325 誘小兒，[三]1341 何以，[聖]1523 不摸空，[元][明]99 臥地獵，[元][明]212 刀，[元][明]1096 八指向。

惓：[聖]2157 論一卷。

踡：[三][宮]402 縮不能，[三][宮]2121 脊蹲地，[三]1537 跼總名。

權：[三][聖]361 力勢侵。

腄：[三]1336 腄一腫。

膝：[三][宮]1428 形。

## 倦

怠：[明]310，[明]312 法若見，[明]997 安樂寂。

法：[明]2060 財翫靡。

患：[乙]1736 形以智。

極：[三][聖]99 眼，[三]1 道遠不。

捲：[甲]2196 德義章，[元][明][宮]476 常欣瞻。

勌：[三][宮]2034 焉房廣。

恪：[元][明]、惓[宮]310。

疲：[原]1854 形以智。

惓：[甲]1782 至無起。

惓：[甲][乙]1211 惓惜族，[三]、歲倦[宮]2103 秋禽夏，[聖]125 爾時諸，[宋]183，[宋]1340 迷惑不，[宋][宮]385 人懈息，[宋][宮]421 力八者，[宋][聖]190 我心懷，[元][明][宮]656 復當教。

## 狷

猛：[甲]2087 急志甚。

## 勌

倦：[明]2103 攝受四，[三][宮]2102 於事能，[三][宮]2059 使夫豺，[三][宮]2103 特深睠，[三][宮]2121 即自念，[三][宮]2121 矣百千，[三][宮]2122 手寫首，[三][聖]190 不食甘，[三]2059 焉高窮，[三]2059 姚主常，[三]2154 焉世高，[宋][宮]263。

勘：[三][宮][甲]2053 欲眠王。

足：[三]190 或時戲。

## 悁

捐：[宋]630 恚欲往。

恪：[元][明]266 惜此則。

憎：[三][宮]531 嫉心即。

## 眷

春：[甲]1778 屬文焉，[原]2408 君仁。

官：[宮]2040 屬。

伐：[聖]231 屬普興。

卷：[明]2154 屬一十，[宋]2059 屬有頃。

卷：[三]2103 生，[三]2145 出無盡，[三]2145 眷於廣，[聖]1723 反正應。

裏：[乙]2390 留意大。

僚：[三]186 屬皆懷。

睿：[甲]2089 文孝武。

攝：[元][明]836 護爾時。

屬：[甲]1961 焉水所。

所：[聖]222 屬具足。

養：[甲][乙][丙]2394 乃至，[甲]1816 屬三十，[聖]1421 屬却後，[聖]1552 屬則五，[聖]2157 屬法身，[元][明][宮][聖]354 鳥有金，[元]2108。

著：[甲]1816 屬。

## 雋

駿：[宋]、俊[元][明]155 世主三。

攜：[三]2154 筆受。

准：[甲]2281 清記。

## 豢

奚：[三]1014 反五。

## 睠

睠：[甲]2087 西海而，[聖]2157
濫在翻。

瞻：[三]、眷[宮]2103 右睇仁。

## 絹

緝：[乙]2296 綴。

羂：[明]1546 法九處，[三][宮]
1545 而繫頂，[三][宮]1545 等九等。

網：[宮]1912 者裂破。

維：[宮]2034 九十匹。

綃：[乙]2394 穀嚴身。

## 羂

骨：[甲]1717 反混流。

鞘：[聖]下同 1462 繩取野。

胃：[三][宮]1442 索等爲。

絹：[宮]1546 是時所。

羂：[三][宮]397 索能作。

羅：[宮]721 所，[甲]2128 筵也
去，[甲]1007 索第六，[甲]1733 網毒
藥，[三][宮]451 網復有。

胃：[甲]904 索引入。

胃：[宋]、[元][明]銜[聖]211。

絹：[宋][聖]緯[元][明]26 過羂。

銜：[三][宮]1547 索長，[三]26
鉤挽，[三]26 擲鉤乘，[聖]26，[宋]
99 下，[宋][宮][聖][石]1509。

怨：[宋][明][宮]451 破無明。

## 摡

槩：[甲]2039 旁人推，[甲]2128
也前第，[三][宮]818 眾生煩，[三][宮]

下同 1435 釘摡已，[三]1435 諸居士，
[元]、枚[甲]893 木不過。

杙：[宮][聖]1428 著。

## 屫

履：[甲]852 却虐，[甲]1921 無
新浣，[三][宮]1453 得越法，[三][宮]
1458 由。

齊：[甲]2231 等二十。

## 決

定：[甲][乙]1821 問如上。

## 抉

扶：[甲]1884 其膜也，[甲]2128
也韻詮。

決：[甲]1932 四眼無，[三][宮]
2060 目餘，[三][宮]2122 之可得，
[宋][元]2061 瞙明。

掘：[甲]2087 去其眼。

快：[甲]2018 開已眼。

## 決

彼：[甲]1829 定，[三]474。

畢：[三]1525。

常：[三]1339 定心我。

尺：[甲]1805 數最須。

次：[甲]2266 擇分無，[甲]2425
未得果，[甲]1512 定信故，[甲]1816
定位名，[甲]1830 定相，[甲]2214 答
此印，[甲]2299 疑門問，[甲]2339 有
一行，[甲]2390 云第三，[甲]2391 云
印相，[三][宮]1453 定罪單，[三][宮]
1646 定分別，[宋][元][宮]269 大意

心，[乙]2391 云若依，[乙]2391 云行者，[乙]2391 之，[原]2270 別二總。

定：[甲]1811 在此，[三]375 定善，[三][宮]2060 致令李，[宋][元]1579 擇分時，[原]1821。

斷：[元][明]220 一切有。

法：[宮]585 答曰梵，[宮]866 定要誓，[甲]2035 則有執，[明]316 定緣故，[明]322 之衆而，[明]376 汝亦如，[元]186 然後化，[元]411 定當生。

更：[乙]1796 問。

果：[明]1563 無離染。

化：[甲]1828 乃至成。

慧：[宮]263，[宮]263 出現于，[宮]425 義有境，[三]185 入禪智，[元][明]624。

即：[甲]2082 放出出。

記：[明]1636，[三][宮]544 如來廣。

解：[三][宮]627 疑。

抉：[明]100 無明眼，[明]293 除，[明]374 其眼膜，[明]721 瞙，[明]1332 了心瞙，[三]2088 目王所，[三]2103 目王見，[元][明]1336 其眼。

訣：[宮]2074 前義，[甲][丙]2397 意，[明]384，[明]2103 尹喜受，[明]2145 示我玄，[明]2149，[三][宮]、訖[聖]224 所信樂，[三][宮]2060 乃違親，[三][宮]2123 云佛幡，[宋][元]2154 於，[原]1992 師便打。

鈌：[宋][元]、缺[明]1424 不復任。

快：[宮]310 河阿須，[宮]588，

[甲]1969 樂安隱，[甲][乙][丙][丁][戊]2187 樂此，[甲][乙][丙][丁][戊]2187 樂無復，[甲]2075 然便住，[明]1544 勇由，[三][宮]263 受諦清，[三][宮][聖]292 及所歸，[三][宮]222 若干種，[三][宮]1610 樂生死，[三][宮]2034 其方寸，[三][宮]2103 且實而，[三][宮]2121 計知道，[三][宮]2122 須相還，[三]125 不造諸，[三]186 魔王，[三]1015 法淨受，[宋]、抉[元][明]2060 目之地，[乙]897 惡賊相，[乙]2215，[元]234。

立：[原]1840 因比徒。

沒：[甲]2266 心以中，[三][宮]1551 捨地生，[聖]272 定燒滅。

請：[甲][乙]2087 疑更。

缺：[三][宮]1810 不，[三][宮]1421 不可復，[三][宮]1421 永不復，[三][宮]1424 永，[三][宮]1425 鼻不應，[三][宮]1428 不堪復，[三]2122 鼻牽船，[宋][宮]、穴[元][明]1509。

史：[元]224 著八地，[元]882 定祕密。

使：[聖]225 佛言爾，[元][明][宮]310 罪畢得。

釋：[甲][乙]2249 斷，[原]1856 其所，[原]2408 中釋。

受：[三][宮][聖]2042 佛記閻。

聞：[甲]1851 了故不。

也：[乙]2408。

註：[宮][甲]1805 云不爲。

恣：[甲]1781 意不能。

宗：[甲]2290 望。

## 抉

决：[三][宮]2060 疎刷神。

## 挾

振：[原]、捵[甲]2006 轉鼻孔。

## 捔

牴：[明]225 說耳佛，[明]1421 二牛力，[明]2040 術，[明]2151 能經一，[元][明]225 說耳若。

講：[宮]2040 技已。

角：[甲]1821 勝歡娛，[甲]2053 力處又，[明]、筋[宮]2123 力相，[明][另]下同 1428 現神力，[明]382 力時箭，[明]2105 試無一，[明]2122 力猶如，[明]2122 試釋老，[三]375 力種種，[三][宮]1545 力姝壯，[三][宮]1558 勝歡娛，[三][宮]1563 勝貯藏，[三][宮]1579 力能制，[三][宮]2122 力，[三]375 試是事，[聖]211 技獨，[聖]376 力染齒，[宋]374 試是事，[元][明]、觡[宮]2122 術沙門，[元][明][宮]2121 力牽載，[元][明]2121 道不如，[元][明]2121 道力，[元][明]2121 伎術超，[元]2121 道力三，[元]2121 力牽載。

較：[三]、[宮]2122 試優劣，[三]212 義誰有，[三]2088 處亦立，[宋][宮]397 試神力。

覺：[三]1341 治罰故。

捅：[三]1039 勝所必。

校：[元][明]212 量爪上。

## 掘

淈：[明]210 泉揚泥。

搰：[三][宮]2122 多無異。

毱：[三][宮]2059 多，[三][宮]2059 多此，[三]2042 多其子。

拒：[三][宮]671 彌佉羅。

搣：[宋]951，[宋]951 鑪坑深。

倔：[元][明]2121 強百節，[元][明]2123 強百節。

掘：[甲]1735 經六年。

崛：[甲]2395 摩羅十，[明]2034 多滅後，[明]2016 持刀於，[明]2151 多闍那，[明]2154 多秦言，[三][宮]374 摩羅得，[三][宮]下同、堀[聖]下同 1462 多有大，[三]212 於其中，[三]984 多夜叉，[乙]1736 等，[乙]1736 小似涅。

捃：[宋]790 深則濁。

堀：[宮][聖]1462 多作已，[宮]2122 地斬，[宮]2122 乃獲，[甲][乙]1822 地，[甲]1728 甘草于，[甲]1763 見佛性，[三]1336 囉娑呋，[聖]1462 土斷樹，[聖][另]1459 欲果樹，[宋][元]、崛[明]2102 奇惜有，[乙]1821 地斷生，[乙]2394 三種地，[元][明][宮]、堀舍[知]384 請，[知]384 長者極。

窟：[三]125。

抳：[甲]893。

屈：[甲][乙][丙]、居[丁]1141 大空輪，[三][宮]2060 三指信，[元][明]2060 勢之類。

握：[甲]1120 其智端，[甲][乙]

1709 鏡融心，[甲]2266 此以臨，[明][甲][乙]1225 禪度初，[三][宮]2053 以啓之，[三][宮]2060 兩指人，[三][宮]2102 累玄之，[三][甲][乙]901 右手掌，[三][甲]1227 大指爲，[宋]2061 手叮囑，[宋]152，[乙]2408 大母指，[乙][丙]1246 大母指，[乙]2391 固以二。

相：[宋][明]2122 永固屍。

拙：[甲]1731 鑿娑婆，[甲]1772，[明]2131 具羅或，[明]1339 井家漸，[乙]2397 度。

## 枛

椽：[三]1644 都有三。

拁：[三]185 力難。

## 崛

掘：[甲]2396 普，[三][宮]1425 多世尊，[三][宮]2042 山化作，[三][宮]2123 摩羅所，[三]2154 魔羅經，[聖]125 山一，[聖]643 山舍衞，[聖]1462 山又有，[乙]2092 起高門。

堀：[甲]1728 山共聲，[聖]1462 山中此，[宋][元]735 貧苦盜。

窟：[原]1065 寂處作。

羅：[三]2154 多譯出。

屈：[明]2154。

疏：[甲]2255 中。

崖：[元]1509 起如黑。

## 訣

記：[甲][乙]2391 於羯磨，[甲]2397 云鑁字。

決：[三][宮][聖]224 當作佛。

決：[宮]2121 不答曰，[甲]1089 法次第，[甲]2014，[三][宮]2104 諫難從，[三][宮]下同 269 佛告菩，[三]152 別若大，[乙]2397 云云，[元][明]2121 轉此女。

缺：[甲]2207 也。

釋：[甲][乙]2397 云阿，[乙]2391，[乙]2397 中廣引。

談：[三][宮]565 意世尊。

譯：[甲][丙]、決[乙]2381 云此梵，[甲]2168 一卷，[甲]2183 一卷曹，[乙][丙]2173 一本。

語：[宋]2154 嚴正勗。

## 厥

蹷：[三]2121 性輕躁，[宋][宮]392 失三十。

其：[乙]2207 子孫一。

闕：[三][宮]1478 廢也唯。

謚：[乙]2396 號善無。

諸：[甲]2230 典籍莫。

## 鈌

缺：[宮][甲]1799 清淨禁，[甲]1782 根等諸，[明]2131 疑傾俟，[聖]2157 情離本。

## 絕

飽：[三][宮]2121 而就死。

巉：[宮]2059 石及沙。

除：[三]26 不得解。

純：[甲]2339 見一門，[聖]2157 域。

脆：[三]192 死無期。

都：[三][宮]1425 無殺意。

斷：[甲][乙]1821 若據一，[甲]
2204 絕，[三]、縱[聖]361 五，[三]
[宮]、逝[聖]512 滅矣城，[三][宮]581
大命要，[三][宮]1536 衆病豈，[三]
[聖]189 生死，[三]125 者汝之，[聖]
514 但有出，[元][明]210 無生死。

而：[三]1331。

犯：[三][聖]361 道禁忍。

該：[甲]2339 夷齊是。

共：[三]631 法是。

極：[甲][乙][丙]2163 細細此。

紀：[宋]2112 靈幡於。

寂：[明]2104 言。

結：[三]152。

截：[三][宮]221 是者是。

經：[甲]1828 七日故，[三][宮]
381 於時族，[乙]1822 也今詳。

捐：[三][宮]824 衆苦不。

峻：[明]1450 一切獮。

離：[宮]2059 人途以。

滿：[三][宮]789 爲斷漏。

綖：[明]416 明白處。

滅：[三][宮]2121 矣城中。

然：[三][宮][聖]1552 無恚故，
[乙]2087 暨地久。

紹：[宋][元]2121。

繩：[甲][乙][丁]2092 在虛空。

勝：[甲]1828 染心有。

施：[甲][乙]2263 開避引，[甲]
1709，[甲]1813 命故須，[甲]2186，
[甲]2217 善，[甲]2217 設不須，[甲]

2266 彼正起，[宋][宮]、弛[元][明]
2102 其。

絁：[甲]1708 次有二。

始：[三][宮]630 心在定。

勢：[三][宮]1650 以。

殊：[石]1509 妙故言。

說：[甲]2250 無誠文，[乙]2211
是故佛。

死：[三]2063 而復蘇，[聖]664
第一王。

隨：[聖]1851。

脫：[甲][乙]1822 便。

陀：[宮]2060。

綩：[甲]2266 設修五。

無：[甲]2006 依倚，[三][宮]2102
傾財之。

細：[乙]2087 出此林。

續：[甲]2266 而轉乃，[元][明]
2016 臨濟和。

疑：[甲]1736 於三疑。

逸：[三]2059 或時假。

緣：[甲]2214 攝一經，[宋]310
心行，[原]2339 習故入，[知]384。

蘊：[宮]1596 故若正。

之：[甲]2414 也正像。

終：[甲]2367 非法華，[三][宮]
371 不退轉，[三][宮]1509 即生第，
[三][宮]2059 矣於是，[三][宮]2121
穢，[三][宮]2121 即生，[三][聖]125
爲生何，[聖]211 即生，[宋][宮]2123
亦復難，[乙]1736 而逝故。

**絕**

集：[甲]1705 種性人。

**馺**

便：[三]196 忽無常。

馳：[三]643 疾如風，[元]2016 馬見鞭。

疾：[三][宮]1435 出去其。

使：[三][宮][聖]1425 者下至，[三]212 流并及。

駃：[宮][丁][戊]1958 雨是以，[宮]613 色白如，[宮]1458 不，[宮]1545 流爲流，[明]、便[宮]2121 不可，[明][乙]994 流即同，[明]6 哉佛般，[明]196 佛以神，[明]361 急疾容，[明]361 疾如佛，[明]1425 流漂木，[三][宮]、[知]384 水漂流，[三][宮]、駃[聖][另]1543 水，[三][宮]310 流入於，[三][宮]461 如電音，[三][宮]623 流，[三][宮]664 癡去聲，[三][宮]673 風，[三][宮]721 流水樂，[三][宮]721 下百千，[三][宮]1433 流水結，[三][宮]1442 雲一翥，[三][宮]1462 者如牧，[三][宮]1562 流中以，[三][宮]1810 流水結，[三][宮]2121 哉群生，[三][宮]下同 622 流爲，[三][聖]99 流，[三]26 無須臾，[三]99 走不及，[三]154 疾有所，[三]185 疾佛以，[三]193 猶如水，[三]202 尋往，[三]212 水清涼，[三]212 永得自，[三]468 也無畏，[三]656 水所漂，[三]1340 彼風輪，[三]1435 長比丘，[三]2145 水流，[宋][明][宮]468 水亦如，[元][明]153 河常流，[元][明]361 皆復自，[元][明][宮]703 流吹漂，[元][明]709 流間無，[元][明]1451。

陀：[聖]1441 上座同。

駃：[宮]397 河，[三][宮][聖]310 欲流者，[三][宮]310 流所漂，[三][聖]99 善能觀，[三]190，[三]193 流江，[三]2145 見一童，[宋][宮]、駃[元][明]410 流忍辱，[元]、駃[明]1341 流河中，[元]310 流水。

**蕨**

菜：[三]192 蕨河及。

**毆**

圖：[宋][宮]、剮[元][明]、團[知]384 割。

搵：[三][宮]2122 舉聲。

毆：[宋][元]24 其身令。

攫：[三]153 食常墮。

抓：[元][明]721 汁流或。

**橛**

杵：[丙]、[丙]973 八箇安。

椿：[宋]190 縛驅不。

掘：[甲]1110 長十二，[聖]1462 一切諸，[宋][甲]1007 打於龍。

厥：[甲]1225 爲本禪。

杙：[宮][聖]1428，[三][宮][聖]1428 若以毒，[三][宮][聖]1428 上衣架。

桎：[宋]945 劍樹劍。

箄：[三][宮]384。

## 爵

罰：[甲]2130。

嚼：[甲]1828 草忿亦。

尉：[三]201 頭藍弗。

酌：[三]2103 酒酣耳。

## 壓

厭：[宋][宮]2122。

## 蹶

躄：[宮]1509 忍爲戒。

撅：[三][宮]2104 角受化，[三][宮]2122 然而起。

闕：[三][宮]2122 錯都不。

## 譎

諂：[三][宮]1548 他。

誦：[甲]2087 詭好。

## 嚼

爵：[甲]、－[乙]2087 楊，[宋][宮]1453 齒木或，[宋][元]201 楊枝以。

爝：[三][宮]2060 法師。

齚：[另]1721 者正辨。

## 覺

寶：[宮]425 意通於，[宮]2123 時用免。

辨：[原]2339 即得究。

觸：[宮]1548 觸意知。

道：[三][宮]402 法門當。

德：[甲]1735 首定心。

等：[甲]2339 乃至信，[三]1162 菩提。

典：[三][宮]263 而轉法。

覩：[宋]125 知我。

兌：[甲]2434 功德。

佛：[三]170 道。

各：[甲]2035 不同。

觀：[甲]1733 法寶一，[甲]2317 自性及，[甲][乙]1751 也問於，[甲][乙]1822 眞淨故，[甲]2262 支定，[明]225 邪事善，[明]1541 無觀地，[明]1559 三無覺，[三]721 覺當有，[三][宮]415 察諸調，[三][宮][聖]481 有爲，[三][宮]671 一切法，[三][宮]1506 故説有，[三][宮]1548，[三]193 菩薩意，[三]193 之，[宋][元]1559 無第二，[知]1581 禪二者。

歸：[宮]425 善。

貴：[宮]1548 何法。

浩：[宋][宮]648 悟不捨。

喚：[三]202 咸言。

慧：[知]418 爲解説。

火：[三][丙][丁]、大[甲][乙]865。

見：[甲]2219 不可思，[甲][乙]2219 心也，[甲]2250 慈恩謬，[三][宮][聖]691，[三][宮]1588 者爲，[聖]383 之子即，[乙]2218 其故震，[元]2016 若各隨。

角：[甲]1823 知見道，[甲]1799 獨悟出，[甲]2337 喩者謂，[明]1566 相異若，[另]1721 名大緣。

攬：[三]1014。

教：[三]185 般遮。

舉：[三][宮]1425，[三][宮]1545
一向相，[原]2215 塵數諸。

空：[甲]2299 事。

來：[三][宮]626 擊天帝。

了：[原]1849 心源本。

夢：[宮]681。

免：[甲][乙]2261 已便不。

冥：[三][乙]1092 夢現身。

莫：[甲]2173 陳。

起：[三][宮]2048 經行婆。

親：[甲]2035 明廚賓。

若：[明][甲]2131 云易成。

聖：[聖]234 者自歸。

實：[甲][乙]1796 亦，[甲]2217 之
言令。

識：[宋][元][宮]1670 知三事。

受：[乙]1822。

塔：[明]2053 影東臨。

體：[三]26 樂謂聖。

妄：[甲]1709 想心故，[元][明]99
想。

無：[甲][乙]1822，[甲][乙]2261
如來入，[三]1011 上道，[乙]2385 與
等。

寱：[宮]721 寱種種，[三][宮]374
已，[三]201 寱我我，[三]375 已即。

相：[原]、相[聖]1818 驚怖。

心：[乙]2263 用在種，[原]1851
不覺緣。

惺：[宋][宮]387 悟得涅。

醒：[甲]2897 悟速達。

興：[宮]600 快樂八，[三][宮]263
告賢者，[石]1509 我大歡。

玄：[甲]2293 範高覺。

學：[宮][聖]545 來，[宮]603 者
亦不，[宮]687 微漸遂，[宮]1552 無
觀禪，[宮]2102，[宮]2112 心勞欲，
[甲]、斅[乙]2394 此行故，[甲][乙][丙]
2381 處所謂，[甲][乙][丙]2381 外護
慈，[甲][乙][丙]2381 一切戒，[甲][乙]
[丙]2394 摩訶，[甲][乙][丁]、斅[丙]
2190 彼本有，[甲][乙]917，[甲][乙]
1821 者若有，[甲][乙]1929 佛，[甲]
[乙]2219 斷故今，[甲][乙]2249 支相
應，[甲][乙]2263，[甲][乙]2397 此教
不，[甲][乙]2397 法目録，[甲]1708
行已滿，[甲]1709 故於當，[甲]1709
者如瓔，[甲]1804 喟然豈，[甲]1816
故非修，[甲]1816 中少欲，[甲]1816
中攝初，[甲]1828 不共無，[甲]1828
道以爲，[甲]1833 者釋彼，[甲]1873
方過，[甲]2018 觀思惟，[甲]2157，
[甲]2230 五根爪，[甲]2266 淨戒律，
[甲]2299 僧祇自，[甲]2313 道理所，
[甲]2376 道制犯，[甲]2394 觀乃至，
[甲]2395 三達智，[甲]2870 經，[明]
220 三摩地，[明]485 此經者，[明]627
不可，[三]、觀[宮]263 是將來，[三]
[宮]345 軌，[三][宮]671，[三][宮]1544
支納息，[三][宮]2121 所夢臣，[三]
[宮][聖][另]1509 法眼分，[三][宮][聖]
397 諸法而，[三][宮][聖]1523 故，[三]
[宮]271 知，[三][宮]278 深妙法，[三]
[宮]285 進如來，[三][宮]309 現諸佛，
[三][宮]403 故其心，[三][宮]403 要
法故，[三][宮]410 於緣覺，[三][宮]

433 意廣無，[三][宮]478 如是法，[三][宮]502 是，[三][宮]606 了此慧，[三][宮]624 知是爲，[三][宮]639 決定眞，[三][宮]639 於眞實，[三][宮]656 不思議，[三][宮]759 爾時世，[三][宮]823 阿耨多，[三][宮]1509 實覺此，[三][宮]1537 明慧行，[三][宮]1546 地，[三][宮]1546 慧慧根，[三][宮]1548 正定是，[三][宮]2033，[三][宮]2043 得阿耨，[三][宮]2060，[三][宮]2105 法王説，[三][宮]2121 若界内，[三][宮]2122 是過是，[三][聖]26 憶宿命，[三][聖]26 憶宿命，[三][聖]291 無量慧，[三]99 所應知，[三]125 愛敬，[三]158 者解第，[三]193 吾師天，[三]193 制不足，[三]194 不與智，[三]220 一切法，[三]631 故，[三]631 知分別，[三]950 教法時，[三]1548 不得沙，[三]1559 觀等亦，[三]1579 略總頌，[三]2102 窮理乃，[三]2145，[三]2154 等八僧，[聖]、覺之[另]1721 稱爲短，[聖]279 法輪亦，[聖]291 力繼習，[聖]383 爲衆説，[聖]675 有觀三，[聖]1545 乃至佛，[聖]1563 故今所，[聖][另]1543 有觀或，[聖]26 爲説四，[聖]26 心法如，[聖]99 觀所，[聖]99 應證悉，[聖]99 者得上，[聖]222 了三世，[聖]223 不，[聖]223 是事是，[聖]224 其難佛，[聖]224 著事復，[聖]225 如佛意，[聖]278 般若波，[聖]292 不以勞，[聖]292 在己身，[聖]303 隨衆生，[聖]419 眼是定，[聖]1437 爲六百，[聖]1509 分八，[聖]1509

時，[聖]1509 意三昧，[聖]1546，[聖]1548 觀見慧，[聖]1552 爲，[聖]1733 觀三汝，[聖]1763 則無由，[聖]1851 觀猶在，[聖]2157 法經一，[聖]2157 經永嘉，[另]1459 聲聞弟，[另]1541 無觀云，[另]1543 意此何，[石]1509 等是五，[石]1509 無觀三，[宋][宮]310 已復爲，[宋][宮]839 知利益，[宋][元]、[宮]1464 滅入息，[宋][元]1544 菩提慧，[宋]2145 愍後，[乙]2249 隨轉，[乙]1723 故眞二，[乙]1816 七行作，[乙]2087 者密行，[乙]2120 花外照，[乙]2192 如來無，[乙]2249 之輩可，[乙]2397 佛威儀，[元][明][宮]310 道時其，[元][明][聖]222 之人來，[元][明]221 過去當，[元][明]221 所有無，[元][明]382 隨所起，[元][明]423 諸法得，[原]、學[甲][乙]1796 者若得，[原]2264 現觀者，[原]920 人亦同，[原]1774 故孤遊，[原]2395，[知]1579 如是名，[知]1579 是故當。

一：[甲]1736 辟支或。

意：[甲]2218 從因至，[原]1834 覺二現。

義：[甲]2193 天表非。

與：[三][宮]1545，[聖]278 大王普。

譽：[宋][元][聖]446。

在：[丙]2397 諸衆生。

遭：[另]1721 苦衆生。

眞：[宮]460 天子又，[三][宮][聖]310 道意不，[三][宮]313 道決時，

[三][宮]627 者甚難。

支：[甲][乙]1821 亦修圓。

知：[三]382 是故目，[元][明]375 近。

智：[甲][乙]2219 第。

著：[三][宮]271 名見如，[三]99 觸意念。

## 爝

爵：[宮]1799 火蚌珠。

## 攫

攫：[宋][宮]2121 其體行。

獲：[宋][元]554 持之處。

玃：[甲]2128 音俱縛。

钁：[明]721 其體既。

擾：[三][宮]2122 體拔。

攉：[甲]2087 裂居未。

## 玃

攫：[甲]2128 持人故，[明]2122 開左。

獸：[宋][元][宮]322 惡人賊。

## 钁

钁：[甲]1963 何用香。

杴：[宮]1546。

## 均

釣：[三][宮]2103，[宋][宮]、鈞[元][明]2060。

調：[三]375 或麕或。

故：[甲]1733 名。

拘：[三]、枸[宮]2122 初聞異。

君：[明]2110 六趣播。

鈞：[三][宮]2060 初聞異，[三][宮]2122。

劣：[己]1958 如似置。

垧：[乙]2244 反摩也。

相：[甲]1709 念外答。

絢：[甲]2053 綵濃淡。

易：[原]1782 可解因。

約：[甲]2381 法師受。

筠：[甲]2181 撰。

周：[元][明]125 利。

灼：[甲]2119 短長異，[乙]913 應用香。

## 君

臣：[三][宮]2108 以，[原]1203 背版多。

芬：[宮][聖]354 陀花拘。

躬：[三][宮]2059 則四海。

韓：[三][宮]2102 剠薄之。

居：[宮]2122，[甲]1736 之，[甲]2036 聖地爲，[三][宮]263 遙見勢，[三][宮]1421 四海四，[三][宮]1425 四天下，[三][宮]1579，[三][宮]2102，[三]187 位不宜，[三]1234 扼俱嚕，[三]2103，[三]2103 問道之，[聖]1421 往，[宋][宮]721，[宋][宮]2059 何點，[宋][宮]2109，[宋][明][宮]354 善道去，[宋]2122，[元][明]192 陀烏爲，[元][明]190 陀花其，[元][明]1507 財唯能。

軍：[宮]1442 持，[明]1442 持并餘，[明]1442 持淨器，[明][甲][乙]

1069 持，[明]1453，[明]1459 持，[三][宮]1442 持并餘，[三][宮][甲][乙]901，[三][宮]1442 持祠祀，[聖]1428 持口中，[乙]2393 持一手，[元][明]1451 持及上，[元][明]1451 持瓶水，[元][明]1451 持并添。

老：[宋][宮]2103 者英才。

名：[宮]1571 等簡異，[甲]1805 如云黃，[甲]2089 王先不，[三][宮]1559 不唯音，[宋][宮]2104 罪有不。

磨：[三]188。

丘：[三][宮]2104。

屈：[宮]2103 親者無。

群：[三][宮]1470 不安故，[三]196 民世尊，[三]291 龍，[聖]211 臣常和，[乙]1250。

人：[三][宮]743 民令遠，[三]2110。

若：[三][宮]1559 非一切，[三][宮]1559 不可隨，[三][宮]1559 此事今，[三][宮]1559 云何無，[三][宮]2111 爲百谷，[宋][元]1442 入入在，[宋]1451 不相違，[乙]1709 行時，[元][明]2016 仲以孝，[元][明]2110。

王：[三][宮]2121 枉，[三]202 四天。

吾：[甲]2006 同大事，[甲]2036 弟子與。

吳：[宮]2112 王。

尹：[甲]2089，[宋]2034 率衆反。

右：[宮]2087 長役屬。

元：[明]2103 九年謙。

月：[宮]665。

者：[甲]1700 子所稱。

# 軍

輦：[乙]2218 轉。

車：[宮]2122 縣尋問，[三]193 勢強恐。

觸：[甲]1813 立利斧。

單：[明]2151 王經一，[宋][元]1101，[宋][元]2154 開府儀，[元]2154 開府儀。

光：[明][宮]1442 聚落二。

果：[甲]2274 寧立者，[原]1840 可成衆。

揮：[明]2060 颲玉石。

巾：[三][宮]2102 鳧乙斯。

君：[甲][乙]912 荼鋪臭，[三][宮]2102 揮戈淵，[宋][宮]1443 持并餘。

鍾：[甲]1065 持法其。

夢：[三]1591 覺。

群：[甲]1805 觀陣匝。

事：[甲]2244 或種種，[乙]1796 散壞也。

宣：[元][明]1167，[元]443 如來南。

勇：[明]1538 具力能。

園：[甲]1828 等非身。

運：[甲]1709 林等假，[甲]2087 行也舊，[甲]2176 王經一。

陣：[宮]420 得佛十，[甲]1813 令鬥戒。

衆：[三][宮]263 兵當有，[三][宮]657，[三]187 於是皆，[三]2121 及。

## 菌

蒀：[宋][元]2061 之苗參，[宋]2061 且不復。

圍：[宮]1435 得突吉，[甲]1182 并。

## 鈞

釣：[甲]2035 素敬佛，[三][宮]2122 石之重，[乙][丙]、鉤[丁]2089 雖比肩。

鉤：[甲]2193 鎖七者。

均：[三][宮]2102 沐澤飲。

## 鍕

軍：[三][宮]1509 持又傷。

## 麕

麕：[三][宮]2103 霞盡可。

## 俊

礙：[宮]2104 晃曰法。

高：[三][宮]2122 邁之氣。

後：[宮]2034 今，[宮]2060 當紹吾，[宮]2060 銳莫肯，[甲]2183 不可用，[三][宮]1443 請爲師，[三][宮]2034 晉穆永，[三][宮]2060 命章設，[三]2110 達於三，[聖]2157，[聖]2157 念之日，[元][明]2149 銳神解。

候：[三][宮]2060 變。

進：[明]2060。

逈：[三][宮]2060 拔竟孺。

浚：[三][宮]2060 儀善住。

雋：[宋][元]2061 長而謹。

陵：[三][宮][聖]下同 1421 應語其。

民：[乙]2092 至於清。

強：[宮]2122 莫與同。

悛：[三][宮]2059 益部寺，[宋]2122 禪師歎。

攜：[宮]618 禪訓之，[宋][宮]2122 都鄴處，[宋][宮]2122 招奇德，[宋]1522 神天凝。

攜：[宋][元]2060 可期。

役：[宮]2060 終援引。

## 郡

邦：[三][宮]585 國土而。

部：[甲]1804 親見木，[甲]2068 至，[宋][元]2061 禮興律。

德：[元][明]425 無損。

都：[三][宮]2103。

君：[元][明]2045 臣和穆。

郎：[甲]、屬[乙]1821 君，[三][宮]2122 即云。

郫：[三]2059 縣亦言。

群：[甲]2035 百十一，[甲]2035 生除削，[甲]1963 生色身，[甲]1973 品，[甲]2266 鹿故名，[甲]2266 生故，[明]2122 欲起義，[三][宮]2060 非，[三][宮]2060 果，[宋][明]2145 牢山南，[宋][元]2045 人也親，[元][明]425 上首智。

州：[三]、－[宮]2060 苦縣屬。

## 捃

君：[宋]2088 稚迦即。

## 峻

寂：[明]394 之樹亦。

浚：[三][宮][甲]2053 壑蜉蝣。

竣：[宋][宮]、皴[元][明]2103 爲楊州。

駿：[三][宮]2122 速。

悛：[宋][宮]723 法多因。

唆：[元]2061 神異不。

迅：[三]2123 飛直。

崖：[三]380。

志：[三][宮]2053 節於本。

## 浚

後：[三][聖]99 隨輸若，[宋][元][宮]、復[明]1644 與海相，[宋][元][聖]、波[明]99 輸涅槃。

峻：[三][宮]2103 而。

陵：[甲][乙]1821 雜故異，[甲]2878 盜經像。

迅：[元][明]、後[宮]721 如夏時，[元][明]721 波漂流，[元][明]721 流漂急。

## 晙

昱：[三][宮]2060 塞騈羅。

俊：[元][明]2145 德改容。

峻：[甲]2035 之難忠。

## 傛

隽：[甲]2128 下遵陵。

俊：[三]196，[宋]2151 徹敏朗。

## 竣

皴：[元][明]2103 面而斬。

## 駿

聰：[三][宮]2111 辯自昔。

俊：[甲]2036 發聰悟。

駛：[甲]1960。

迅：[三]、逡[宮]721 速破壞，[三]、濬[聖]99 飛。